TOBIAS STEINFELD

SCHEIẞE BAUEN: sehr gut

THIENEMANN

Für alle

Tag 1
(Montag)

1. Hochexplosives Gasgemisch

Letzte Woche war ich noch ein ganz normaler Achtklässler am Gymnasium St. Ignatius im Stadtteil Oberbach. »Paul kommt unentschuldigt zu spät zum Unterricht«, hat Frau Kesselmann immer ins Klassenbuch geschrieben. Ich an ihrer Stelle hätte mir wenigstens einen Stempel mit diesem Satz machen lassen. Den hätte sie dann jeden Tag ins Klassenbuch drücken können. Ich denke oft darüber nach, wie man sich Arbeit sparen kann. Ich bin eher faul. Letzte Nacht habe ich geträumt, dass mir Frau Kesselmann eine Raketenstation geschenkt hat. Zwar bloß eine Styroporrakete und eigentlich ein Wecker, aber immerhin. Zur Weckzeit schießt die Rakete mit ordentlich Getöse quer durch den Raum und landet irgendwo auf dem Boden zwischen stinkenden Socken und zerfledderten Unterwasserzeitschriften. Der Lärm stoppt erst, wenn man aufsteht und sie wieder auf die Station stellt. Zum Glück war es nur ein Traum. In Wirklichkeit hätte ich die Rakete niemals benutzt. Das wäre Selbstfolter. Außerdem würde Frau Kesselmann mir nie im Leben ein Geschenk machen.

Heute ist der erste Tag vom Schnupperpraktikum. Blöderweise habe ich es verrafft, mich um einen Platz zu kümmern, also bekam ich einen zugewiesen. Während meine Mitschüler Kanzlei-, Praxis-, Agentur- oder Sparkassenluft schnuppern, muss ich in die Förderschule nach Röhrbach. Das ist am anderen Ende der Stadt. Da, wo die Brautläden sind, und die Shishabars und die Waffenshops und die Läden, in denen die Glatzköpfe diese *Lonsdale*-Pullover kaufen.

An meinem ersten Tag komme ich wie üblich eine Viertelstunde zu spät. Das Schulgebäude ist ein gelb-grauer Kasten. Ich wette, dass auf dem Dach Kieselsteine liegen. Auf solchen Dächern liegen immer Kieselsteine: wie auf unserer Garage oder der alten Turnhalle von Ignatius.

Der Hausmeister schleicht vor dem Eingang herum und sammelt mit der Greifzange *Monster*-Dosen und *YumYum*-Packungen auf. Ich denke zumindest, dass es der Hausmeister ist, weil er so einen Kittel anhat. Jetzt hat er mich entdeckt. Er kommt auf mich zu und bleibt vor mir stehen. Der Hausmeister kneift seine Augen zusammen. Er glotzt mich an, als ob ich ein Außerirdischer wäre. »Wer bist *du* denn?«, fragt er.

»Paul«, sage ich.

»Soso. Paul.«

Ich nicke.

Seine Augen sind immer noch zusammengekniffen. »Und was willst du hier?«

Gute Frage, denke ich. Eigentlich will ich gar nichts hier. Außer weg. Das ist schwer möglich, weil das Schnupperpraktikum Pflicht ist. Also will ich, wenn ich schon hier sein muss, am liebsten meine Ruhe haben. Aber das kann ich diesem Hausmeistertypen ja schlecht am Montagmorgen in sein spitzes Gesicht sagen.

Wir stehen direkt neben den Müllcontainern. Der Hausmeister bückt sich und zieht eine Leuchtröhre aus einem langen Pappkarton, der auf dem Boden liegt. Er drückt sie mir in die Hand. »Dann mach dich wenigstens nützlich!«

Er verschwindet hinter den Müllcontainern.

Ich stehe also da, habe eine Leuchtröhre in der Hand und warte darauf, dass der Hausmeister zurückkommt und sie mir wieder abnimmt, aber er kommt nicht. Ist wahrscheinlich durch irgendeinen Hintereingang ins Gebäude und hat vergessen, dass ich hier noch rumstehe. Am besten, ich gehe auch rein.

Drinnen weiß ich nicht, ob nach rechts oder links. Also gehe ich geradeaus durch den Flur und nehme dann die Treppe nach oben. Hier ist auch niemand. Es riecht nach Spüllappen und ein bisschen nach Omasalbe. *Nivea* oder *Penaten.* Irgendwann werde ich sowieso irgendwo reinmüssen. Außerdem habe ich keinen Bock, ewig mit diesem bescheuerten Ding rumzulaufen. Also beschließe ich, durch die nächstbeste Tür in irgendeinen Raum zu gehen. Ich drücke die Klinke runter und öffne die Tür. Ich glaube, ich bin in einer Klasse. Mittendrin steht ein Mann mit schneeweißem, fast schulterlangem Haar und einem Bierbauch, wie ihn die meisten Männer bei uns in Oberbach auch haben. Bei den Frauen ist dafür der Hintern größer. Die ziehen dann schwarze Hosen an oder binden ein Tuch drum, um das zu vertuschen.

Ich stehe jedenfalls mit der Leuchtröhre da und sage erst mal nichts und der Mann sagt: »Dann musst du *Per* sein.« Die ganzen schiefen Gestalten, die im Stuhlkreis sitzen, jubeln wie Wahnsinnige und klatschen und schreien meinen falschen Namen: »Peeeeer!«

Ein dicker Junge mit Schweißperlen auf Stirn und Oberlippe springt plötzlich auf und rennt auf mich zu wie ein wilder Stier. Er küsst mich voll auf den Mund. Eigentlich muss ich kotzen, aber ich kann ja schlecht am ersten Tag vom Schnupperpraktikum in die Schule göbeln. Der Junge reißt mir die Leuchtröhre aus der Hand, grinst mich an und pfeffert das Teil auf den Boden. Das knallt wie ein fetter D-Böller.

Als er wieder auf seinen Platz stolpert, kann man seine Arschritze sehen. Alle kreischen.

Der mit dem Bierbauch heißt Dieter und redet, als ob mich ein schweres Schicksal getroffen hätte. »Der Name Per kommt aus dem Dänischen. Ein ganz alter Kriegername, der seinem Ursprung nach ›Speerspitze‹ bedeutet.«

Sein warmer Atem kriecht unter meinen Pullover wie ein Fluch. Ich bin nicht Per, aber eins ist klar: Was Dieter sagt, stimmt. Jedenfalls tun alle so, als ob. Also mache ich das auch.

Dieter bringt mich dann in eine andere Klasse. Die Wände im Flur sind voll mit Jacken und Rucksäcken. Wie im Kindergarten. Fehlt nur noch, dass jeder sein eigenes Garderobenbildchen hat.

In der nächsten Klasse werde ich wieder gefeiert wie Rihanna und Katy Perry zusammen. Die Schüler hocken an Tischen, die zu einer Art eckigem O zusammengeschoben sind. Der Lehrer sitzt hinterm Laptop. Unter dem Pult sehe ich Sandalen und Wollsocken. Er winkt mir zu und stellt sich auch mit dem Vornamen vor.

»Bodo.«

Eigentlich müsste ich jetzt meinen richtigen Namen sagen, aber Dieter steht immer noch hinter mir und ich glaube, eine Diskussion mit ihm ist ziemlich anstrengend. Ich wäre froh, wenn er so schnell wie möglich seine Hände von meiner Schulter nehmen, sich umdrehen und verschwinden würde. Dass ich Paul bin, kann ich ja später in Ruhe erklären. »Ich heiße Per«, sage ich.

Dieter verschwindet und ich setze mich auf einen freien Platz.

Bodo schlägt vor, dass wir erst mal eine Vorstellungsrunde machen.

Einige von denen scheinen nur so halbbehindert zu sein. Jonas' Kopf ist zwar nicht viel kleiner als eine Wassermelone und seine Stimme klingt, als ob er sich gerade einen frischen Helium-Ballon reingezogen hätte, aber sonst: Bayernfan und Klassensprecher.

Eva kichert die ganze Zeit. »Ich bin eine Leseratte«, sagt sie. »Am liebsten Twilight.« Eva möchte Schriftstellerin werden. Für Mädchengeschichten.

Fatih daneben brüllt: »Ich raste gleich aus hier! Der is doch voll behindert, der Mädchen!«

»Das Mädchen«, sagt Eva.

Fatih springt auf. »Is mir scheiß egal, wie das heißt. Ich mach alles kaputt hier. Guck dir das Behinderte doch an!«

Bodo wirft einen Schwamm Richtung Fatih. »Benimm dich mal! Was soll denn Per von dir halten?«

Alle lachen. Außer Fatih.

Die nehmen sich hier echt eine Stunde Zeit, um sich vorzustellen. Wenn auf Ignatius ein Neuer kommt, muss nur der sich vorstellen.

Jetzt bin ich dran. Ich glaube, die halten mich auch für einen Behinderten. Ich muss die Sache aufklären. Aber was, wenn mir keiner glaubt? Dann müsste ich mich ausweisen. Mit meiner Busfahrkarte zum Beispiel. Das wäre peinlich. Und anstrengend. Außerdem: Vielleicht ist das ja meine Chance. Als Per werde ich vielleicht in Ruhe gelassen. Und drei Wochen sind ja auch schnell rum. »Ich bin Per. Ich bin 14. Ich bin Bayern-Fan.«

Ich rede wie immer, nur etwas leiser und langsamer und Bayern hasse ich eigentlich. Sie kaufen mir die Nummer voll ab. Mein Ausschlag ist dabei wahrscheinlich ganz hilfreich. Vorhin, als ich mit Dieter rüber bin, hab ich gemerkt, dass es anfing zu jucken, und hab schon geahnt, dass es gleich losgeht. Ohne in irgendeinen Spiegel zu gucken, weiß ich, wie meine Backen jetzt aussehen. Erst juckt's, dann wird es rot, dann kommen die Quaddeln. Als ob man sich eine Brennnessel durchs Gesicht gezogen hätte. Deshalb heißt das auch Nesselsucht. Und nach ein paar Stunden ist alles wieder weg. Mama hat das immer, wenn sie Stress hat, sagt sie. Ich dachte immer, das ist Quatsch, aber jetzt bin ich mir ganz sicher, dass mein Ausschlag daher kommt, weil der Typ mit den Schweißperlen mich auf den Mund geküsst hat.

Die Vorstellungsrunde ist immer noch nicht vorbei. Einer sitzt einfach da, hat überall Wunden im Gesicht und Torwarthandschuhe an den Händen. Eine sitzt im Rollstuhl, knirscht mit den Zähnen und sabbert. Neben mir sitzt einer im Spongebob-Schlafanzug, wippt vor und zurück und singt irgendwas Arabisches.

»Das ist Ibrahim«, sagt Eva.

Fatih sagt: »Der kann dich kaputt schlagen. Du darfst den nich anschreien und nich festhalten, dann is der korrekt.«

Bei uns in Oberbach gab es auch mal einen Behinderten. Das waren schöne Zeiten. Ich musste bloß den Rasenmäher aus dem Schuppen holen, den Motor anschmeißen und im Liegestuhl warten, bis er angerannt kam. Großzügig wie ich bin, habe ich ihm dann erlaubt, den Rasen zu mähen. Das nennt man Win-win-Situation. Irgendwann musste der Behinderte weg aus Oberbach. Die Nachbarn hatten Angst, dass er Kinder belästigt, und ich musste wieder selber mähen.

Fast hätte meine eigene Familie sogar Behindertennachwuchs bekommen. Das Baby hatte den Rücken offen. Deshalb haben sie es weggemacht. Mama ist dann in ein Kloster nach Nepal. Da wohnt sie jetzt seit vier Monaten. Spätestens Weihnachten will sie aber wieder da sein. Von den Nachbarn weiß das keiner und Papa tut alles dafür, damit das so bleibt: Beim Bäcker holt er Brötchen für drei und beim Edeka wirft er immer Unmengen Tampons aufs Band. Dann sagt der Sachen wie: »Ein Verschleiß in letzter Zeit! Mann, Mann, Mann!« Ich finde es etwas zu auffällig, aber er fragt mich ja nicht. Wenn mich jemand fragt, wo Mama ist, sage ich: »Sie hat viel zu tun.« Das bringt die Leute zum Nicken.

Fatih steht auf und schnuppert an der Sabbernden im Rollstuhl. »Bäh, stinkt voll nach Scheiße der Mädchen!«

Jetzt riech ich's auch. Die ganze Klasse stinkt nach Scheiße.

Bodo schaut sich um. »Wo ist denn Birgit?« Für einen Moment sehe ich den goldenen Knopf in seinem Ohr funkeln und den geflochtenen Minizopf im Nacken baumeln.

Es klopft und ein Mädchen kommt rein. Ungefähr so alt wie die, die auf Ignatius gerade Abi machen. Sie hat lockiges braunes Haar und rote Lippen und so eine Bernsteinkette über der Brust. Sie lächelt und schaut mir direkt in die Augen. »Wir haben Zuwachs? Wie schön! Ich bin Birgit. Die Inklusionshelferin von Alicia-Sophie.«

Birgit wischt Alicia-Sophie mit einem Tuch den Sabber

vom Mund, streicht ihr die Strähnen aus der Stirn und schiebt sie aus der Klasse. Ich bin froh, kein Schnupperpraktikant zu sein. Das könnte Frau Kesselmann so passen, dass ich hier Ärsche abwische.

Als sie wieder reinkommen, sieht das Mädchen im Rollstuhl gar nicht mehr grimmig aus und knirscht auch nicht mehr mit den Zähnen. Vorhin hat es noch nach Scheiße gestunken und jetzt riecht es hier frisch nach Lavendelseife. Die benutzt Mama auch immer.

Es klingelt. Eine Durchsage: »Wo is der Bengel, dem ich vorhin die Röhre gegeben habe? Wenn die in zehn Minuten nicht in meinem Büro ist, gibt das Ärger! Over!«

Das war der Hausmeister.

Die Tür geht wieder auf und Dieter aus der anderen Klasse steht mit seinem Bierbauch und dem wild gewordenen Küsser an der Hand in der Tür. Der Küsser winkt mir zu: »Na Per? Röhre putt?«

Der soll doch die Fresse halten. Wahrscheinlich werden die mich jetzt ins Kreuzverhör nehmen und ich werde komplett auffliegen und muss dann ab morgen auch Ärsche abwischen. Ich hoffe schon mal, dass der mit den Torwarthandschuhen am Arsch nicht so viele Wunden hat wie im Gesicht.

Dieter kratzt sich den Schnurrbart und faselt irgendwas von »Leuchtröhren« und »hochexplosiven Gasgemischen«. Mit dem gelben Türrahmen sieht das jetzt so aus, als hätte er einen Heiligenschein. Er starrt mich an. »Am besten, ihr fragt euren neuen Mitschüler Per, welches Geräusch eine Leuchtröhre beim Zerschellen macht.«

Fatih lacht. »Geil! Erster Tag und sofort Stress mit Hausmeister!«

»Der hat die runtergeschmissen!« Ich zeige auf den Wilden an Dieters Hand.

»Benjamin macht nichts kaputt. In meiner Klasse bemühen wir uns, die Dinge heile zu lassen«, sagt Dieter.

Der Küsser heißt also Benjamin, und frisst gerade einen

dicken Popel, den er in Schwerstarbeit herausgebohrt hat. Meine Backen jucken wie Sau.

Die beiden verschwinden wieder.

»In Dieters Klasse bemüht sich überhaupt keiner, die Dinge heile zu lassen«, sagt Bodo.

»Voll die Opfers sind das!«, sagt Fatih.

Dann schrauben Bodo, Jonas und Eva in Zusammenarbeit eine Leuchtröhre aus der Lampe an der Decke und ich bring die zum Hausmeister. Zum Glück ist der nicht da. Ich lege sie auf seinen Schreibtisch und gehe in die Klasse zurück.

2. Ich bin Per!

Dieses eckige Tisch-O ist zwar eigentlich ein Rechteck, aber ich vermute, dass das Ganze pädagogische Gründe hat, und pädagogisch gesehen ist das hier ein Kreis. Das weiß ich von den Pfadfindern. Da saßen wir auch immer im Kreis. Wichtig war, immer außenrum zu gehen und nie durch den Kreis.

Mir hat es ganz gut gefallen da. Wir haben Spiegeleier auf dem Spaten gebrutzelt und Speere mit dem Taschenmesser geschnitzt. Das Einzige, was wir nicht machen durften, war, durch den Kreis gehen.

Birgit will wissen, wer Tischdeckdienst hat.

Alle schweigen, also steht Birgit auf und schaut auf den Plan, der hinter ihr an der Wand hängt.

»Wieso sagst du nichts, Fatih?«, will Birgit wissen.

Fatih zuckt mit den Schultern. »Wieso soll ich?«

»Weil du Dienst hast!«

Fatih verzieht sein Gesicht. »Immer alleine. Weil diese blöde Tussi dickgeschossen is!«

»Elly ist krank«, sagt Bodo.

»Elly is schwanger«, sagt Fatih.

»So ein Quatsch«, sagt Birgit.

»Isso«, sagt Fatih.

»Vielleicht magst du Per fragen, ob er dir hilft?«, fragt Bodo.

Fatih starrt mich an. Ich versuche woanders hinzusehen. Das klappt nicht und Fatih fragt: »Was glotzt du so?«

Eigentlich müsste ich *ihn* das fragen, aber bevor er ausrastet, sage ich besser nichts.

Fatih ist aufgestanden. »Dann los!« Er nickt in meine Richtung.

Ich springe auf und stolpere Richtung Klassentür. Fatih zeigt mir mit einer Kopfbewegung, dass es meine Aufgabe ist, die Tür zu öffnen. Ich halte sie ihm auf.

Fatih geht vor. Ich hinterher.

»Wie alt?«, fragt er.

»Was meinst du?«

»Wie alt du bist?«

»14.«

Er bleibt stehen und mustert mich. Ich komm mir vor wie sein persönlicher Schnupperpraktikant.

Fatih rümpft die Nase. »Hätte älter gedacht.«

Vielleicht bin ich das ja auch, denke ich.

»Wie alt bist *du* denn?«

»16.«

»Krass.«

Fatih bleibt wieder stehen. Wir stehen kurz Kopf an Kopf da, aber dann sieht er meinen Ausschlag und geht einen Schritt zurück.

»Wieso krass?«

»Keine Ahnung«, sage ich.

In Wirklichkeit find ich krass, dass der zwei Jahre älter ist als ich. Weil der mir jetzt ja irgendwie überlegen ist.

»A oder B?«, fragt Fatih.

Ich weiß nicht, was er von mir will und was das überhaupt für ein komischer Typ ist. Zwei Jahre älter, einen Kopf kleiner, behindert und macht einen auf dicke Hose.

»A oder B? Du hast drei Sekunden: 1, 2 …«

»B.«

»*So* einer bist du also!« Fatih guckt mich an, als ob er gerade die Erkenntnis überhaupt gewonnen hätte. Dann zieht er einen Schlüssel aus seiner Hosentasche. Daran hängt eine rote Minibillardkugel.

Fatih schließt den Fahrstuhl auf.

Hätt ich mal A gesagt, dann wäre ich nicht »*so* einer« und wir hätten wahrscheinlich die Treppe genommen. Auch wenn es nur eine Station ins Erdgeschoss ist: Ich will nicht mit diesem Irren alleine im Aufzug sein. Was, wenn der auf STOPP drückt?

Abgesehen davon muss man im Fahrstuhl immer was sagen. Aber was sagt denn so ein Behinderter? Ich weiß ja auch gar nicht, welche Behinderung ich überhaupt habe. Bin ich eher 'n Totalschaden oder einfach so 'n zurückgebliebener Typ? Früher hatte ich mal einen Zwinkertick. Vielleicht würde das gut kommen. Ich könnte auch immer nicken. Wie Tauben das machen. Oder ab und zu den Mund, so weit es geht, aufreißen. Aber was, wenn das überhaupt nicht zu Per passt und ich auffliege? Dann gibt es richtig Ärger mit Frau Kesselmann. Und was machen die Behinderten wohl mit einem Schnupperpraktikanten, der einen auf behindert macht, um sich vor Arbeit zu drücken? Ist wohl besser, wenn ich mir das nicht vorstelle. Umso wichtiger ist es, dass ich mir eine Taktik überlege. Am besten, ich mache einen auf langsam. Das kommt mir eh entgegen und dann tue ich so, als würde ich nichts raffen. Zumindest den Erwachsenen gegenüber. Die Schüler merken das eh nicht. Nur bei Fatih bin ich vorsichtiger. Man weiß ja nie.

»Wo fahren wir hin?«, frage ich und versuche dabei, möglichst hohl zu klingen.

Fatih nuschelt vor sich hin. Ich glaube, er sagt: »Küchenfrauen. Tee und so.«

Er steckt vorsichtig seinen Kopf aus dem Aufzug, hebt seine rechte Faust und schaut mir wieder so in die Augen. Seine sind fast schwarz.

»Du sagst keinem, dass wir Aufzug waren!«

»Ne, Quatsch.«

Wir gehen den Flur entlang. Eben gerade hat er mir noch mit der Faust gedroht und jetzt legt der plötzlich seine Hand auf meinen Rücken und erzählt mir, dass hier die Unterstufe ist. Der umarmt mich richtig. »Die sind zwischen fünf und zehn«, sagt er. »Dann gibt's noch Mittelstufe, die sind auch oben. Wir sind Oberstufe. Ibrahim ist 22.«

Ich habe ein bisschen die Orientierung verloren. Nicht nur, was Fatih betrifft, sondern sonst auch, aber ich glaube, die Schulküche ist am anderen Ende als der Eingang. Die Tür daneben müsste dann der Hinterausgang sein.

Als wir reinkommen, sitzen die Küchenfrauen in ihren ärmellosen Kitteln am Tisch und qualmen. »Haste 'nen neuen Kollegen, Fatih?«

Fatih schüttelt den Kopf. »Das is Per.« Er sagt das ein bisschen so, als ob ich der Märchenprinz von Dornröschen wäre, auf den alle hier seit hundert Jahren warten würden.

Die eine Küchenfrau will wissen, ob es schon ein Foto von mir gibt, und noch bevor ich geantwortet habe, hat sie ihre Kippe im Mundwinkel, die Augen zusammengekniffen, die Kamera gezückt, »Spaghetti« gerufen und mich geknipst. Ich habe zwar noch nie zuvor eine Küchenfrau getroffen, aber diese Küchenfrau ist ziemlich sicher eine der schnellsten Küchenfrauen der Welt.

Die andere schiebt uns einen Rollwagen zu. »Ich geh eben mit und schließ euch den Fahrstuhl auf.« Fatih zwinkert mir zu. Ich zwinker übertrieben zwinkertickmäßig zurück.

»Bist du behindert?«, fragt er.

Der Rollwagen ist silber. Teller und Tassen stehen darauf. Und Teekannen aus Metall. Wie im Krankenhaus. So riecht's auch. Nach Fenchel und Pfefferminz. Ich mag Krankenhäuser und dieses breiige Essen da nicht so besonders. Beim letzten Mal lag ich mit einem auf dem Zimmer, der war Geschäftsführer, aber das war egal, weil er einen künstlichen Darmausgang hatte. Immer wenn der geleert wurde, hat es so gestunken wie vorhin bei dem Mädchen, das, glaube ich, Alicia-Sophie heißt. Der Geschäftsführer hat dann mit seinem Armani-Fläschchen rumgesprüht, um den Gestank zu vernebeln, was die ganze Sache noch schlimmer gemacht hat. Das hätte ihm natürlich jemand sagen können. Eine Krankenschwester oder ein Arzt. Hat aber keiner gemacht, also musste ich notgedrungen die meiste Zeit mit dem Kopf unter der Bettdecke verbringen.

»Wir frühstücken Klasse«, sagt Fatih, als er den Metallwagen durch den gelben Türrahmen schiebt. »Jeder sein eigenes aber alle auf einmal.«

Das pädagogische Rechteck hat eine kleine Lücke zur Tafelseite. Bestimmt, damit man besser die Tische decken kann. Ich darf das Rechteck also betreten. Das ist wichtig zu wissen.

Fatih soll mir erklären, wie die Tische zu decken sind, aber er sagt kein Wort und ich gucke umso genauer hin, damit ich das dann auch so machen kann und nicht gegen irgendwelche Regeln verstoße. Das mit dem Tischdecken scheint hier nämlich 'ne wichtige Sache zu sein. Also: abwischen. Erst nass, dann trocken. Dann Teller hinstellen.

Auf Ignatius frühstücken wir vor Weihnachten auch immer in der Klasse. Da gibt's aber keine Teller. Nur Tee und Plätzchen mit vertrockneter Marmelade in der Mitte, die keiner isst. Wer will schon Plätzchen essen, die Ochsenauge heißen?

»Gibt's immer Teller?«

»Ohne Teller – Sauerei«, sagt Fatih, und hinter ihm sehe ich Bodo nickend am Pult sitzen.

Ich stelle mir Fatih bei *McDonald's* vor. Als den Typen, der mit Head-Set um den Kopf im *McDrive* arbeitet: »Bestellung bitte!« Und dann schüttet er mit der kleinen Metallschaufel Pommes in die Papiertüten. Den Frauen zwinkert er mit einem Auge zu, wenn sie vorfahren und die Männer fragt er Sachen, wie: »Hast du voll Hunger?«

Da würde kein Mensch auf die Idee kommen, dass der

ein Behinderter ist. Vielleicht ist der ja auch so was wie ein Schnupperpraktikant. Halt nicht vom Gymnasium, sondern 'ner anderen Schule. Wobei, ich glaube, dass es den bescheuerten Begriff »Schnupperpraktikant« ausschließlich auf meiner behinderten Schule gibt. Und Frau Kesselmann hat das Patent darauf.

Der Junge, dem ich gerade den Teller hingestellt habe, ist aufgesprungen und schreit: »Ich bin Per!« Immer wieder. Und in einer Tonhöhe, dass ich Angst habe, mein Trommelfell könnte platzen. Schon der zweite hier mit einer seltsamen Stimme. Der Typ hat dichte, dunkelbraune Locken, vor allem aber ist er mindestens zwei Meter groß und hat einen ziemlich irren Schielblick drauf. Ich bin froh, dass der Tisch zwischen uns steht. Er schreit und schreit.

Und was machen die anderen? Fatih deckt weiter den Tisch. Jonas geht auf Toilette. Birgit holt eine Brotbox aus Alicia-Sophies Rucksack. Wofür braucht die eigentlich einen Rucksack? Die hat doch immer 'ne Lehne am Rücken. Bodo daddelt am Laptop. Ibrahim zeichnet mit dem Zeigefinger die Rille zwischen den Tischen nach. Nur der mit den Torwarthandschuhen hält sich die Ohren zu.

Vorhin tun die noch so, als ob alles in Ordnung wäre, und helfen mir mit dem Hausmeister. Bodo, Eva, Jonas. Fatih hat mich sogar den Küchenfrauen vorgestellt. Und dabei wissen die scheinbar schon längst, dass nicht ich Per bin, sondern dieser Riese mit der Zwergenstimme. Und jetzt ignorieren die mich. Ich stehe immer noch vor Per. Ob ich wegrennen soll? Oder ich sage einfach: Ich bin Per. Das tue ich.

»*Ich* bin Per«, sage ich. Das kann gar nicht gutgehen.

Sein riesiger Mund zieht sich wütend zusammen. »Nein! Ich bin Per!« Der mit den Torwarthandschuhen linst mich für eine Sekunde flehend aus dem Augenwinkel an. Als wollte er sagen: Jetzt gib's doch endlich zu, Mann!

Es gibt eh keinen Ausweg mehr. Ich habe verloren. »Du bist Per«, sage ich zu Per.

Pers Gesicht entspannt sich. Er hat aufgehört zu schreien und setzt sich. »Und du bist ich«, sagt er jetzt. Ich verstehe gar nichts mehr.

Birgit lächelt ihn an. »Du bist Freddy«, sagt sie zu ihm. Und zu mir: »Freddy tauscht gern die Rollen. Da muss jeder Neue durch.«

»Das ist gar nicht Per?«, rutscht es mir raus.

Birgit lacht. »Du bist doch Per. Das ist Freddy.«

Das war knapp.

3. Wie Bruce Willis

Einen Per stelle ich mir sowieso ganz anders vor als Freddy: kleiner und blond und mit tieferer Stimme.

Bei mir ist das mit dem Stimmbruch ganz schnell gegangen. Auf dem Weg zur Schule, im Bus, muss ich meine alte Stimme verloren haben. Ich kam in die Klasse. Keiner hat mich angeschaut. »Und? Woran lag es diesmal?«, fragte Frau Kesselmann genervt und dabei hat sie aus dem Fenster gesehen, einem Eichhörnchen hinterher, das gerade dabei war, den Baum hochzuflitzen. »Mal wieder der Bus?«

»Kette abgesprungen«, habe ich gesagt. Aber ich hörte mich gar nicht an wie ich selber, sondern eher wie Bruce Willis. Plötzlich starrten mich alle an. Ich glaube sogar, das Eichhörnchen hat kurz angehalten.

Frau Kesselmann hat die Situation gerettet und gesagt: »Du hast diese Woche Tafeldienst! Geh Kreide holen!«

Ich bin wieder raus und stand dann draußen vor der Tür und war ganz zufrieden, weil es die richtige Entscheidung war, mir nicht die Mühe zu machen, extra Kettenöl auf die Hände zu schmieren.

Das mit dem Kreideholen war auch totaler Quatsch. Auf Ignatius musste noch nie jemand Kreide holen. Kreide ist einfach da.

Ich schätze, Frau Kesselmann ist wegen meiner neuen Stimme auf diese Kreidesache gekommen. Wegen der Sieben Geißlein. Der Wolf frisst schließlich auch Kreide, um seine Stimme zu besänftigen, damit er die Geißlein fressen kann.

Ich find meine Stimme jedenfalls ganz o. k. Besser, als zwei Meter groß zu sein, wie Freddy, und dann so rumzupiepsen.

Ob Mama meine Stimme gefällt? Die kennt die ja noch gar nicht. Und Papa hat die, glaube ich, noch gar nicht bemerkt.

4. Moslem

Playmobilfiguren haben meistens einen schwarzen Haarhelm auf dem Kopf. Ibrahim würde eine Eins-a-Playmobilfigur abgeben. Abgesehen von den rechtlichen Problemen. Die könnte es vielleicht geben, wenn eine Playmobilfigur einen Spongebob-Schlafanzug trägt. Außerdem wäre es schwierig, einer Plastikfigur einen solchen Wackelmechanismus in die Augen zu bauen. Und wenn die eine Brille mit so dicken Gläsern wie Ibrahim aufhätte, würde sie ständig nach vorne kippen. Als Hände haben die Figuren bloß kleine Plastikgreifer. Da kann man dann eine Axt reinklemmen oder einen Feuerwehrschlauch oder eine Polizeikelle. Je nachdem.

Ibrahim hat echte Hände mit schwarzem Dreck unter den Nägeln. Deshalb badet er momentan neben mir seine Finger in einer kleinen Tupperbox mit lauwarmem Wasser und Spüli: Schmutz einweichen.

Ich schiele auf meine Nägel. Die müssten dringend mal geschnitten werden. Sauber sind die auch nicht. Deshalb versteck ich die mal lieber unauffällig unter dem Tisch, bevor ich gleich auch ein Fingerbad nehmen muss.

Birgit lächelt mich an. Die hat anscheinend meine Gedanken gelesen. »Du hast noch Welpenschutz«, sagt sie. »Aber morgen ist Kontrolle.«

Eva lacht sich schrott. »Welpenschutz. Der ist doch kein Hund.«

Freddy bellt. »Ich bin ein Hund!«

Heute Nachmittag werde ich mir die Nägel schneiden. Da wird Birgit sich morgen freuen. Wobei Birgit ja sowieso die ganze Zeit lächelt. Und wenn ich das Nägelschneiden vergessen sollte, zieh ich mir eben Torwarthandschuhe an.

Die anderen gehen in den Flur und holen ihr Frühstück aus den Rucksäcken. Ibrahim fleht am Waschbecken Allah oder sonst wen an und schrubbt mit der Bürste die Nägel. Dann setzt er sich wieder zu mir.

»Ibrahim hat schon wieder kein Frühstück dabei«, sagt Eva.

Bodo fragt: »Hast du was zu essen dabei, Per?«

Ich schüttel den Kopf. So wenig reden wie möglich.

Bodo holt eine Tüte mit Brot und ein Glas Marmelade aus dem Schrank und stellt beides auf meinen Platz. Ibrahim nimmt das Glas und drückt es gegen seine Stirn, dann nimmt er seine Brille ab und presst das Glas gegen die Augen. Mit beiden Händen. Als wolle der sich die Marmelade in den Schädel schieben. Er setzt die Brille wieder auf, rutscht zu mir rüber und schnuppert an meiner Backe. Ich hab Schiss, dass er zubeißt. Seine Augen wackeln die ganze Zeit hin und her. Ibrahim riecht extrem nach Waschpulver.

»Ist das Moslem?«, fragt er.

Ich hätte echt mit allem gerechnet, aber nicht damit, dass der ganz normal Deutsch spricht.

»Bitte?«, frage ich.

»Was schreist du so?«

»Ich hab nich–«

»Schrei mich nich so an, klar?«

Er hat einen Zeigefinger gehoben. Der Nagel ist immer noch dreckig.

»Klar«, sage ich, so leise ich kann.

Er hält mir die Marmelade unter die Nase. »Ist das Moslem?«

»Ich bin katholisch.«

»Bodo, was ist katholisch?«, fragt Ibrahim.

»Katholisch ist eine Religion. So wie der Islam«, erklärt Bodo. Auf seinem braunen Wollpulli sind Rentiere und Tannenbäume drauf, obwohl Weihnachten erst in ungefähr drei Monaten ist.

Ibrahim zeigt auf die Marmelade und hält sie mir wieder hin. »Und das? Ist das Moslem?«

»Das ist Erdbeermarmelade«, sage ich.

»Lecker.«

Ibrahim dreht den Deckel ab und schüttet das Glas auf seinem Teller aus.

Eva gackert. Dabei zieht sie ihre Schultern ziemlich weit nach oben. Ihren Hals sieht man gar nicht.

Ibrahim schaut über seine Brillengläser, wobei es eher so aussieht, als würde er mit den Augen hören.

»Lachst du über mich oder was?«

Eva hat aufgehört zu lachen und zupft an ihrer Brille herum. »Nein.«

»Du Hässliche!«, nuschelt er, legt seine Hand auf meine. »Wie heißt du?«

»Per.«

Der ist plötzlich ganz zahm. »Kannst du mir helfen, Per?«

Ich schmiere Ibrahim ein Marmeladenbrot. Das kann sicher nicht schaden. Vielleicht wird er sich mal daran erinnern, wenn er mich gerade kaputt schlagen will, und lässt es dann bleiben.

5. Berni der Einundsiebzigste

Es ist Pause.

»Hey Per!«

»Hallo Per!«

»Hi Per!«

»Per, wie geht's?«

»Schlag ein, Per!«

Die meisten rennen wie wild über die Flure. Einige jagen sich. Alle kennen mich und alle wollen mich abklatschen.

Birgit redet mit einem Jungen, der nicht behindert ist, da bin ich mir sicher, weil er einen Motorradhelm in der Hand hält. Der kennt mich auch schon. »Na, Per, wie gefällt's dir hier?«

Ich zwinkere zweimal, so fest ich kann, und nicke dann ganz leicht.

Birgit fährt sich durch die Locken. »Per ist ein richtiges Goldstück, hat Ibrahim vorhin ein Brot geschmiert.«

Fatih kommt aus der Klasse. »Was will der Penner hier?«, fragt er. »Sieh zu, dass du dich verpisst!«

»Tschau, Birgit«, sagt der Typ und verschwindet.

Birgit schaut Fatih böse an.

»Ist doch wahr«, sagt Fatih. »Was traut der sich hier hin?«

»Fatih, er und Elly sind überhaupt –«

»Du brauchst dich gar nich einmischen. Meine Sache. Ich sag nix. Ich sag nur, der soll nich auftauchen.« Fatih scheint diesen Typen nicht besonders zu mögen.

Ich gehe jetzt eine andere Treppe runter als heute Morgen hoch und kann mich nicht erinnern, jemals an einem Ort gewesen zu sein, an dem so viel Bewegung war. Abgesehen von einem Ameisenhaufen. Aber Ameisen tun sinnvolle Dinge, wie zum Beispiel Tannennadeln tragen oder Gänge bauen.

Bio ist eigentlich das einzige Fach, für das ich mich interessiere. Besonders für alles, was unter Wasser lebt. Wie zum Beispiel die Rotbauch-Seefledermaus. Die gehört zu den Fühlerfischen und kann sogar auf dem Meeresgrund kriechen. Ich hab trotzdem 'ne Vier in Bio, weil ich mich zu selten melde. Und die, die sich die ganze Zeit melden, kriegen 'ne Zwei, obwohl die nicht mal wüssten, dass es Seefledermäuse gibt oder der Busch vor der Schule hier Rhododendron heißt oder Ameisen nach dem Arbeitsteilungsprinzip vorgehen. Ich glaube, ich würde eine ziemlich schlechte Ameise abgeben. Den Tisch muss ich zum Glück nicht wieder decken. Freddy wird ab dem Mittagessen für mich übernehmen. Weil er so gerne Per spielt, darf er die ganze Woche vor und nach den Mahlzeiten immer zehn Minuten Per sein, den Tisch decken und wieder abräumen.

Jemand rammt mir voll seinen Ellbogen in die Rippen. Mir schießen Tränen in die Augen. Benjamin, der Küsser, stolpert an mir vorbei. Jetzt bloß nicht heulen, nachher gibt es hier eine Krankenstation, auf der ich untersucht werde, und die merken, dass ich in Wirklichkeit ganz normal bin. Ich halte mich am Geländer fest. Der hat so reingehauen, dass ich Sterne sehe.

Vielleicht gibt das hier auch alles einen Sinn, aber ich bin nicht in der Lage, den zu erkennen. Die meisten auf Ignatius wissen ja auch nicht, warum eine Ameise eine Tannennadel schleppt. Ich muss die Behindertenschule so anschauen wie einen Ameisenhaufen. Auch wenn sie wahrscheinlich das Gegenteil davon ist, nämlich ein planloses Getümmel. Aber vielleicht sieht das unter der Lupe oder dem Mikroskop anders aus. Und wenn ich genau weiß, wie ein Behinderter sich in welcher Situation verhält, kann ich das haargenau so machen und werde nicht auffliegen. Zumindest, solange der echte Per nicht auftaucht. Wo steckt *der* überhaupt? Oder gibt's den gar nicht? Das wäre natürlich am allerbesten.

Jonas, der Klassensprecher, steht mit seinem Riesenschädel neben mir und fasst mir vorsichtig in die Seite. »Hast du dir wehgetan?«, fragt er mickymausig.

Ich zwinkere.

»Hast du was im Auge? Zeig mal!« Jonas will mir ins Auge fassen.

»Ich hab nix im Auge.«

»Komm. Ich zeig dir alles.« Er legt einen Arm auf meine Schultern. Ich schiebe ihn wieder runter.

Alles, was er mir erzählt, hat Fatih mir auch schon erzählt.

Als ob die Stadtführer oder Museumsmitarbeiter wären, die jeden Tag ihr Programm abspulen.

»Ibrahim ist …«

»… 22«, sage ich.

»Woher weißt du das?«, fragt er. »Kannst du hellsehen?«

»Ja«, sage ich. Und will, dass er das wirklich glaubt.

Hinter der Schule ist ein ziemlich großer Hof. Rechts ist ein kleines Hühnergehege und links weiden eingezäunt ein paar Ziegen. Dazwischen werden wir gerade fast von einem älteren Jungen auf einem Riesenkettcar platt gefahren. Er hat einen Motorradhelm auf, ist aber nicht der, mit dem Birgit vorhin geredet hat.

Hinter der Ziegenweide ist ein Sportplatz mit Toren, Basketballkörben und Tischtennisplatte. Gräser und Brennnesseln wachsen aus der roten Asche.

»Warum spielt hier keiner?«, frage ich.

»Wenn du Hellseher bist, dann weißt du das doch selber.«

Jonas glaubt das echt.

»Hier spielt keiner, weil Sport scheiße ist«, sagt er dann.

»Und warum?«

Jonas winkt ab. »Wirste noch sehen.«

Zwischen Bolzplatz und Turnhalle ist ein großer Spielplatz mit Schaukel, Klettergerüst, Sandkasten, Wippe und so weiter. Hier sind viele von den Jüngeren. Es riecht nach frisch gemähtem Rasen.

Dieter steht mitten auf der Wiese und schlürft aus seiner Kaffeetasse. Er redet auf eine Lehrerin ein, die ständig auf ihre Armbanduhr schaut. Die einzigen Wörter, die ich höre, sind »multifunktional« und »stressresistent« und »Lotuseffekt«. Keins davon verstehe ich so richtig. Außer »multifunktional«. Solange ich noch nicht weiß, welche Behinderung ich genau habe, muss ich mir alle Richtungen offenlassen. Zurzeit bin ich eine Art Multifunktionsbehinderter mit viel offenem Mund und sollte ich bald mal eine Aufgabe gestellt bekommen, werde ich sie so langsam wie möglich erledigen.

Dieter zeigt auf das Emblem an seinem Jackenärmel. »Schweizer Flagge«, sagt er. Er trägt eine *Wellensteyn*-Jacke, auf die er gerade offensichtlich ein Loblied singt. Mir fällt unser Pastor ein. Der hat nämlich auch so eine Jacke. Einmal, das ist ungefähr zwei Jahre her, haben meine Eltern den sogar zu uns nach Hause eingeladen. Sie waren nämlich plötzlich so verliebt ineinander, dass sie ihr Eheversprechen erneuern mussten. Und dazu brauchten sie den Pastor, auch, wenn sie überhaupt nicht an Gott glauben. Meine Eltern haben extra für den Besuch ein Kreuz an die Wand genagelt und einen Kalender mit Bibelsprüchen danebengehängt, damit der Pastor keinen Verdacht schöpft. Der Besuch verlief richtig scheiße: Der Pastor hat mitbekommen, dass ich bei den Pfadfindern war. Er hat dann erzählt, dass die Kirche zusammen mit der Schützenjugend auch ein Zeltlager anbietet. Für meine Eltern die Gelegenheit, ihre Gottestreue zu untermauern. Meine Pfadfinderzeit war damit vorbei und ich musste ins Zeltlager der Jungschützen fahren. Jeden Morgen um sieben gab es Frühstück. Wer zu spät kam, wurde in die Waschrinne geschmissen und mit kaltem Wasser abgeschreckt. Wie ein gekochtes Ei. Da lag ich am ersten Morgen direkt drin. Nach dem Frühstück riefen die Leiter »Zeltappell!« und die Kinder haben gejubelt und ich hab mich auch gefreut. Es konnte ja nur besser werden. Aber Pustekuchen. Wir mussten die Zelte aufräumen. Inklusive Fegen. Das hätte mal einer den Pfadfindern erzählen sollen. Die hätten ihr Halstuch in die Ecke geschmissen und wären abgehauen. Auf dem kürzesten Weg, auch wenn das bedeutet hätte, durch den Kreis gehen zu müssen.

Wir standen dann in Reih und Glied vor dem Zelt. Ich hab am ganzen Körper gezittert, weil ich ja kurz vorher noch in der Waschrinne lag. Die Leiter haben unter die Luftmatratzen geguckt und bei mir lag noch 'ne Unterhose drunter und in meinen Koffer waren die Klamotten bloß reingestopft. Nicht gefaltet. Wir bekamen Punktabzüge und ich hab Zeltprügel gekriegt. Ich hab dann gesagt, dass ich Durchfall hätte, was ich natürlich nicht hatte, und hab ein Einzelzelt bekommen oder wie die das nannten: »Quarantäne«. Und die ganze Scheiße bloß, weil meine Eltern noch mal heiraten mussten.

Über seine *Wellensteyn*-Jacke hat der Pastor übrigens einen Satz gesagt, den ich wahrscheinlich nie vergessen werde: »Diese Jacke hält so lange wie eine gute Ehe!«

Die Lehrerin und Dieter stehen mit dem Rücken zum Drehkarussell, das zwei kräftige Schüler mit roten Köpfen und nass geschwitzten Igelschnitten anschieben. Die Jungs haben ihre Jacken schon ausgezogen, so sehr legen sie sich ins Zeug. Mir wird schon vom Zuschauen schwindlig. Sie schreien: »Vollgas!« und trinken gierig aus ihren *Monster*-Dosen, die neben ihnen im Gras stehen. Und mitten auf der Drehscheibe, im Schneidersitz, sitzt, ganz alleine, mein Sitznachbar Ibrahim, der in ein Selbstgespräch vertieft ist.

»Wird dem gar nicht schlecht?«, frage ich Jonas, der mir ja eigentlich gerade eine Schulhofführung gibt. Ich zucke zusammen. Neben mir steht nicht mehr Jonas, sondern ein anderer Junge. Er hat die Hände in den Hosentaschen und nickt zustimmend, so wie das zum Beispiel alte Männer tun, die sich auch ohne Worte verstehen.

»Kennst du Berni?«, fragt er.

Ich habe echt keine Lust mit dem zu reden.

»Ich kenne Berni.« Er nickt wieder wie ein Rentner, der sowieso jeden kennt.

Ich nicke mit ihm um die Wette. Was soll ich auch sonst machen?

»Du bist Per«, sagt er jetzt.

Wir nicken weiter.

»Berni ist jetzt da.« Er zeigt nach oben.

»Das tut mir leid«, sage ich, obwohl mir das scheißegal ist.

»Ich hab schon einen Neuen.« Wieder nickt der Freak. »'nen Grünen. Der heißt auch Berni. Berni der Zweiundsiebzigste.«

Der Typ ist total spooky. Der hat sich nicht nur so angeschlichen, sondern sieht auch aus wie ein Geist. Weißer Pullover, weiße Hose, weiße Slipper. Blonde, dünne Haare. Er deutet noch mal nach oben. »Guck, Per, guck! Da oben ist er.«

»Stimmt«, sage ich.

»Du guckst gar nicht, Per.«

Ich schau hoch und sehe ganz oben in den Ästen der Kastanie etwas Gelbes.

»Das ist Berni der Einundsiebzigste. Mein einundsiebzigster kanadischer Vogel. Mein ehemaliger kanadischer Vogel.«

»Du meinst wohl Kanarienvogel«, sage ich.

Jetzt legt auch er seinen Arm auf meine Schultern. »Wir fahren jedes Jahr nach Gran Canaria in den Urlaub«, sagt er. »Einmal hat mein Vater versucht, Berni die Toilette runterzuspülen. Das war Berni der Dreiundvierzigste.«

Dieter ruft: »Kommando anhalten!«

Ich kriege Gänsehaut. Dieters Militärton erinnert mich ans Zeltlager.

Das Karussell stoppt. Ibrahim steht auf und geht, wie an der Schnur gezogen, am Tiergehege vorbei ins Schulgebäude. Ich gehe hinterher, wobei ich ein bisschen wanke.

Im Erdgeschoss steht ein Kicker, den keiner benutzt, weil die offensichtlich alle lieber durch die Gegend rennen. Fatih steht alleine da, hat die Arme verschränkt und guckt lässig aus der Wäsche. Ich drehe mich schnell weg und stehe mit dem Gesicht zur Wand. Zum Glück hängt direkt vor mir ein Glaskasten. Also tue ich so, als würde ich da reinglotzen.

»Mach ma was drauf! Sieht widerlich aus!« Fatih drückt mir etwas kleines Weißes in die Hand. »Beste Salbe gegen Ausschlag. Vorher Hände waschen. Viel Dreck hier!«

»Wo hast du denn jetzt so schnell die Salbe –«

»A oder B?«

»B.«

»Vom LKW gefallen.«

Ob der jetzt an der Straße stand und da ist zufällig eine Salbe gegen Nesselsucht vom LKW gefallen? Oder spinnt der komplett?

Fatih deutet mit dem Zeigefinger Richtung Glaskasten. »Guck! Auf Bild sieht man, wie rot Backen sind!« Dann haut er ab.

Im Glaskasten ist ein Foto von mir. Ein bisschen vernebelt, weil die Küchenfrauen so viel qualmen. Unter dem Bild steht dick und fett: PER. Daher kennen mich alle.

Rechts daneben ist ein leerer Rahmen und darunter steht: PAUL.

Mein Gesicht spiegelt sich im Glaskasten. Genau über meinem echten Namen. Ich gehe schnell einen Schritt zur Seite, damit ich mein Spiegelbild nicht mehr sehen muss und stoße gegen den Geist mit den weißen Slippern. Genau wie eben, unter der Kastanie, steht er urplötzlich neben mir.

»Hast du schon Paul gesehen, Per?«, fragt er.

»Eben gerade«, sage ich. »Ganz kurz.«

6. Per Fekt

Ich bin in einer Höhle. In einer wunderbar warmen Höhle.

Gedimmtes Licht. In den durchsichtigen Säulen, die von der Decke hängen, sprudelt das Wasser. Grün und violett, rot und gelb blubbert es vor sich hin. Leise, langsame Klaviermusik. Die fühlt sich auch warm an. Sanfte Wellenbewegungen schaukeln mich vorsichtig in den absoluten Entspannungsmodus. Ich bin nur noch auf Stand-by.

In den Lichtern der Lavalampen zerfließen die Formen wie Wachs.

Ich bin im Snoezelraum. Ich snoezle. Mit anderen Worten: Ich liege in einem Raum direkt neben dem Hausmeisterkabuff auf einem Wasserbett und ruhe mich aus.

Es riecht nach Lavendel und Honig. Wäre ich wirklich Per,

wäre mein Nachname jetzt Fekt. Es ist einfach Per Fekt hier. Und ein bisschen riecht es auch nach Waschpulver.

»Kann ich da rein?«, fragt Ibrahim.

Er liegt rechts, Birgit in der Mitte und ich liege links. Sonst ist keiner da.

»Wo rein?«, fragt Birgit.

»In die Dinger da, die so sprudeln.«

»Du meinst in die Säulen?«

»Sind das Säulen?«

»Das sind Wassersäulen.«

»Ich will in so eine Wassersäule.«

»Was willst du da drin machen?«

»Ich will da drinsitzen.«

»Und dann?«

»Dann will ich da drinbleiben.«

Die Röhren haben ungefähr den Durchmesser seines Oberschenkels. Ibrahim müsste Superkräfte besitzen, wenn er da reinpassen möchte. Ein Verbiegungskünstler oder Formmensch: Ibrahim in Säulenform. Oder er müsste sich klein machen können. Winzig klein. Vorstellen kann ich mir das. In diesem abgefahrenen Chillraum kann ich mir alles vorstellen.

Aber Ibrahim darf eigentlich gar nicht schwimmen, weil er ein »Anfallkandidat« ist. Das hat er vorhin selber gesagt. Ibrahim wollte unbedingt snoezeln. Er hat bei Bodo richtig darum gebettelt. Eins seiner Argumente war, dass er nie mit ins Schwimmbad darf. Was genau ein Anfallkandidat ist, weiß ich aber nicht. Dafür weiß ich, warum Ibrahim einen Schlafanzug anhat. Weil er snoezeln will.

»Ich dachte, ich darf heute snoezeln«, hat er gesagt.

Und Birgit: »Ach, komm schon, Bodo, er hat sich doch extra 'nen Schlafanzug angezogen.« Gar nicht blöd von Ibrahim, dachte ich und von Birgit auch nicht – ich glaube, die wollte auch unbedingt in den Snoezelraum.

Bodo hat schließlich nachgegeben. »Einer kann noch mit«, hat er gesagt. »Wer möchte?«

Alle haben sich gemeldet. Nur Fatih nicht und ich auch nicht, weil ich als Per zu lahmarschig und zu blöd dafür bin. Dabei wollte ich eigentlich gerne in diesen Raum. Ich dachte mir nämlich schon, dass er gut sein muss. Immerhin zieht man dafür einen Schlafanzug an.

Sogar der mit den Torwarthandschuhen hat aufgezeigt. Blitzschnell. Hätte ich dem gar nicht zugetraut. Und Alicia-Sophie auch, hat aber fast eine Minute gedauert, bis der Arm oben war. Und genauso lange bis er wieder unten war.

Bodo hat dann Birgit gefragt, ob Alicia-Sophie gut mitgearbeitet hätte.

»Wir sind ein bisschen bockig heute«, meinte Birgit, und Alicia-Sophie hat den Kopf geschüttelt und geschnauft.

Ich frage mich, wann es Gelegenheit gab, gut mitzuarbeiten. In der Vorstellrunde hat sie nix gesagt. Kann sie wohl nicht. Beim Frühstück musste sie auch nicht mitarbeiten. Und Pause ist Pause. Ich denke, Birgit ist in Wirklichkeit diejenige, die bockig ist, weil sie die Windeln wechseln muss, und deshalb will sie Alicia-Sophie nicht dabeihaben. Kann ich gut verstehen, und wenn mich jemand fragen würde, ob Birgit ein Engel ist, würde ich mit »Ja« antworten.

Dann hat Bodo Jonas gefragt (in seiner Rolle als Klassensprecher), ob er jemanden wüsste, der sich das Snoezeln verdient hätte. Jonas hat Fatih vorgeschlagen, weil der mir gezeigt hat, wie man richtig Tischdeckdienst macht. »Das war wirklich nett von Fatih«, hat er mit seiner Mickeymausstimme gesagt, und Bodo war der gleichen Meinung. Fatih hat aggro eine Hand nach oben gerissen und geschimpft: »Was soll ich Snoezelraum? Bin ich Kindergarten oder was? Schick Neuen. Is noch jung. Freut der sich.«

Jetzt wollte ich doch nicht mehr. Und Jonas hatte sowieso was dagegen, dass ich gehe.

»Per hat mir erzählt, dass er Hellseher ist. Ich glaube, der wollte mich verarschen«, hat er gesagt.

»Stimmt das?«, wollte Bodo wissen.

»Ja«, habe ich gesagt, damit ich nicht in den Kindergartenraum musste.

»Und? Wirst du in den Snoezelraum gehen?«, fragte Bodo.

»Nein.«

Und Bodo meinte: »Doch. Wirst du.« Und: »Das ist dann der Beweis dafür, dass du kein Hellseher bist.«

Dann hat Jonas sich auch noch bei mir entschuldigt. Warum auch immer.

Eva hat lachend mit der flachen Hand auf den Tisch gehauen. »Es gibt doch überhaupt keine Hellseher. Außerdem hast du gar keine Glaskugel.«

»Ich bin ein Hellseher«, meinte Freddy. »Mit Glaskugel.«

Dass Jonas sich vor allen bei mir entschuldigt hat – dem ist das gar nicht peinlich. Der sagt vor allen etwas, das man auf Ignatius höchstens als Nachricht schreiben würde. Und auch sonst wird hier alles öffentlich gemacht: popeln, Popel fressen, küssen, sich blamieren und rumschreien. Bevor wir dann Snoezeln mussten, sollten wir noch eine Viertelstunde beim Kochen helfen. Die kochen in der Klasse. Da steht ein Herd und alles, was man noch so braucht, wenn man, wie die, eine Hauswirtschaftsklasse ist. Wenn man keine Hauswirtschaftsklasse ist, kriegt man das Essen von den Küchenfrauen.

Ich habe in fünfzehn Minuten eine einzige Kartoffel geschält. So langsam, dass ich fast dabei eingeschlafen wäre. Und Bodo hat mich gelobt und Jonas auch – hatte wohl ein schlechtes Gewissen.

Der mit den Torwarthandschuhen hat sich mit dem Schäler in der einen und mit der Kartoffel in der anderen Hand ziemlich schwergetan. Das hat aber niemanden interessiert. Bodo gab ihm noch die Aufgabe, die Schalen runter zu den Futtereimern zu bringen. Der Torwart hat nur stumm genickt. Ibrahim hat es nicht mal geschafft, überhaupt mit dem Schälen anzufangen. Er brauchte die gesamte Zeit, um sich Kartoffeln in seine tiefliegenden Augenhöhlen zu stecken. Die sind immer rausgefallen. Fatih hat zu ihm rübergeguckt und mit einer Hand vor dem Gesicht gewedelt, so scheibenwischermäßig. Das sollte wohl bedeuten, dass Ibrahim spinnt. Ibrahim kann, glaube ich, nicht so weit gucken, aber seine Augen haben schon wieder so gewackelt, als ob die das gespürt hätten. Ich glaube, Ibrahim hat Spezialsensoren.

Ich bin jedenfalls überglücklich, dass ich doch im Snoezelraum gelandet bin. Und ich hätte es nicht für möglich gehalten, so etwas überhaupt mal zu denken, aber: Das hier ist die beste Schulstunde meines Lebens. Kindergartenraum hin, Kindergartenraum her.

Birgit findet es »süß«, dass Ibrahim in die Wassersäule will. Ich bin eifersüchtig, obwohl ich auch finde, dass Ibrahim einen guten Flaschengeist abgeben würde.

Birgit nimmt uns beide in den Arm und wuschelt kumpelhaft unsere Haare. »Meine beiden Obersnoezler«, sagt sie.

Birgit scheint Ibrahim anfassen zu dürfen. Er schlägt sie zumindest nicht kaputt. Vielleicht liegt es auch an der entspannten Stimmung hier im Raum oder an Birgits wunderbarem Geruch. Birgit riecht wirklich wunderbar.

Ibrahim hat sich hingehockt. »Oh Mann! Hör auf! Geh weg!« Er hat eine Beule in der Schlafanzughose, die er mit beiden Händen versucht, nach unten zu drücken. Birgit tut so, als würde sie das nicht bemerken. Ich auch, aber nicht so wie Birgit, sondern so wie Per, der das wirklich nicht mitkriegen würde. Ich frage mich, was ich wohl machen würde, wenn ich 'nen Ständer kriegen würde. Als Paul würde ich mich natürlich auf den Bauch legen und so tun, als ob nichts wäre. Aber als Per müsste ich es, solange ich noch nichts Genaueres über ihn weiß, wohl oder übel so machen wie Ibrahim. Zum Glück habe ich keine Schlafanzughose an.

Nachdem Ibrahims Ständer von alleine wieder weggegangen ist, liegen wir eine Weile einfach da und keiner sagt etwas.

Irgendwann schlafen Birgit und Ibrahim beide. Draußen

hängt zwar ein Schild »Das Wasserbett bitte nicht zum Schlafen benutzen!«, aber das interessiert offensichtlich niemanden. Wir atmen alle drei im gleichen Rhythmus. Meine Augen schaffen es auch nicht mehr lange, den Blubberbläschen zu folgen. Ich schließe meine Augen und bin weg.

Als ich aufwache, ist das Licht plötzlich kalt und grell. Kurz denke ich, dass ich in einem OP-Saal bin und das hier der Moment nach einer komplizierten Zahn-OP, in dem ich aus der Narkose aufwache. Dann sehe ich Ibrahim und Birgit, die sich beide verpeilt die Augen reiben. Auf einer Trittleiter, mitten im Snoezelraum, steht der Hausmeister.

»Das ist die falsche Röhre. Ich hatte dir eine Schwarzlichtröhre gegeben«, pampt er von seiner Leiter runter.

Der meint mich, aber ich bin nach dem Tiefschlaf viel zu verballert, um darauf zu reagieren. Das kommt eh ganz gut, glaube ich und ist außerdem praktisch, weil ich mich so gerade gar nicht großartig anstrengen muss, um einen geeigneten Per abzugeben.

Der Hausmeister macht jetzt auch den Scheibenwischer, so wie Fatih vorhin, nur, dass er dabei eine Leuchtröhre in der Hand hält. Dann verschwindet er. Ohne Leiter. Birgit schaut gähnend auf ihre Uhr und stellt wieder die Musik und die Abchill-Beleuchtung an. Als wir uns gerade wieder in Snoezelposition gebracht haben, reißt der Hausmeister noch mal die Tür auf.

Birgit wird sauer. »Wie wär's mal mit Klopfen?«

Der Hausmeister macht das Licht an und klopft sich dreimal mit dem Zeigefinger an die Stirn. In der Hand hat er eine schwarze Leuchtröhre. Jetzt fällt mir wieder ein, dass die Lampe heute Morgen auch schwarz war. Da hatte ich gar nicht drauf geachtet. Mama wäre stolz auf mich. Die hat immer gesagt, dass es egal ist, ob schwarz oder weiß – alle haben das Recht, gleichbehandelt zu werden. Bisher musste ich von diesem Gleichbehandeln aber noch nie Gebrauch machen, weil es in Oberbach keine Schwarzen gibt. Auf Ignatius gibt es nicht mal Italiener oder Türken. Hier habe ich aber schon ein paar über die Flure irren sehen.

Der Hausmeister klettert wieder seine Leiter rauf und installiert die Lampe. Die macht abgefahrenes blaues Licht. Solche Lampen werden manchmal in Fernsehkrimis benutzt: Die Spurensicherung kommt, schaltet die blauen Lichter an und plötzlich sieht man überall Blutspritzer. An der Wand. Auf dem Teppich. In der Badewanne.

Der Hausmeister klappt seine Leiter zusammen und hängt sie über die Schulter. »Warum liegst du überhaupt hier rum?«, fragt er. »Mach dich mal nützlich!«

Ach du Scheiße! Ich hab total vergessen, dass der Hausmeister weiß, dass ich Paul bin. Ich stelle mich schlafend.

Birgit mischt sich ein: »Hören Sie, das Snoezeln ist eine wichtige Therapiemethode. Per liegt hier nicht einfach rum.«

»Wieso Per? Das ist Paul. Ich hab mich erkundigt. Das ist der neue Praktikant.«

Ich stelle mich tot.

Birgit lacht. »Nein, nein. Das ist Per. Unser neuer Schüler.«

Vorsichtig öffne ich mein linkes Auge, um zu sehen, wie der Hausmeister reagiert. Er kratzt sich das Kinn. »Komisch«, sagt er. »Ich könnte schwören …« Mehr sagt er nicht.

Dafür redet Birgit weiter. Sie klopft auf meine Schulter, als wäre ich ein Pferd. »Per ist ein richtiges Goldstück«, sagt sie. Schon wieder.

Der Hausmeister lässt nicht locker. »Und wer ist dann Paul?«

»Weiß nicht«, sagt Birgit.

»Der muss auch da sein. Durch den Buschfunk ist bei mir angekommen, dass der Neue mit den roten Backen den gesehen hat.«

Ich erwache aus meinem Totenschlaf und hoffe, dass der Ausschlag noch stark genug ist, um ihn im blauen Neonlicht der Röhren zu bemerken. Dann müsste der Hausmeister doch merken, dass ich dieser Neue bin, der angeblich Paul gesehen hat.

Es funktioniert.

Er stammelt: »Ach, die roten Backen waren heute Morgen aber noch nicht … Dann bist du der Neue …? Dann bist du nicht …? Und? Hast du Paul jetzt gesehen oder nicht?«

»Per? Hast du Paul gesehen?«, hakt Birgit nach.

»Ich habe ihn gesehen. In der Zukunft. Aber da war ich noch Hellseher.«

Ich glaube, meine Antwort war nicht langsam genug, dafür werden die beiden jetzt denken, dass ich mächtig einen an der Pfanne habe.

»Na dann, gute Nacht«, sagt der Hausmeister und zieht die Tür hinter sich zu.

Das ist noch mal gut gegangen. Aber lange machen meine Nerven diesen Drahtseilakt nicht mehr mit.

»Was ist Buschfunk?«, fragt Ibrahim.

»Buschfunk ist ein anderes Wort für Klatsch«, sagt Birgit.

Ibrahim klatscht in die Hände. Ein paarmal. »Ist das Buschfunk?«

Birgit lacht. Wahrscheinlich war es der Geist, der dem Hausmeister erzählt hat, dass ich ihm erzählt habe, dass ich Paul gesehen hätte. Ich muss wirklich besser aufpassen, was ich sage – selbst zu den Behinderten. Der Geist, zum Beispiel, quatscht offensichtlich jeden hier zu.

Ich drehe mich auf den Bauch und sehe, dass auf dem Bettlaken überall Flecken sind. Wie im Fernsehen. Ein Mord wird hier wohl kaum stattgefunden haben. Das sind eher Körperflüssigkeiten von den Behinderten. Wahrscheinlich Pisse, Schweiß, Sabber und was es da sonst noch alles gibt. Jetzt weiß ich auch, warum Fatih hier nicht reinwollte. Ich werd mir jedenfalls nichts anmerken lassen. Jetzt ist es eh zu spät, und wenn ich zu Hause bin, schmeiße ich die Klamotten in die Wäsche, dann dusche ich und morgen bring ich mein eigenes Bettlaken mit. Ich wirke zwar nicht clever genug dafür, aber wenn jemand fragt, sage ich einfach, dass Mama mir das mitgegeben hat. Solche Dinge tun Mütter nun mal.

Jetzt reißt der Hausmeister wieder die Tür auf.

»Wie ist dein Nachname?«

Und ich dachte, ich hätte es überstanden. Ich sag erst mal nichts.

»Deinen Familiennamen will ich wissen!«

Daran hatte ich überhaupt gar nicht gedacht und dann fällt mir ein, dass ich ja doch schon daran gedacht hatte: »Fekt«, sage ich.

»Fekt?«, fragt er. »Wie schreibt man das?«

Mit einem Stift, rutscht es mir beinahe raus. Ich zögere einen Moment, weil ich nicht weiß, was ich sonst sagen soll.

»Mit einem Stift«, sagt Ibrahim.

Ich muss aufpassen, dass ich nicht lospruste. Der Hausmeister baut sich, beide Hände an der Gürtelschnalle, vor Ibrahim auf.

»Hör mal zu, Freundchen! Wenn du mich verarschen willst, dann können wir auch andere Saiten aufziehen.«

Ibrahim springt auf. Das Wasserbett schlägt hohe Wellen. Er brüllt. Immer den gleichen Laut. So brüllen normalerweise nur Hirsche. Oder Elche. In der Brunftzeit. Aber die stehen eigentlich nicht auf Wasserbetten.

»Scchhht«, macht Birgit, »sscchht!« Sie streichelt ihm vorsichtig mit den Fingerkuppen den Unterschenkel.

Der Hausmeister hält seine Arme zur Deckung hoch.

»Was für Saiten denn?«, frage ich, bevor Ibrahim hier jetzt den Hausmeister vermöbelt.

»Sie müssen leichte Sprache mit den Jungs sprechen, sonst verstehen die Sie nicht. Und leiser, viel leiser!«, sagt Birgit.

Der Hausmeister ist bislang der einzige Mensch hier, der von irgendwem gesiezt wird. Er stellt sich von einem Bein aufs andere und spricht jetzt leiser. »Das ist so ein Spruch. Ich hätte auch sagen können: Dann zeig ich dir, wo der Hase langläuft.«

Ibrahim ist immer noch zum Angriff bereit. Das Röhren lässt er jetzt sein, dafür schnauft er.

»Wo läuft denn der Hase lang?«, frage ich.

»Das ist mir zu blöd«, sagt der Hausmeister. »Ich schau im Schulregister nach. Dann weiß ich, wie du heißt. Da ist doch was faul bei dir. Und dann guck ich mal, ob ich diesen Paul erreiche.«

Tür knallend verlässt er den Snoezelraum. Der Hausmeister ist der größte Snoezelkiller, den ich kenne.

Bei uns wird der um diese Zeit keinen erreichen. Papa ist arbeiten. Aber wenn der jetzt Pers richtigen Nachnamen findet … Nicht, dass der da auch anruft. Ich muss dringend in Erfahrung bringen, wie mein Nachname ist. Und welche Behinderung ich habe. Da scheint es doch größere Unterschiede zu geben. Mulifunktionsbehinderung ist zu riskant. Hoffentlich passt das, was ich bisher so abliefere, wenigstens ungefähr zu dem, was Per auch tun würde. Blöd wäre es, wenn der zum Beispiel gar nicht sprechen könnte oder einer von den Hibbeligen wäre, die die ganze Zeit durch die Gegend rennen. Die Frage ist: Wie komme ich an die Informationen ran? Und dann muss ich irgendwie sichergehen, dass dieser Buschfunker nicht beim echten Per anruft.

7. Eine richtige Lehrstunde

Ich bin mit Fatih, Jonas, dem Torwarthandschuh-Jungen und Bodo »nebenan«. Nebenan heißt ein kleiner Raum mit Glastür, der direkt von der Klasse abgeht. Durch die Glastür schaue ich jetzt auf ein Poster, das an der Wand hinter Bodos Pult hängt. *Man kann Kinder nicht erziehen. Sie machen sowieso alles nach,* steht da drauf. Komischer Satz. Und als ich so darüber nachdenke, fällt mir auf, dass ich Per nachmache. Und Freddy macht mich nach und irgendwie auch Per. Und der mit den Torwarthandschuhen macht Torhüter nach.

»Spielen« steht auf dem Stundenplan. Im eigentlichen Klassenraum spielen Eva und Birgit Memory. Freddy und Alicia-Sophie puzzeln, wobei Alicia-Sophie eher sabbernd geradeaus starrt. Mit den Puzzleteilchen geht Freddy ziemlich unbeholfen um. Meinen Teller hat er mir vorhin so auf den Tisch geknallt, dass der in der Mitte durchgebrochen ist.

»Is normal«, hat Fatih gesagt. »Alle behindert hier.«

Das Essen war erstaunlich gut. Muskatnuss war im Kartoffelbrei, wie ich es mag, und die Frikadellen waren saftig. Und Moslem waren sie auch. Hat Ibrahim gesagt. Keine Ahnung, was das bedeuten soll.

Wir spielen PlayStation. Kein Originalspiel sondern ein Fake: Boateng heißt Boatong und Hummels heißt Hammels. Von den Jungs hier scheint das keiner zu bemerken und Bodo sagt auch nichts dazu.

Jonas schießt das 3:0, durch Ronaldi. Ronaldi küsst das Wappen auf seinem Trikot, rutscht auf den Knien und formt mit Zeigefingern und Daumen ein Herz, das er dann lächelnd ins Publikum zeigt. Jonas macht das jetzt genauso wie Ronaldi auf dem Bildschirm. Mit dem Unterschied, dass Jonas auf dem grauen Kunststofffußboden »nebenan« kniet und nicht auf dem Rasen eines ausverkauften Stadions. Außerdem ist sein Kopf fast doppelt so groß wie der von Ronaldi.

»Kein Bock mehr«, ruft Fatih, schmeißt den Controller in die Ecke und setzt sich zur Memory-Runde.

Bodo ruft ihm hinterher: »Schlechter Verlierer oder was?«

Fatih reagiert nicht.

»Jetzt spielt Dennis gegen Per«, sagt Jonas.

Der mit den Torwarthandschuhen hat also auch einen Namen. Dennis. Und es wird noch verrückter: Er zieht doch tatsächlich die Torwarthandschuhe aus. Sein Schweigen bleibt. Dennis stellt sich ein komplett neues Team zusammen, das ausschließlich aus Torhütern besteht.

Ich nehme Bayern, weil ich ja neuerdings Fan von denen bin. Meine Backen jucken wieder.

Die Bayern sind auf der PlayStation ziemlich sicher doppelt so gut wie eine Mannschaft von Torhütern und ich bin wahrscheinlich doppelt so schlau wie einer, der mit Torwarthandschuhen an den Händen versucht, Kartoffeln zu schälen. Aber wenn ich den jetzt 8:0 abziehe, dann würde Bodo bestimmt anfangen, an mir zu zweifeln. Ich muss ihn ein Tor schießen lassen. Und selbst darf ich höchstens zwei schießen.

Ich habe Anstoß. Dann habe ich wieder Anstoß und dann wieder und wieder und wieder. Dennis zockt mich ab. Unter meinen Daumennägeln wird es ganz weiß – so fest drücke ich die Knöpfe. Kurz denke ich, mein Controller ist im Arsch. Ich komme einfach nicht an den Ball. Zwölf zu null! Und der freut sich gar nicht. Nicht mal der doppelte Hattrick von Manuel Alter (Neuer), der all seine sechs Tore per Fallrückzieher geschossen hat, lässt ihn grinsen. Seine Augen starren immer gleich auf den Bildschirm und niemals woandershin, als ob er gegen den Computer spielen würde.

Abpfiff. Der PlayStation-Kommentator sagt zu seinem Co-Kommentator: »Das war eine richtige Lehrstunde.«

Und der antwortet: »Da kann ich dir nur zustimmen, Gerd. Ein wahrer Klassenunterschied!«, während Dennis überstürzt die Handschuhe wieder anzieht. Das, was hier gerade abgegangen ist, ist wahrscheinlich der absolute Tiefpunkt in der Geschichte des FC Bayern: null zu zwölf gegen eine Behinderten-Torwart-Auswahl!

8. Selbstfahrer

»Bist du eigentlich Selbstfahrer?«, fragt Bodo.

Ich weiß nicht, was der von mir will, und sage kurz und knapp: »Hä?«

Und Bodo: »Wie bist du heute Morgen gekommen? Mit dem Bus? Mit dem Fahrrad? Oder mit einem Kleinbus, in dem noch andere Schüler von uns saßen?«

»Schau doch einfach in die Akte. Ich meine, er ist Selbstfahrer«, sagt Birgit.

»Mit dem Bus«, sage ich schnell. Hauptsache, keiner schaut in irgendeine Akte.

»Also Selbstfahrer«, sagt Bodo.

Eigentlich ist der Busfahrer ja der Selbstfahrer, und ich bin bloß Mitfahrer. Aber ich nicke und kneife die Augen zusammen, ohne das geplant zu haben. Ich glaube, ich habe mir den Zwinkertick wieder angewöhnt.

Es klingelt. Eine Durchsage. Wieder der Hausmeister. Der alte Funker fordert jetzt nach und nach die Nichtselbstfahrer auf, zu ihren Bussen zu kommen.

»Alle Schüler der Linie 1, bitte!«, ruft er als Erstes.

Freddy springt jubelnd auf und rennt aus der Klasse. Sieht dabei aus wie ein wandelndes X. Jonas schafft es gerade noch, ihm die Tür aufzumachen. Ich glaube, sonst wäre der vor lauter Begeisterung glatt durch die Tür gerannt. Jedes Mal das gleiche Spiel: Erst die Durchsage, dann hört man, durch die Wände, überall Stühle umfallen. Dann knallende Türen. Und aus allen Richtungen wird gejubelt.

Ibrahim und Dennis fahren beide Linie 7. Spezialtransport, denke ich.

Dann darf der Rest gehen. Das scheinen die nicht ganz so Kaputten zu sein – die Selbstfahrer. Jonas, Fatih, Eva und Per zum Beispiel. Im Flur und auf der Treppe wird trotzdem gerannt und geschrien. »Tschau, Per!«

»Bis morgen, Per!«

»Schönen Tag noch, Per!«

Im Erdgeschoss sehe ich von Weitem Benjamins Arschritze und wie er mit dem Ellbogen diejenigen aus der Bahn rammt, die ihm im Weg sind. Jetzt fliegt er auf die Fresse. Man sieht seinen kompletten Arsch nackt. Er steht auf, zieht sich die Hose hoch und rennt nach draußen. Als ich die Schule verlasse, sehe ich auf dem Parkplatz lauter Taxis und Transporter. Die Selbstfahrer gehen an ihnen vorbei Richtung Haltestelle.

Einige sind sogar mit dem Fahrrad da. Benjamin steigt in einen Kleinbus mit der Aufschrift »13«. Also kein Selbstfahrer.

Der Fahrer von Bus 13 steht vor seinem Transporter und raucht. Er ist so dünn, dass sein Kehlkopf spitz aus dem Hals ragt, wie bei anderen Menschen die Nase aus dem Gesicht. Er hat eine Glatze und eine Tätowierung am Hals: 88. Das setzt mich in Alarmbereitschaft. 88 ist ein Code. Der achte Buchstabe im Alphabet ist ein H. Und zweimal H gleich HH. Und das steht für »Heil Hitler«. Das weiß ich von der Ausstellung, in die Frau Kesselmann uns vor ein paar Wochen geschleppt hat: »Behinderte und Kranke im Dritten Reich«, hieß die, glaube ich.

Der Mann, der uns durch die Ausstellung führte, stellte sich mit den Worten vor: »Ich bin euer Führer.« Keiner hat gelacht, weil das, glaube ich, niemand verstanden hat, aber ich habe prusten müssen, weil das so eine bescheuerte Situation war. Frau Kesselmann hat mich am Kragen gepackt und dann mit ihrem Blick erschossen, dabei hätte sie das eigentlich mit dem Führer machen müssen. Der hat doch den Spruch gebracht.

Erst hat der Führer gesagt, dass Behinderte damals nicht zur Schule gehen brauchten, weil sie als unnütz angesehen wurden. Da war ich noch ganz neidisch auf die. Das, was der Führer uns dann erzählt hat, und die Bilder, die er gezeigt hat, waren horrormäßig: Die haben die Behinderten in Busse gesteckt und die haben sich auf eine kleine Spazierfahrt gefreut, aber dann haben sie während der Fahrt hinten Gas reingeleitet und die Behinderten auf ihrer schönen Spazierfahrt vergast und dann irgendwo »entsorgt«. So hat der Führer das gesagt. Ein Wort, was der auch immer wieder gesagt hat, war »ausmerzen«.

Erst jetzt kann ich mir das so richtig vorstellen, weil ich ja auch gerade von einer Meute Menschen umgeben bin, die total begeistert ihrem Abtransport entgegensprinten oder -wanken oder -rollen oder -hinken. Und jetzt wird Bus 13 auch noch von einem Nazi gelenkt und keiner merkt das, weil keiner den Code kennt.

Einerseits wäre es natürlich schön, wenn Benjamin morgen nicht mehr zur Schule kommen würde, andererseits will ich nicht, dass der Nazi den jetzt ausmerzt, und wenn ich Benjamin das Leben rette, rammt er mir vielleicht nie wieder den Ellbogen in die Seite oder küsst mich.

Ich muss irgendetwas tun. Ich glaube zwar nicht, dass sich ausgerechnet heute Geschichte wiederholt, aber falls doch …

Der Bus fährt los. Ich muss hinterher, denke ich und erschrecke. Wieder steht, wie aus dem Nichts, der Geist neben mir. Er hält ein Fahrrad am Lenker fest.

»Ist das deins?«, frage ich.

Er zeigt nach oben. »Guck, Per, guck, da ist er wieder.«

Ich schnappe mir sein Fahrrad. »Kriegst du morgen wieder!«, trete in die Pedale und fliege sofort auf die Fresse.

»Abgeschlossen«, sagt der Geist. »Gehört mir nicht.«

Ich schaue die Straße runter. Bus 13 ist nicht mehr zu sehen.

Jonas kommt vorbei und hilft mir hoch: »Ist alles in Ordnung, Per?«

»Bus 13«, stammle ich. »Bus 13.«

»Was willst du mit Bus 13? Du bist doch Selbstfahrer.«

»Kennst du den Busfahrer?«

»Ob ich den Busfahrer kenne?« Jonas guckt mich an, als hätte ich was total Bescheuertes gefragt.

»Ich kenne alle Busfahrer. Und am besten Manni, weil das der Vater von Eva ist und der fährt Bus 13.«

»Eva von hier?«, frage ich.

»Ja, von unserer Eva.«

»Wie sieht der aus?«

»Der hat 'ne Glatze. Ziemlich dünn.«

»Tätowiert?«

»'ne 98 am Hals. Weil Evas Schwester 1998 geboren ist. Tschau, Per!« Jonas geht.

»Tschau«, sage ich, während der Geist das Fahrrad aufhebt.

»Ist nichts passiert, Per, ist überhaupt nichts passiert«, sagt er.

Ich gehe die Straße runter und biege bei der nächsten Gelegenheit links ab. In meinem Hals steckt ein ziemlicher Kloß. Ich schäme mich. Ich weiß gar nicht, warum. Vielleicht dafür, dass ich wirklich gedacht habe, der Fahrer ist ein Nazi. Dabei habe ich es bloß gut gemeint. Ich wollte Benjamin helfen. Und während ich das denke, wird der Kloß noch größer. Da steht eine Parkbank, auf die ich mich setze. Einen auf behindert zu machen, ist doch anstrengender, als ich gedacht hatte.

9. So eine Sauerei

Auf meiner eigentlichen Schule, Ignatius, kennt niemand einen Busfahrer. Das mag daran liegen, dass es da keine gibt, aber gäbe es welche, würde die trotzdem niemand kennen. Man rennt auch nicht wild durcheinander. Dabei hat Ignatius einen riesigen Park, in dem man super kreuz und quer rennen könnte. Stattdessen sitzen alle in der Pausenhalle oder gehen um den Teich, immer im Kreis. Das macht eigentlich auch keinen Sinn, aber da hat wohl noch nie einer drüber nachgedacht. Und wenn einer neu ist und alleine um den Teich schlurft, weil er nichts Besseres mit sich anzufangen weiß, sagt dem mit Sicherheit keiner »Hallo« oder »Hey«, obwohl von Facebook alle ganz genau wissen, wie er heißt, welche Musik ihm gefällt und ob er in einer Beziehung ist. Auch wenn der Facebook-Musikgeschmack mit dem echten Musikgeschmack meist wenig zu tun hat. Mir gefällt da zum Beispiel Bob Marley, obwohl ich nur ein Lied von dem kenne.

Ich wollte im Park mal eine Eichel in den Teich werfen, hab aber einen aus der Parallelklasse am Kopf erwischt. Parallelklasse ist ein typisches Ignatiuswort. Keiner weiß, was das bedeutet, aber alle benutzen es.

Der andere ist mir jedenfalls hinterher, es fand also ausnahmsweise so was wie eine Jagd statt, und ich bin in die Lehrertoilette, die komischerweise nicht abgeschlossen war, und hab mich hinter der Eingangstür versteckt, aber der dachte, ich hätte mich in der Kabine eingesperrt. Er kletterte also die Klowand hoch und hat rübergeschaut. Dann ist er gesprungen und weggerannt. Riesige Augen hat er gehabt, so wie Ibrahim hinter seiner Brille und er ist an mir vorbei, obwohl er mich genau gesehen hat. Aus der Kabine hörte ich eine Stimme: »So eine Sauerei!« Sie gehörte Frau Kesselmann. Was sie damit genau meinte, weiß ich nicht. Ich weiß nur: Das war mit Abstand der beste Moment, den ich auf Ignatius jemals hatte.

Tag 2
(Dienstag)

10. IQ 62

Es gibt jemanden, der mich beobachtet.

Er weiß, dass ich Paul bin.

Er kennt Per.

Vielleicht hilft er mir.

Vielleicht wird er mich erpressen.

Vielleicht ist er aber auch eine Sie.

Gestern Nachmittag ist etwas passiert. Etwas, das alles ändert: Ich war gerade dabei, mir ein paar Notizen zu machen, um den Ameisenhaufen besser verstehen zu können.

Behinderte:
sind Bayern-Fans
sind Torwart-Fans
verstehen keine Redewendungen
scheißen sich in die Hose
rennen wie wild durcheinander
wollen in Wassersäulen sitzen
sind Götter an der PlayStation
können nicht sprechen
sprechen sehr viel
lachen die ganze Zeit
lachen nie (Der Hausmeister lacht aber auch nie und Frau Kesselmann auch nicht)

Das ergab alles keinen Sinn. Ich schüttete meinen Rucksack auf dem Boden meines Zimmers aus.

Als Letztes fiel ein Umschlag heraus. *Paul*, stand da drauf.

Drin lag ein kariertes Blatt. Ich faltete es auseinander und las die Bleistiftschrift:

Per Grünebaum
Gärtnerstraße 12
63456 Röhrbach
Telefon: 0720 / 402011
IQ: 62

- *Selbstständiges Rechnen im zweistelligen Bereich, Niveau dritte bis vierte Klasse*
- *Eklatante Schwächen in Rechtschreibung und Grammatik*
- *Neigt in Stresssituationen zur Unruhe, dann manchmal fremdaggressives Verhalten, selten selbstaggressives Verhalten*
- *In neuer Umgebung schüchtern, nach kurzer Eingewöhnungszeit zuweilen sehr anhänglich*
- *Braucht feste Bezugspersonen und Rituale*
- *Keine zwanghaften Störungen*
- *Schwimmt gerne und sicher*
- *Eltern beide ohne Behinderung, leben getrennt, keine Geschwister*

Ich nahm den Briefumschlag in die Hand und schaute hinein, in der Hoffnung, noch etwas darin zu finden: eine Notiz, ein Foto, ein Hinweis auf den Absender. Irgendetwas. Aber er war leer.

11. Eine gute Entschärfung

An meinem zweiten Tag komme ich wie üblich eine Viertelstunde zu spät. Der Hausmeister schleicht vor dem Eingang herum und sammelt mit der Greifzange *Monster*-Dosen und *YumYum*-Packungen auf. Zum Glück ist er so in seine Arbeit vertieft, dass er mich nicht bemerkt.

Da ich Rituale und feste Bezugspersonen brauche, gehe ich als Erstes wieder in Dieters Klasse. Genau die gleichen Jubelschreie wie gestern: »Peeeeeeer!« Als Benjamin gerade aufspringt, renne ich weg. Durch den Flur in unsere Klasse und ich schaffe es gerade so, ungeküsst dort anzukommen. Wieder Jubel.

Bodo zieht einen Ärmel seines Rentierpullis hoch und schaut auf die Uhr. »Der Unterricht beginnt um acht«, sagt er.

Bodo hat eine strenge Seite. Und eine Uhr. Damit war nicht zu rechnen.

»Ich bin aber gestern auch um Viertel nach gekommen«, sage ich.

»Dann kommst du morgen um zehn nach, verstanden?«

Ich zwinkere und denke, dass ich wieder um Viertel nach kommen werde.

Wir haben Mathe. Birgit, Freddy und Alicia-Sophie legen Holzformen zusammen. Eigentlich ist das für Kleinkinder oder Babys. Dreieck auf Dreieck, Blume auf Blume, Mond auf Mond. Birgit lobt die beiden total übertrieben. Mir fällt auf, dass Alicia-Sophies Finger ganz steif sind und schief in alle Richtungen wachsen.

Bodo sitzt mit Ibrahim und Dennis nebenan und stellt ihnen Kopfrechenaufgaben. Ich versuche zuzuhören:

»Ihr geht die Straße runter zum Kiosk«, sagt Bodo. »Ihr kauft eine Fanta. Die kostet ein Euro zwanzig.«

»Gibt es auch Eistee?«, fragt Ibrahim.

»Nein«, sagt Bodo. »Dann geht ihr zum Dönermann und kauft einen Döner. Der kostet drei Euro fünfzig.«

»Gibt es auch Sucuk-Taschen?«, fragt Ibrahim.

»Nein«, sagt Bodo.

»Das ist ein komischer Kiosk, in den wir da gehen. Und der Dönermann auch. Wo ist der?«

»Sag du mir, wie viel das zusammen kostet, dann sag ich dir, wo der ist.«

»Vier Euro siebzig«, sagt Ibrahim.

Rechnen kann der also auch. Und Dennis auch, der schreibt das wahrscheinlich auf, weil er ja nicht spricht.

»Willst du gar nicht mehr wissen, wo das ist?«, fragt Bodo.

»Nein.«

»Warum nicht?«

»Weil ich da nichts kaufen will.«

»O.k., dann die nächste Aufgabe. Aufgepasst: Ihr fliegt mit einer Boeing 747 von Frankfurt nach …«

»Marokko«, sagt Ibrahim. Er rollt das »R«. Das macht er sonst nur, wenn er Arabisch oder was das auch immer ist, spricht.

»Meinetwegen nach Marokko. Ein Flug mit der Boeing 747 kostet für jeden Passagier 630 Euro.«

»Dollars«, sagt Ibrahim.

»Na gut, 630 Dollar«, sagt Bodo. »An Bord sitzen Manuel Neuer und Oliver Kahn. Wie viel müssen die beiden zusammen bezahlen?«

Bodo hat die Frage noch gar nicht zu Ende gestellt, da schießt Dennis ihm die Antwort entgegen: »Gar nichts.«

»Warum nicht?«, fragt Bodo.

»Weil die umsonst fliegen dürfen.«

»1260 Dollars«, sagt Ibrahim.

Dennis kann sprechen, und ich hätte das niemals so schnell ausrechnen können.

Auf meinem Zettel stehen Aufgaben wie *10 + 12. 22,* schreibe ich dahinter. *5 + 3 = 8. 14 + 7 = 19.*

Eva ist schon fertig. Fatih auch. Wenn Jonas fertig ist, werde ich mir noch zwei Minuten Zeit lassen und dann zeige ich meine Aufgaben auch vor. Aber nicht bei Bodo, sondern bei Birgit. Die riecht besser.

Ich schau einen nach dem anderen an. Irgendeiner von denen weiß mehr, als er nach außen zeigt. Aber woher? Und warum schreibt er einen anonymen Brief? Fest steht: Einer schaut mir genau auf die Finger. Bei allem, was ich tue.

Birgit hat mir dummerweise gerade auch genauer auf die

Finger geschaut. Wäre ich doch besser zu Bodo gegangen. Jetzt sitze ich hier, wie Ibrahim gestern, und weiche meine Nägel in lauwarmem Wasser und Spüli ein. Ich hatte den Kopf voll mit anderen Sachen. Nägelschneiden habe ich total vergessen. Dafür habe ich ein Bettlaken dabei und eine Badehose auch, als Beweis dafür, dass ich so gerne schwimme.

Das Allerwichtigste habe ich gestern klären können. Bei der Schule angerufen und gesagt, dass ich krank bin: als Paul. Und wer ist dran? In jeder normalen Schule würde eine Sekretärin rangehen, aber ich hab ja schon gemerkt, dass hier einiges anders läuft, und hab meine Stimme verstellt und viel schneller geredet, als der Hausmeister es von mir gewohnt ist. Ich war ziemlich aufgeregt, aber ich glaube, er hat nichts gemerkt. Dann habe ich bei Per angerufen.

»Grünebaum?« Seine Mutter war am Telefon. Fast hätte ich direkt wieder aufgelegt, aber ich musste ja – es ging nicht anders. Ich habe mich als Junior-Sekretär der Schule ausgegeben und gefragt, warum Per heute nicht da war. »Per ist krank«, hat sie gesagt, aber morgen (also heute) wieder fit. Er würde dann kommen.

Scheiße, dachte ich. Dann habe ich alles auf eine Karte gesetzt: Ich habe gesagt, dass sie froh sein kann, dass Per heute nicht da war, denn beim Spielen im Sandkasten hätte ein Junge einen Blindgänger aus dem Zweiten Weltkrieg ausgebuddelt. »Die gesamte Schule musste evakuiert werden. Wundern Sie sich nicht, wenn Sie in der Zeitung nichts davon lesen, das bleibt erst mal geheim, um keine Panik zu verbreiten. Der Unterricht fällt für die nächsten drei Wochen aus. Tut mir leid.«

Dann war Schweigen und ich hatte Schiss, dass sie mein Herz durchs Telefon klopfen hört. Sie sagte nichts, also musste ich weiterreden.

»Ich melde mich wieder bei Ihnen, wenn ich Genaueres weiß. Ist gar nicht so einfach, mal eben über Nacht ein passendes Bombenräumkommando aufzutreiben.«

Immerhin sprach sie jetzt wieder, aber es war noch nicht ausgestanden: »Gibt es kein Alternativprogramm?«

»Selbstverständlich gibt es ein Alternativprogramm, aber leider nicht für alle. Wir haben einfach nicht genug Platz dafür. Tut mir leid.« Ich hatte den Zettel vor mir liegen und habe alles gegeben, um ihren Sohn vom nicht vorhandenen Alternativprogramm fernzuhalten: »Ihr Per braucht ja eine gewisse Eingewöhnungsphase und in Stresssituationen neigt er zur Unruhe … Nicht, dass er sich schlägt. Unser Alternativangebot hat auch kaum klare Strukturen. Wäre wahrscheinlich besser, er kommt nicht. Vielleicht könnten Sie in nächster Zeit öfter mal mit ihm schwimmen gehen. Er schwimmt doch so gerne.«

»Sagen Sie: Sind bei Ihnen alle so gut über die Schüler informiert wie Sie?«

»Die meisten. Und fahren Sie am besten nicht an der Schule vorbei. Nachher geht das Ding noch in die Luft.«

Dann war wieder Schweigen. Bei mir und bei ihr. Aber eine Sache war da noch: »Unser Hausmeister meint auch, er müsste bei den Eltern anrufen. Er meint es gut, aber …«

»Aber?«

»Am besten, Sie sagen sofort, dass Sie schon alles wissen und dass er nicht wieder anzurufen braucht und legen auf.«

Dann haben wir uns verabschiedet. Und ich bin mir hundertpro sicher, dass sie es geschluckt hat, denn sie hat zum Schluss »Tschüss«, gesagt und dann freundlich »eine gute Entschärfung« gewünscht. Was sie nicht wusste: Den schwierigsten Teil der Entschärfung hatte ich gerade eben erfolgreich hinter mich gebracht.

Ich sitze mit den Fingern im Spülwasser da und es laufen die Frühstücksvorbereitungen.

Fatih stellt mir den Teller hin. Er behandelt mich wie Luft, schaut über mich hinweg aus dem Fenster, als ob da irgendetwas wäre. Dabei gibt es da nur weiße und graue Kieselsteine zu sehen und Fatih ist überhaupt nicht der Typ, der sich

Turnhallendächer mit weißen und grauen Kieselsteinen darauf anschaut. Fatih ist verdächtig: Er hat mir Tipps gegeben, wie ich mit Ibrahim umgehen soll, ist aber selber ständig kurz vorm Ausrasten. Er freut sich darüber, dass ich Stress mit dem Hausmeister habe, droht mir mit seiner Faust und umarmt mich im nächsten Moment, hat einen Fahrstuhlschlüssel, von dem keiner weiß, und hat dafür gesorgt, dass ich im Snoezelraum gelandet bin. Fatih spielt sich hier als toller Hecht auf, und es könnte sein, dass er am wenigsten behindert von allen ist. Es muss einfach Fatih sein. Wer denn sonst?

Vielleicht Jonas. Der hat schließlich ein schlechtes Gewissen. Aber wenn Jonas wüsste, dass ich der ganz normale Paul bin, dann hätte er auch kein schlechtes Gewissen mehr. Er hat ja nur ein schlechtes Gewissen gegenüber Per, von dem er glaubt, dass der wiederum glaubt, Hellseher zu sein. Alles kompliziert.

Eva, der Leseratte, traue ich das Ganze nicht zu. Die findet immer nur alles witzig. Über den langen Freddy brauche ich gar nicht erst nachdenken. Das Gleiche gilt für Alicia-Sophie. Und für Ibrahim.

Dennis hat eine frische Wunde unter dem linken Auge. Sein Gesicht sieht aus wie eine Landkarte mit vielen kleinen Inseln drauf. Ich schätze, dass er schreiben kann. Es kann aber auch nicht sein, dass jemand, nur weil er eventuell schreiben kann, schon zum engeren Verdächtigenkreis zählt. Eins ist allerdings sicher: Dennis kommt mir seit gestern spanisch vor. Ibrahim würde das nicht verstehen, weil das eine Redewendung ist: spanisch. Und wenn ich so darüber nachdenke, verstehe ich das auch nicht.

Es könnte natürlich auch jemand aus einer anderen Klasse sein. Jemand, den ich bisher noch gar nicht bemerkt habe.

Die Erwachsenen bin ich auch schon durchgegangen:

Der Hausmeister stand an erster Stelle, weil er offensichtlich mein Feind ist. Aber wieso sollte er einen Brief schreiben? Er könnte mich einfach auffliegen lassen.

Dieter ist schuld an der ganzen Sache. Wenn der nicht behauptet hätte, ich sei Per, dann würden meine Hände jetzt nicht in lauwarmem Spülwasser baden. Wobei das vielleicht ganz gut ist: Wer weiß, was meine Hände sonst gerade machen würden?

Bodo ist in Ordnung. Das merkt man. Aber wenn Bodo wüsste, dass ich hier 'ne Show abziehe … Bleibt noch Birgit. Die ist es auch nicht. Weil mir dafür überhaupt kein Grund einfällt. Es muss Fatih sein.

Die Frage ist: Warum? Wenn er mich fertigmachen will, warum schreibt er dann Sachen auf, die mir helfen? Die Telefonnummer stimmt und die Angaben zur Person habe ich beim Telefonieren mit Pers Mutter auch überprüft. Außerdem: Wie soll er überhaupt an die Informationen rangekommen sein? Und könnte Fatih so hochgestochene Wörter wie »eklatant« überhaupt aufschreiben?

»Ibrahim hat wieder nichts zu essen mitgebracht«, sagt Eva.

Ich grinse, weil ich ja Rituale mag.

Ibrahim geht in den Flur und holt sein Frühstück rein.

Das gefällt mir nicht so gut.

»Hast du nichts zu essen dabei, Per?«, fragt Bodo.

Das gefällt mir.

Ich schüttel den Kopf.

»Du musst auch etwas zu essen mitbringen, das habe ich dir gestern gesagt.«

»Aber gestern habe ich auch nichts zu essen mitgebracht«, sage ich.

»Heute kriegst du nur eine halbe Scheibe«, sagt Bodo.

Das gefällt mir überhaupt nicht.

Nach dem halben Brot fühlt sich mein Bauch immer noch wie leer an. Ibrahims Augen wackeln. »Wie heißt du?«

Das habe ich dem zwar gestern schon gesagt, aber gut. »Per«, flüstere ich.

»Willst du?« Er hält mir etwas hin, das sieht aus wie ein

zusammengerollter Pfannkuchen. Ich könnte ihn fragen, was das ist, aber ich glaube, er weiß es selber nicht.

»Ja«, sage ich, weil ich tierisch Kohldampf habe.

Er gibt mir die Rolle. Ich beiße rein und schmecke etwas, dass ich noch niemals zuvor geschmeckt habe: würzig und scharf, sauer und süß und irgendwie minzig, frisch. Es schmeckt so lecker, dass ich »Mmmh«, mache.

»Schmeckt geil, oder?«, fragt Fatih.

Ich nicke und möchte mal wissen, warum ausgerechnet der sich wieder einmischt.

»Da ist Sucuk drin. Wir bringen meiner Oma immer Sucuk nach Türkei, weil beste Sucuk jetzt nicht mehr aus Türkei kommt, sondern aus Deutschland.« Fatih lacht.

»Was ist Sucuk?«, frage ich.

Jetzt lachen alle. Wirklich alle. Auch Bodo. Sogar Dennis lacht. Und am lautesten lacht Ibrahim. Irgendwann fange ich an mitzulachen, weil ich mir sonst saudoof vorkomme.

Als wieder Ruhe einkehrt, sagt Bodo: »Ibrahim, ich finde es toll, dass du Per geholfen hast.«

»Ja«, sagt Ibrahim abwesend, während er gierig seine Sucukrolle verschlingt.

12. Deine Mutter ist eine frigide Kuh

In der Pause drehe ich mich ständig um. Alle drei Meter nach links und alle drei Meter nach rechts. Zwischendurch zwinker ich. Ich fühle mich beobachtet. Überwacht. Außerdem lauert der Hausmeister hinter jeder Ecke und man muss ständig in Alarmbereitschaft sein, falls Benjamin wieder seine Ellbogen oder, noch schlimmer, seine Lippen einsetzen will. Es fühlt sich ein bisschen so an, als ob irgendwo oben auf dem Schuldach ein Scharfschütze sitzt und ich hätte einen roten Laserpointer zwischen den Augen, weil ich genau in seinem Fadenkreuz bin.

Ich zucke zusammen. Neben mir steht der Geist. An der gleichen Stelle wie gestern. Vor der Drehscheibe. Der muss sich hier gerade hingebeamt haben, anders geht das gar nicht. Sicher wird er mich jetzt wieder mit seinen kanadischen Vögeln zulabern. Es geht los:

»Und Per, was hast du gestern gemacht?«

»Nicht viel. Und du?«

»Mein Computer ist in Reparatur. Ich hab zu viele Pornos geguckt, sagt Mama.«

Der Geist macht mich sprachlos.

»Papa sagt, dass Mama Haare auf den Zähnen hat.«

Der haut einen nach dem anderen raus!

Zwischen meinen Zähnen klemmt ein Stückchen Sucuk, an dem ich schon die ganze Zeit mit meiner Zunge herumspiele. Das gibt mir ein ganz gutes Gefühl. So, als hätte ich jemanden dabei, der mich beschützt. Und das Gute ist, dass das Sucuk-Stück schweigt. Das würde Papa zum Beispiel nicht tun. Der würde mich aber auch nicht beschützen. »Paul ist krank«, sagt der Geist jetzt.

»Aha.«

Jetzt fängt er wieder an zu nicken.

»Schade«, sagt er.

Ich nicke auch.

»Hoffentlich wird er bald wieder gesund«, sagt er.

»Hoffentlich«, sage ich und denke: Wird er nicht.

Ich frage mich, woher der das schon wieder weiß. Der Buschfunk hier funktioniert offensichtlich wie geschmiert.

Eine Kaffeewolke zieht an uns vorbei. Hinter mir steht Dieter und massiert meine linke Schulter.

»Und Per? Freust du dich schon auf den Sportunterricht?«

»Nein«, sage ich.

Dieter unterbricht die Massage. »Aber warum denn nicht?«

»Weil ich lieber schwimme«, sage ich und muss daran denken, wie Jonas gesagt hat, dass Sport scheiße ist.

Das Massieren ist zu einem flachhändigen Klopfen geworden.

»Das Schwimmen hat sicherlich seine Reize, aber nur der Sportunterricht vermag es, Körper und Geist in Einklang zu bringen. Das kann man bei einigen Schülern hier wunderbar beobachten.« Ich spüre, wie er ein paarmal nacheinander heiße Luft aus der Nase in meinen Nacken bläst. Als ob er einen Witz gemacht hätte, über den er selber lacht. Ich verstehe Dieter nicht. Ich glaube, er will auch gar nicht verstanden werden. Wie hat Birgit gestern zum Hausmeister gesagt? »Sie müssen leichte Sprache mit den Jungs sprechen, sonst verstehen die das nicht.«

Dieter spricht schwere Sprache.

»Gestern hast du auch schon hier gestanden. Gefällt dir diese Örtlichkeit?«

»Ja«, sage ich. »Ich kenne das hier schon.« Und während ich das so sage und Ibrahim sehe, wie er in Seelenruhe auf dem Karussell hockt und von den beiden Jungs, die wieder *Monster*-Energy saufen, durchgewirbelt wird, denke ich, dass es mir wirklich gut gefällt hier. Und ich glaube, das liegt echt daran, dass ich das schon kenne. Dass der Geist da ist, finde ich auch nicht weiter schlimm. Nur Dieter soll sich verpissen. Der nervt.

Meine Zunge hat mittlerweile die Zähne vom Sucuk-Stück befreit. Es entfaltet wieder sein volles Aroma.

Mir fällt ein Satz ein: »Du bist, was du isst.« Ich wäre demnach gerade ein Stück Sucuk, das zwischen Zähnen feststeckte. Und ich weiß nicht mal, was Sucuk bedeutet. Den Satz haben Mama und Papa immer in ihrer Vegetarier-Phase rausgehauen. Sie haben Zeitschriften bestellt, sind ständig zum Biomarkt und haben Kartoffeln gepflanzt. Und wer durfte die ausbuddeln? Ich. Und Rasenmähen musste ich auch wieder selber, weil der Typ von nebenan kurz vorher weggezogen war.

Ob ich auch Vegetarier werden wollte, hat mich niemand

gefragt. Plötzlich standen Sojabratwurst, Sojabolognese und Soja-Fischstäbchen auf dem Speiseplan. Fischstäbchen an sich sind ja schon merkwürdig, weil an ihnen überhaupt gar nichts an Fische erinnert.

Dieser Du-bist-was-du-isst-Satz war auch vollkommener Schwachsinn: Wir waren schließlich Vegetarier und das hätte ja bedeutet, wir hätten andere Vegetarier essen müssen, um zu sein, was wir aßen. Streng genommen waren wir Soja-Fischstäbchen. Beschissener ging es nicht.

Irgendwann hat Mama Papa beim *Schlaraffenland* gesehen. *Schlaraffenland*, so heißt die Grillbude, die auf dem Media-Markt-Parkplatz steht. Mama war zufälligerweise auch gerade bei Media Markt auf dem Parkplatz, weil sie drinnen eine vollautomatische Saftpresse kaufen wollte und Amazon plötzlich genauso verboten war wie Schnitzelbrötchen. Oder Currywurst. Womit wir beim Thema wären: Papa stand beim *Schlaraffenland* am Stehtisch und stopfte sich eine doppelte Currywurst-Spezial rein. Die besteht aus zwei – mit einer Schere in mundgerechte Stücke geschnittenen – Bratwürsten, zwei Kellen Curryketchup und zwei fetten Klecksen Tzaziki. Trotz doppeltem Eheversprechen geriet ihre Beziehung ziemlich ins Wanken und ich war zum ersten Mal skeptisch, was die Qualität dieser *Wellensteyn*-Jacken angeht. Mama meinte, Papa hätte sie betrogen, aber Papa meinte, er hätte ja nichts mit einer anderen Frau gehabt, sondern bloß eine Wurst gegessen. »Eine Doppelte«, meinte Mama, und so ging das weiter, bis sie sich wieder vertragen haben und Mama auch wieder Fleisch gegessen hat. Und ich durfte das dann auch wieder. Na ja, und dann war sie schwanger. Und dann nicht mehr. Offener Rücken.

Wenn ich diesen bescheuerten Du-bist-was-du-isst-Satz auf die Jungs hier am Karussell und deren Getränke übertrage, würde das bedeuten: Vielleicht sind die, wenn die morgens aufstehen, noch ganz normal. Dann trinken die *Monster* und die Verwandlung beginnt. Nur Benjamin darf nicht probieren. Der ist als kleines Kind in den *Monster*-Topf gefallen. So wie Obelix in den Zaubertrank.

Dieter ist weg und ich widme mich jetzt wieder meiner Pausenbekanntschaft, dem Geist.

»Woher weißt du, dass Paul krank ist?«, frage ich.

»Von Papa.«

»Und woher weiß der das?«

»Der weiß alles.«

»Was weiß der denn noch?«

»Deine Mutter ist eine frigide Kuh.«

Das ist ja mal ein richtiger Hammer. Ich bin nicht der Typ, der jedem, der etwas gegen meine Mutter sagt, direkt was auf die Fresse haut, und ich weiß auch nicht, was frigide ist, aber es heißt sicher nichts Gutes. Wahrscheinlich trifft mich das gerade so, weil Mama in Nepal ist.

»Was sagst du da?«

»Ich sage, dass deine Mutter eine frigide Kuh ist.«

Der Geist sieht von jetzt an nicht mehr dumm und ungefährlich aus, sondern böse und hinterhältig. Das ist ganz eindeutig eine Stresssituation, und ich neige gerade ganz eindeutig zur Unruhe.

»Was soll das?«, frage ich.

»Du wolltest doch wissen, was Papa noch alles weiß. Er weiß, dass du so tust, als würdest du Fekt mit Nachnamen heißen. Er weiß, dass das nicht stimmt. Er weiß, dass du Grünebaum heißt. Er weiß, dass irgendetwas faul bei dir ist, aber er weiß noch nicht, was. Und er weiß, dass deine Mutter eine frigide Kuh ist, die am Telefon einfach auflegt, wenn man sich ganz freundlich bei ihr vorstellt.«

In meinem Kopf kribbelt es, als ob ein ganzer Ameisenhaufen auf dem Höhepunkt seines Schaffens drinstecken würde.

»Wer ist dein Papa?«

»Papa ist der Hausmeister.« Dann zeigt er nach oben. »Guck, Per, guck! Da oben ist er wieder. Du guckst gar nicht, Per!«

Der Geist ist also sein Sohn. Da hätte ich auch eher drauf

kommen können. So wie der um mich herumschleicht, wird er sicher von seinem Vater als Spitzel eingesetzt.

Fatih und Jonas haben mir gestern beide erzählt, dass der Hausmeister in dem Bungalow hinter dem Spielplatz wohnt. Wenn dem Geist also ständig seine kanadischen Vögel wegfliegen, macht das sogar Sinn, dass Berni der Einundsiebzigste hier oben in der Kastanie sitzt. Und wie der Hausmeister krampfhaft versucht, einen Kanarienvogel die Toilette runterzuspülen, sehe ich klar und deutlich vor Augen. Ich hatte das alles gar nicht ernst genommen.

»Wieso kneifst du die Augen immer so zusammen, Per?«

»Stress«, sage ich. Der Geist sieht jetzt wieder etwas netter aus. Kann er ja nichts dafür, dass er der Sohn von diesem Vollidioten ist. Er quatscht halt alles heraus, was er im Kopf hat, und hat weitergegeben, dass sein Vater gesagt hat, dass Pers Mutter eine frigide Kuh ist. Und das freut mich sehr, weil das bedeutet, dass mein Plan aufgegangen ist. Pers Mutter ist meinen Anweisungen gefolgt. Ich hätte zu gern das blöde Gesicht des Hausmeisters gesehen, als sie den einfach so abgewimmelt hat.

Als ich hoch in die Klasse gehe, nehme ich den anderen Eingang, weil vor meinem Stammeingang die Hölle los ist: Schlägerei. Noch eine Stresssituation kann ich gerade nicht gebrauchen, da betrete ich lieber ungewisses Territorium.

Links neben der Treppe ist eine Tür mit einem ziemlich coolen Unterwasser-Graffiti drauf: ein Tiefsee-Angler-Fisch.

Der Tiefsee-Angler-Fisch lebt in einer Tiefe von 4000 Metern. Das muss man sich mal vorstellen: So weit ist die Strecke vom Busbahnhof hierher. Und der Bus braucht mindestens 20 Minuten. Tiefsee-Angler-Fische sind unfassbar hässlich, was unwichtig ist, weil sie da unten wohnen, wo keiner hinkommt, und außerdem ist es dort eh dunkel. Am Kopf haben sie eine leuchtende Angel. Das lockt Beutetiere an. Die Beutetiere schwimmen zum Licht und der Tiefsee-Angler-Fisch frisst sie dann einfach auf. Gar nicht mal so blöd.

Eigentlich hätte ich gerne ein eigenes Aquarium. Mit bunten, abgefahrenen Fischen. Das Problem ist: Ein Aquarium bedeutet Arbeit. Man muss es sauber machen, Wasser wechseln, Fische füttern. Wenn man das nicht macht, kann man nach zehn Tagen nicht mehr reinglotzen, weil die Scheiben voller Moos sind. Und was soll man mit einem Aquarium, in das man nicht reinglotzen kann?

Neben der Angel vom Anglerfisch hängt ein Schild: *Den Whirlpool bitte nicht zur Körperreinigung benutzen! Danke!*

Hinter der Tür ist ein Whirlpool!

13. Massage-Medium

Heute wird es Chili con Carne geben. Chili con Carne ist mein Lieblingsessen. Der Spruch »Vorfreude ist die schönste Freude« ist trotzdem bescheuert. Ich meine, natürlich ist Vorfreude schön, aber nicht am schönsten, das wird mir genau in diesem Moment bewusst, denn im Moment ist die momentane Freude am schönsten: Über den Ärger des Hausmeisters und darüber, dass mich gerade keiner beobachtet. Ich bin nämlich mit der schönen Birgit alleine. Und das beste: Ich sitze im Jacuzzi.

Ich sage lieber Jacuzzi als Whirlpool, weil sich das nobler anhört. Es ist Dienstagvormittag, 11 Uhr 35, und Paul alias Per lässt sich von badewannenwarmem Wasser im schuleigenen Jacuzzi umsprudeln. Wenn Frau Kesselmann das wüsste, die würde sich, wie Rumpelstilzchen, mittig durchreißen.

Birgit bringt mir jetzt eine heiße Schokolade. Ich zwicke mir unter Wasser in den Bauch. Es tut weh: kein Traum.

Birgit saß im Plastikstuhl und hat die NEON gelesen, um aufzupassen, dass ich nicht absaufe, und wollte sich 'nen Kaffee holen und hat mich gefragt, ob ich auch etwas möchte, und ich hab eine heiße Schokolade bestellt. Um mich nicht nur von außen, sondern auch von innen zu wärmen.

Papa, der Idiot, hat Mama einen Wellness-Verwöhn-Gutschein für 80 Euro gekauft, damit sie nicht nach Nepal abhaut. Mein Wellness-Verwöhn-Programm ist gratis. Inklusive privater Bedienung. Und wenn gerade jemand Entspannung gebrauchen kann, bin ich das. Die Badehose mitzunehmen, war ein genialer Schachzug.

Der Jacuzzi ist etwas länger als eine Badewanne und ungefähr dreimal so breit. Der Raum ist halb so groß wie unser Klassenzimmer. Ein Klo gibt's auch, zwar ohne Kabine drum herum, aber ich wollte hier eh nicht aufs Klo. Dann gibt's noch eine Liege und eine Dusche. Nicht mal im Stehen duschen muss man, denke ich, als ich den Plastikstuhl darunter bemerke. Ich hätte echt nicht gedacht, dass es hier eine richtige Wellness-Oase gibt.

An der Decke ist eine Schiene und daran hängt so etwas wie eine Hängematte, nur kleiner, und eine Fernbedienung ist auch daran. Wahrscheinlich ist das für die, die nicht selber in den Jacuzzi steigen können. Die werden dann da reingehängt und wie mit einem Kran in die Wanne gehievt. Hier wird an alles gedacht. Wahrscheinlich ist der Stuhl auch für die, die nicht allein stehen können. Und nicht für Typen wie mich, die bloß zu faul sind. Und genau genommen, ist der Jacuzzi ja auch nicht für mich, sondern für irgendwelche Härtefälle, die den wirklich nötig haben. Wozu genau auch immer.

Warum ich hier bin, hat aber seinen Grund. Ich bin am Ende der Pause noch mal umgekehrt und habe doch den Eingang benutzt, vor dem die Schlägerei war:

»Also Per, ne, der ist dazwischengegangen, als die Jungs sich geprügelt haben. Das war sehr mutig von dem«, hat Eva nach der Pause gesagt.

»Sollt ihr denn dazwischengehen, wenn zwei sich prügeln?«, wollte Bodo wissen.

»Eigentlich nicht, weil das vielleicht zu gefährlich ist.«

»Was sollt ihr stattdessen machen?«

»Einen Lehrer rufen.«

»Und in welcher Ausnahme dürft ihr dazwischengehen?«

»Wenn zum Beispiel ein ganz Starker sich mit einem ganz Schwachen prügelt. Oder ein Großer mit einem Kleinen. Oder zwei Kleine, die ganz sicher schwächer als wir sind, aber wir dürfen denen nicht wehtun.«

»Ganz genau«, sagte Bodo.

»Aber Per weiß das ja noch nicht. Der ist ja noch neu.« Dann hat Eva gelacht. »Der hat ja Welpenschutz.«

Jonas hat sich eingemischt: »Ich war schon unterwegs, einen Lehrer suchen.«

»Super«, meinte Bodo.

Wenn jetzt so ein Irrer wie Benjamin sich geprügelt hätte, wäre ich nie und nimmer dazwischen, oder zwei richtig starke Jungs, wie die am Karussell, aber *die* beiden waren harmlos. Wenn die ausgeholt haben, musste man sich nur wegducken und die haben einfach über einen drübergeboxt, so lahm-arschig waren die. Wie in einem Schwarz-Weiß-Film mit Dick und Doof oder wie zwei voll Besoffene.

»Ich finde das ganz toll von dir, Per!«, hat Birgit dann gesagt. »Vielleicht wird das ja belohnt. Was meinst du, Bodo?«

»Meinetwegen kannst du ein bisschen snoezeln, Per! Aber beim nächsten Mal rufst du einen Lehrer.«

Ich habe meine Badehose unter dem Tisch hervorgezaubert. »Ich würde lieber schwimmen.«

Bodo hat gelacht. »Wir sind doch kein Schwimmbad hier.«

Und Birgit: »Er könnte ja etwas in den Whirlpool.«

Bis es dann so weit war, musste ich noch drei Dosen Tomaten öffnen. Dafür habe ich ungefähr fünf Minuten gebraucht. Birgit hat noch schnell Alicia-Sophie gewickelt und dann ging es los.

Am Badewannenrand gibt es verschiedene Knöpfe, die man drücken kann: *Stopp*, steht auf dem einen drauf. Könnte man damit die Zeit anhalten, ich würde es tun. Aber hier ist das andersrum: Wenn ich *Stopp* drücke, hört das Sprudeln auf und damit auch der schöne Moment, also hüte ich mich vor der *Stopp*-Taste. Ich drücke lieber: *Massage.* Da gibt es drei verschiedene Stufen: *Soft, Medium, Strong.* Dann gibt es noch die *Enjoy*-Taste. Die ist auch nicht schlecht, lässt das Wasser überall gleichmäßig herumblubbern aber *Massage-Medium* ist wie für mich gemacht. Druckvoll und gleichzeitig entspannend.

Als ich aus dem Jacuzzi steige, bitte ich Birgit, mir den Rücken abzutrocknen. »Weil ich da hinten so schlecht drankomme.«

Sie rubbelt mir den Rücken trocken.

»Würdest du dich bitte umdrehen?«, sage ich, während ich mir die Badehose ausziehe.

»Natürlich, entschuldige!«

Auf Ignatius würde ein Mädchen wie Birgit mich mit dem Arsch nicht angucken. Jetzt gucken unsere Ärsche sich gegenseitig an. Und meiner ist nackt.

Ich glaube, beim nächsten Mal werde ich sie fragen, ob sie mit reinkommt. Ich könnte Kerzen mitnehmen, wir machen das Licht aus. Sie würde ihre wunderschönen braunen Locken zum Zopf nach oben binden, ihr Haaransatz im Nacken wäre schon etwas nass geworden und sie legt ihren Kopf auf meine Schulter. So wie in dieser RTL-Serie, in der sich 20 schöne Frauen um einen Mann streiten, und der geht mit einer nach der anderen in verschiedene Jacuzzis, um sie besser kennenzulernen. Der Unterschied ist, dass Birgit nicht nur schön, sondern auch klug ist. Und wir werden dann eine romantische Schulstunde gemeinsam im Jacuzzi verbringen. Vielleicht ist Vorfreude doch die schönste Freude. Birgit sieht bestimmt geil aus im Bikini.

14. Doch kein Lachs

»Und, Leute? Wie schmeckt unser Chili?«, fragt Bodo.

Jubeln und Klatschen. Und ich muss zugeben: Es ist wirklich lecker.

»Schmeckt Hammer«, sagt Fatih. »Besser als Restaurant.«

»Wer erzählt mir, was drin ist?«, fragt Birgit.

Ich freue mich sehr darüber, weil sie mit ihrer Frage ja noch mal allen klarmacht, dass sie beim Kochen nicht da war, und alle werden daran erinnert, dass sie mit mir unterwegs war. Keiner von denen weiß, wie es genau war: Birgit und ich alleine. Das wissen nur wir zwei. Nicht mal der unbekannte Briefeschreiber weiß das. Das hoffe ich zumindest, und während ich das denke, merke ich, wie die Entspannung sofort aus meinem Körper verschwindet und meine Augen sich ein paarmal zusammenkneifen.

Birgit hört für einen Moment auf, Alicia-Sophie zu füttern. Die knirscht mit den Zähnen. Mir würde das auch nicht gefallen. »Dennis, kannst du mir eine Zutat nennen?«

Dennis schaut abwechselnd auf den Teller und an die Decke. Er kratzt mit einem Handschuh beinahe eine Wunde an der Schläfe auf. Der traut sich nicht, was zu sagen, denke ich, und dann sagt der ganz schnell und leise: »Schokolade.« Das ist natürlich Quatsch.

»Spitze«, sagt Bodo. »Wir hatten ja auch schon mal etwas Kaffeepulver rein, aber ich find's mit Schokolade besser.«

Die tun hier also Schokolade ins Chili.

»Mais«, sagt Jonas. »Und Bohnen.«

»Rinderhack«, sagt Fatih.

Eva lacht sich scheckig. »Tomaten!«

Fatih zeigt ihr kurz seine geballte Faust und Eva hört auf zu gackern.

»Magst du uns auch eine Zutat vom Chili nennen, Alicia-Sophie?«

Sie wippt mit dem Kopf nach links, hebt zackig ihren rechten Arm und fuchtelt mit dem in der Luft herum. Ziemlich unbeholfen. Dann stößt sie einen Laut aus, der ungefähr so klingt wie »Boax!«.

»Sie meint, glaube ich, Lachs«, sagt Jonas.

Alicia-Sophie macht irgendetwas zwischen Nicken und Kopfschütteln.

Erst Schokolade und jetzt auch noch Lachs. Den schmeckt man echt nicht heraus.

»Da ist kein Lachs drin, hörst du?«, sagt Bodo, und Birgit füllt Alicia-Sophies Mund mit einem Löffel Chili.

Doch kein Lachs. Hier weiß man nie, was man glauben soll.

Bodo moderiert die Fragerunde weiter: »Ibrahim, kannst du uns noch eine Zutat sagen?«

»Ja«, sagt er, genauso in sein Chili vertieft, wie heute Morgen in sein Sucuk-Frühstück.

»Dann leg mal los!«

»Lachs«, sagt er.

Die anderen lachen.

Jetzt meldet sich Freddy, der sich einen fetten Chilibart um den Mund geschmiert hat, und sagt mit seiner hohen Stimme: »Ich weiß, was da noch drin ist.«

Bodo schaut ihn von unten an. »Wenn du jetzt Lachs sagst, gehst du nach nebenan, klar?«

»Kein Lachs«, sagt Freddy.

»Was denn?«, fragt Eva.

»Lachs«, sagt Freddy, zieht sein breitestes Grinsen auf, schnappt sich seinen Teller und stolpert wie ein Roboter mit kaputter Fernsteuerung nach nebenan.

»Per, weißt du noch etwas, das da drin sein könnte?«, fragt Bodo.

»Ich war nicht da.«

»Aber vielleicht kannst du etwas herausschmecken?«

Alle glotzen mich an. Ich weiß nicht, was ich sagen soll. Alles, was mir einfällt, wurde schon gesagt: Bohnen, Tomaten, Mais, Hack und Schokolade. Lachs werde ich nicht sagen, weil ich keinen Bock habe, so wie Freddy ein Ausgestoßener zu sein und nebenan zu sitzen.

Ich merke, wie meine Füße unter dem Tisch tippeln. Mein Oberkörper verkrampft.

Fatihs Augen sind groß. Seine Lippen bewegen sich. Der will mir was vorsagen. Hat er doch den Brief geschrieben? Weil er mir helfen will? Der Typ ist meine Rettung. Was sagt der da? Pä, Pe, Pi, Pis…

»Pisse«, sage ich.

Birgit lässt Alicia-Sophies Löffel fallen. Keiner sagt was. Keiner isst. Ausgerechnet Ibrahim bricht die Stille: »So etwas sagt man nicht, verstanden?«

»Da hat er leider recht«, sagt Birgit und jetzt weiß ich, dass sie doch nicht immer lächelt.

»Geh bitte nach nebenan und sag Freddy, er kann sich wieder zu uns setzen«, sagt Bodo.

Das Schlimmste daran ist, dass er mich dabei nicht mal anschaut, sondern auf seinen Löffel guckt, der lustlos im Chili herumstochert.

Ich gehe nach nebenan und wünsche mir, dass wenigstens Freddy grinst, aber der schielt auch bloß ernst an mir vorbei.

Birgit wird bestimmt niemals mit einem geisteskranken Hirni wie mir in den Jacuzzi steigen. Die denkt doch, dass ich das ganze Teil vollpisse, und ihren Kopf wird sie dann auch niemals auf meine Schulter legen. Wenn der RTL-Typ von einer Frau im Jacuzzi gefragt wird: »Das ist aber ein tolles Getränk. Was ist denn da drin?« Und der sagt »Pisse«, dann würde die auch abhauen, obwohl die nur halb so clever ist wie Birgit.

Das Chili schmeckt jetzt echt nach Pisse und ich muss aufpassen, nicht zu heulen. Ich fühle mich beschissen. Wie der letzte Mensch. Mich fragt jemand, ganz freundlich, was da drin ist, und eine Gruppe Unterbelichteter freut sich an dem tollen Geschmack ihres Essens, was sie selber gekocht und mit so abgefahrenen Zutaten wie Schokolade verfeinert haben, und da kommt der Schnupperpraktikant, der sich vorher ein Wellness-Stündchen im Jacuzzi erschlichen und in seinem Leben niemals so ein leckeres Gericht gekocht hat, und sagt: »Da ist Pisse in eurem Chili.«

Frau Kesselmann hat mal zu mir gesagt: »Paul, du bist asozial, und das Schlimmste ist: Du weißt nicht einmal, was asozial bedeutet.« Ich glaube, sie hatte recht. Was asozial bedeutet, weiß ich jetzt erst.

Dabei ist es eigentlich Fatihs Schuld. Und ich bin so ein behinderter Papagei und plapper das einfach nach. Ich haue meinen Kopf mit der Stirn auf die Tischplatte. Noch lieber würde ich das Gleiche mit Fatihs Kopf machen. In Stresssituationen selbstaggressiv, denke ich. Und fremdaggressiv. Ich bin genau wie Per. Und ich werde selbst von denen hier verstoßen. Das Gefühl, wenn man bei den Pfadfindern durch den Kreis läuft, dürfte gegenüber dem, was hier gerade abläuft, hervorragend sein. Ich glaube, ich habe mich in meinem ganzen Leben noch nie so geschämt. Ich meine, Alicia-Sophie scheißt sich mitten in der Klasse in die Hose und das ist einigermaßen normal hier. Da hätte es ja auch sein können, dass die über so einen Pisse-im-Chili-Spruch einfach so hinwegsehen. Tun die aber nicht. Vielleicht bin ich ja in Wirklichkeit auch behindert. Woher weiß ich das? Wissen die Behinderten denn überhaupt, dass die behindert sind? So ein Typ wie Jonas zum Beispiel ist ja relativ normal. Der müsste eigentlich wissen, dass es noch normale Schulen gibt (wobei ich Ignatius jetzt auch nicht unbedingt als normal bezeichnen würde). Aber was denkt Freddy? Weiß der, dass der anders ist? Oder denkt der, er ist völlig normal? Oder hat der da noch nie drüber nachgedacht? Oder hat der überhaupt schon mal nachgedacht? Das ist wahrscheinlich so ein bisschen wie mit den Parallelklassen. Alle, die das Wort Parallelklasse benutzen, haben wahrscheinlich noch nie darüber nachgedacht, dass sie für andere auch in einer Parallelklasse sind. Ich auch nicht. Parallelklasse sind immer nur die anderen.

Da, wo man selber ist, ist das normale Leben und anderswo ist das Leben nicht normal. Ich frage mich, was das überhaupt bedeuten soll? Normal. Normal ist das Gegenteil von behindert oder von unnormal oder von anders. Normal ist es sicher nicht, so zu tun, als ob man behindert ist. Bedeutet das jetzt, dass ich behindert bin? Oder ist es behindert, zwischen normal und behindert zu unterscheiden? Oder normal. Aber wenn normal behindert ist … Keine Ahnung.

Fatih schaut unauffällig durch die Glastür zu mir rüber und schüttelt ganz leicht den Kopf.

Ich setze meinen bösesten Blick auf und schüttel genauso den Kopf wie er.

Warum Fatih das alles macht, will mir nicht in den Kopf. Raus aber auch nicht. Eins ist sicher: Ich werde mich in der Pause an seine Fersen heften.

Drinnen haben die Ersten wieder angefangen zu essen.

Bodo fragt: »Sollen wir das Chili auch machen, wenn Fred Schabinger kommt? Wer ist dafür?«

Alle zeigen auf. Außer mir, aber mich schaut eh keiner mehr an. Warum kommt überhaupt Fred Schabinger hier her? Das ist doch dieser Fernsehkoch.

15. Schriftvergleich

Das mit Fatihs Fersen hat nicht geklappt. Nach dem Abräumen war er wie vom Erdboden verschluckt, also so ähnlich wie der Geist, nur dass der immer vom Erdboden ausgespuckt wird.

Ibrahim sitzt nebenan auf dem Boden, hat sich mein Bettlaken wie ein Gespenst übergeworfen und wippt unter arabischem Flehen hin und her.

Ich bin in der Klasse. Ist ein komisches Gefühl, alleine hier zu sein.

Neben Fatihs Stuhl steht sein Rucksack. Es gibt nur eine

Möglichkeit, zu überprüfen, ob Fatih es ist, ohne ihn fragen zu müssen: ein Schriftvergleich.

Mein Herz pocht von innen an meine Rippen wie ein Specht, als ich vorsichtig den Reißverschluss öffne. Pinkeln muss ich auch. Dabei war ich nach dem Jacuzzi erst, aber wenn man etwas Verbotenes macht und Schiss hat, dann muss man pissen.

Sieht ein bisschen aus wie in meinem Rucksack: zerknüllte Zettel, zwei leere Pfandflaschen. Keine Mappe, sondern bloß ein paar lose Stifte und die Matheaufgaben von heute. Ich ziehe den Mathe-Zettel aus dem Rucksack und schiebe ihn unter meinen Pullover. Die Tür geht auf. Fatih.

»Was machst du da?«

Ich springe auf. »Ich?«

»Siehste noch einen?«

»I-I-Ibra-Ibrahim«, stottere ich.

»Willste mich verarschen?

»Nein!«

Fatih zeigt auf meinen Bauch. »Was hast du da?«

»Nix.«

Es war wohl nicht ganz so clever, beide Hände gefaltet gegen den Bauch zu pressen. Ich gehe rückwärts.

Fatih kommt auf mich zu. »Zeig, was du hast!«

Ich spüre die Tafel an meinem Rücken, habe die Hände immer noch vor dem Bauch gefaltet.

Er packt mich am Arm. »Wenn du mich abziehst, mach ich dich kaputt!«

Die Tür geht auf. Dieter kommt rein. Erst erschrickt er, dann grinst er.

»Wen haben wir denn da? Unseren Freund Fatih. Soll ich mal schnell deine Mutter anrufen? Oder direkt die Kinder- und Jugendpsychiatrie? Wiedersehen macht Freude, hm?«

Ich hätte nie gedacht, dass ich mich mal freuen würde, Dieter zu sehen.

Er massiert Fatih die Schultern. Der reißt sich los. »Kannste vergessen!« Er zeigt mit dem Finger auf mich. »Und dich krieg ich noch! Verlass dich drauf!« Dann haut er ab.

Dieter schüttelt grinsend den Kopf. »Von Zeit zu Zeit geht doch immer wieder das Temperament mit ihnen durch.«

Ich zucke mit den Schultern.

»Sag mal Per, hast du Ibrahim gesehen?«

Ich zeige nach nebenan.

Dieter öffnet die Glastür und flüstert lieblich: »Ibrahim, würdest du mich bitte nach draußen zur Drehscheibe begleiten? Die Jungs wollen sich auspowern.«

»Kein Bock«, sagt Ibrahim und geht weiter seiner Beschäftigung nach.

Jetzt zuckt auch Dieter mit den Schultern. »Die heutige Mentalität. Komm ich heut nicht, komm ich morgen.«

Als Dieter endlich verschwunden ist (vorher hat er noch gesagt: »Vergiss dein Sportzeug morgen nicht!«), schau ich mir den Mathezettel an. Fatih hat alles richtig. 62 + 54 zum Beispiel. Fatihs 62 sieht ganz anders aus als die IQ-62 im Brief. Seine 2 ist viel zackiger, fast wie ein Z, und die 2 aus dem Brief ist rund und mit einer Welle im Strich. Fatihs 6 ist kantig und die im Brief ist rund.

Fatih ist es nicht. Einerseits ist das gut, weil das die Chance erhöht, dass mein Briefeschreiber es gut mit mir meint. Andererseits ist es so noch schlimmer: Es gibt jemanden, der mich beobachtet und Bescheid über mich weiß, und zusätzlich gibt es Fatih, der nicht Bescheid weiß und mir einfach so, ganz ohne Grund, das Leben zur Hölle machen will. Und obwohl Fatih mich gerade fast verprügelt hätte und mich vorhin richtig tief in die Scheiße geritten hat, bin ich traurig darüber. Warum weiß ich auch nicht. Fatih ist ein Arschloch.

Ich stecke den Zettel wieder zurück und setze mich zu Ibrahim nach nebenan auf den Boden.

16. Vertrau mir!

Als Bodo wieder reinkam, hat er mich gefragt, was für Musik ich mag und dann haben wir auf YouTube *No Woman no Cry* von Bob Marley angeschaut und sofort war die Klasse rappelvoll. Bestimmt 30 Schüler und alle sind total ausgerastet und haben getanzt. Ganz ohne Rhythmusgefühl. Ich, Dennis und Bodo standen hinterm Laptop und haben bloß Richtung Bildschirm gestarrt. Wobei ich glaube, dass Dennis immer wieder unauffällig zu mir rübergeschielt hat. Wie ein richtiger Psycho.

Dann hat sich ein Junge humpelnderweise wie in Zeitlupe, an der Wand entlang, in die Klasse gehangelt und sich drinnen auf den Bauch fallen lassen. Er ist mit dem Hintern auf und ab, als ob er den Boden rammeln würde. *No Woman no Cry* passt gut zu dem, weil der es ziemlich schwer haben dürfte, eine Frau zu finden. Der stinkt, sabbert, schielt und kann nicht richtig laufen.

Als Benjamin reingerast kam, hat Bodo sofort die Musik ausgemacht. »Die Party ist vorbei, Leute!«, rief er und alle sind wieder raus. Das Ganze hatte etwas von einer Versöhnungsfeier. Bodo und die anderen scheinen gar nicht nachtragend zu sein. Frau Kesselmann denkt heute noch jede Minute an den einen Klobesuch. Das kann ich in ihren Augen sehen. Dabei ist das über ein Jahr her.

Wir haben das pädagogische Rechteck aufgelöst, die Tische an die Seite geschoben und stehen einfach so im Raum verteilt, wobei ich möglichst weit weg von Fatih stehe.

»Jetzt macht Birgit mal den Unterricht«, sagt Bodo.

Birgit legt los: »Ich habe in der Uni ein ganz tolles Spiel kennengelernt, das wir heute gemeinsam spielen möchten.« Wie üblich in so einer Situation fangen alle an, total übertrieben zu klatschen und zu jubeln. Ich zucke zusammen und schaue, was Ibrahim macht, aber wenn alle zusammen schreien, schreit der einfach mit, auch wenn ich glaube, dass er gar nicht weiß, warum, aber das gilt für Freddy und Alicia-Sophie ja genauso. Bei Eva bin ich mir da unsicher. Und Dennis? Ich weiß überhaupt nicht, was ich von Dennis halten soll.

Ein blondes Mädchen kommt rein, ungefähr so alt und so hübsch wie Birgit, mit genau der gleichen Bernsteinkette und jetzt umarmen sie und Birgit sich auch noch. »Ist Johann-Sebastian zufällig hier?«, fragt sie.

Fatih zeigt Richtung Pult. Da liegt der Junge, der den Boden gerammelt hat, und das Mädchen zieht ihn am Arm und schleift ihn über den Boden. Er fegt Maiskörner und Bohnen vor sich her wie ein Besen. Fatih und Jonas helfen ihr, ihn hinzustellen. Gemeinsam bringen sie ihn aus der Klasse.

Schon der zweite Härtefall hier mit Doppelnamen: Alicia-Sophie geht ja noch, aber Johann-Sebastian passt gar nicht zu dem. Wahrscheinlich haben die Eltern gedacht: Wenn der schon behindert ist, kriegt der wenigstens einen tollen Namen. Am besten einen Doppelnamen, und dann haben sie gegoogelt, welche berühmten Menschen Doppelnamen hatten, und sind bei Johann Sebastian Bach hängen geblieben. Ich finde, ein kurzer Name würde ihm besser stehen. Bob zum Beispiel. Mit Bob Marley hätte er auch einen berühmten Vorgänger. Und die Musik scheint er zu mögen, sonst wäre er ja nicht gekommen. Ob ich den ohne Handschuhe anfassen würde, weiß ich trotzdem nicht. Vielleicht trägt Dennis ja deswegen Torwarthandschuhe, weil er hier nichts berühren will.

»Das Spiel heißt ›Vertrau mir!‹«, sagt Birgit. »Jeder sucht sich einen Partner. Ich bilde ein Paar mit Alicia-Sophie. Bodo, Freddy und Ibrahim bilden eine Dreiergruppe.«

Jonas fragt Fatih, ob sie zusammen spielen wollen, aber Fatih ballt seine Hand wieder zur Faust zusammen. »Ich mach mit Per«, sagt er und ich stelle mir vor, wie seine Faust meine Nase zertrümmert. Der Ameisenhaufen in meinem Kopf hat wieder seine Arbeit aufgenommen. Mein Wellness-Aufenthalt im Jacuzzi kommt mir vor, als würde er Jahre zurückliegen.

Ich fühle mich wie in einem anderen Leben, und immer wenn man in diesem Leben gerade denkt, alles läuft gut, stürzt man ganz gewaltig ab und dann kommt ein Rettungsschirm von irgendwo und dann fliegt man wieder in den Himmel und dann kommen die Raben und picken Löcher in den Schirm und ich stürze wieder und kurz vor dem Aufprall kommt der nächste Schirm und immer so weiter und mein ganzer Körper ist mittlerweile in einem verknoteten Netz von Rettungsschirmen gefesselt und wütende Raben picken zwischendurch mit ihren schwarzen Schnäbeln Wunden in mein Gesicht. So fühl ich mich.

Wahrscheinlich ist das so ein Lüge-Wahrheit-Spiel und Fatih will, dass ich sagen muss, was ich an seinem Rucksack zu suchen hatte und was unter meinem Pullover war. Einen Lügendetektor werden die hier sicher nicht auffahren. Aus mir wird er nichts herausbekommen.

Birgit erklärt das Spiel: »Es geht darum, dass wir lernen, uns gegenseitig zu vertrauen und wir am eigenen Körper erfahren, dass wir uns aufeinander verlassen können. Bodo und ich machen das Ganze einmal vor.« Birgit stellt sich mit dem Rücken zu Bodo und fragt: »Bist du bereit, Bodo?«

»Ja.«

»Fängst du mich auf?«

»Ja.«

Birgit lässt sich nach hinten fallen. Bodo fängt sie mit beiden Armen auf. Würde Bodo das nicht tun und zum Beispiel einen Schritt zur Seite gehen, würde Birgit mit dem Kopf auf den Boden donnern.

Ibrahim ist der Nächste: Er stellt sich vor Bodo und fällt sofort um wie ein Baum, dem der letzte Axthieb verpasst wurde. Bodo kriegt gerade noch die Hände nach vorne und fängt ihn auf.

»Ihr dürft erst umfallen, wenn ihr gefragt habt, ob der andere bereit ist«, sagt Birgit ziemlich eindringlich, aber immer noch leise.

Ibrahim hat überhaupt keine Angst. Der weiß genau, es ist jemand da, der ihn auffängt.

Ich stehe hinter Fatih.

»Bist du bereit?«, fragt er.

»Ja«, sage ich. Meine Hände zittern.

Ob der sich jetzt wirklich fallen lässt? Normalerweise müsste der doch davon ausgehen, dass ich ihm die Pisse-Nummer heimzahlen will. Wenn ich Fatih nicht auffange, klatscht er mit dem Kopf auf den Boden und ich habe ein Problem weniger, aber wahrscheinlich auch einige andere Probleme mehr. Fatihs Hinterkopf kommt auf mich zu. Ich öffne meine Arme. Ich fange ihn. Hätte ihn mir schwerer vorgestellt. Die anderen applaudieren. Fatih vertraut mir.

Jetzt stehe ich vor Fatih: »Bist du bereit?«

»Ja.«

Es ist totenstill in der Klasse. Wenn er mich nicht auffängt, bin ich entweder tot oder werde wirklich ein neuer Schüler hier. Wahrscheinlich einer mit Inklusionshelfer. Und hundertprozentig kein Selbstfahrer.

Ich schließe die Augen.

»Was los?«, fragt Fatih. »Vertrauste mir nich?«

»Doch«, sage ich und denke: Nein.

Dann lasse ich mich fallen. Das erste Mal in meinem Leben spüre ich den freien Fall.

17. Hallo, Felsen

An meinem dritten Tag komme ich nicht wie üblich eine Viertelstunde zu spät, sondern bloß zehn Minuten, weil Bodo gestern meinte, ich soll um zehn nach da sein. Ich hatte sogar kurz überlegt, pünktlich zu kommen. Ging aber nicht. Wegen Fatih. Der könnte mir auflauern.

»Ich warte auf dich!«, hat er mir gestern ins Ohr geflüstert. Nachdem er mich aufgefangen hatte und ich in seinen Armen lag. Das klingt zwar irgendwie schwul jetzt, ist aber eher das Gegenteil. Zu früh da zu sein, ist gefährlich.

Der Hausmeister schleicht vor dem Eingang herum und sammelt mit der Greifzange *Monster*-Dosen und *YumYum*-Packungen auf. Als er mich sieht, bleibt er stehen und stemmt die Arme in die Hüften. »Guten Morgen, Herr Grünebaum! Ausgeschlafen?«

Ich nicke und spüre, wie er mir nachschaut. Komisch, dass ich das fühlen kann, obwohl ich hinten weder Augen habe, noch die Fähigkeit, Blicke hören zu können. Vielleicht habe ich einen ähnlichen Spezialsensor wie Ibrahim. Der bemerkt auch alles Mögliche, was er nicht sehen und hören kann.

Jetzt ruft der Hausmeister: »Bestell deiner Mutter 'nen lieben Gruß!«

Dieser Idiot.

Den Umweg, über Dieters Klasse in unsere, überstehe ich wieder ungeküsst.

In Bodos Klasse ist eine Frau gerade damit beschäftigt, das

Poster *Man kann Kinder nicht erziehen, sie machen sowieso alles nach* von der Wand zu nehmen und fein säuberlich in eine Schublade zu legen. Sie hat blondes, relativ kurzes Haar und trägt eine blau-weiß gestreifte Bluse, die in ihrer weißen Jeans steckt. Eine rote Nickelbrille sitzt auf ihrer Nase, und um den Hals trägt sie eine Perlenkette. Die Frau sieht aus, als würde sie von der Nordsee kommen.

»So, dann wollen wir mal ranklotzen.« Sie redet auch so, rollt das R wie ein alter Seemann.

»Christine«, sagt sie, lächelt mich an und drückt meine Hand. Viel fester, als ich vermutet hatte, und ich stelle sie mir vor, wie sie mit einem Spaten mitten im Wattenmeer steht und gerade einen schönen Wattwurm oder Seeringelwurm ausgebuddelt hat.

»Per«, sage ich.

»Du weißt ja sicher schon, dass ich immer mittwochs und freitags komme?«

Ich schüttel den Kopf.

Sie runzelt die Stirn. »Also, wir sind eigentlich zu dritt im Lehrerteam. Bodo, Frau Flemming und ich. Frau Flemming fällt bis auf Weiteres aus. Wir kriegen Unterstützung von Birgit und bis vorletzten Freitag gab es noch Elly.«

Fatih glotzt die ganze Zeit zu mir rüber, was ziemlich unangenehm ist, aber jetzt starrt er Christine an.

Die redet weiter: »Elly war FSJlerin hier und hat sich vor allem um Freddy und Ibrahim gekümmert und überall da angepackt, wo Not an der Frau war, aber die hat sich, ja, wie soll ich sagen …?«

»Durchficken lassen!«, sagt Fatih.

Christine keift: »Ab nach nebenan, Freundchen!«

Fatih steht auf und geht aus der Klasse. Nicht nach nebenan. Er knallt die Tür.

Ich habe die ganze Zeit mit aller Macht versucht, es zurückzuhalten, aber jetzt geht's nicht mehr. Ich kneife dreimal kräftig die Augen zusammen.

»Hast du Probleme mit den Augen?«, fragt Christine so laut, dass alle es hören können.

»Das macht der immer«, sagt Birgit.

Was erlauben die sich eigentlich, vor allen so über mich und meinen Zwinkertick zu reden? Das ist doch privat. Und Birgit sieht in mir offensichtlich doch nur 'nen zwinkernden Freak. Ich muss mich wehren. »Das kommt, weil mir die Haare vor den Augen hängen.«

»Dann müssen wir rausfinden, was wir dagegen tun können.«

Christine benimmt sich wie eine Ärztin auf Schulbesuch, die mich mal eben vor der ganzen Klasse bloßstellt. Als ob ich hier der Einzige mit einem Tick wäre. Wer baut denn bitte in jeden seiner Sätze ein gerolltes R ein? So was kann doch kein Zufall sein. Und wenn ich so drüber nachdenke: Das alles hier kann doch kein Zufall sein. Was wäre eigentlich, wenn die mir alle gemeinsam diesen Brief geschrieben hätten. Vielleicht sogar mit Frau Kesselmann zusammen. Und die spielen mir die ganze Zeit was vor.

Vielleicht bin ich hier das Oberopfer. Was für ein Horror!

»Am besten, du gehst mal zum Friseur, hm?«

»…«

»Hast du dich denn schon etwas bei uns eingerichtet?«

»…«

»Über Ibrahim weißt du Bescheid?«

»…«

»Alles prima, Per? Du bist etwas blass.«

Ich muss echt aufpassen, nicht verrückt zu werden. Erst mal tief durchatmen. »Alles prima.«

»Per ist ein prima Name. Bist du Friese?«

Kurz denke ich, die meint meine Behinderung, aber dann fällt mir ein, dass Friesen oben an der Nordsee wohnen. Wie die Wattwürmer.

Ich schüttel den Kopf und kneife wieder die Augen zusammen.

Sie lächelt mich mitleidig an.

Ich will irgendetwas sagen, damit sie mich nicht für einen kompletten Idioten hält. »Der Name kommt aus dem Dänischen. Alter Kriegername. Bedeutet ›Speerspitze‹.«

Christine lacht mich aus. »Wer hat dir denn den Bären aufgebunden? Per ist die nordische Form von Peter – das kommt ursprünglich aus dem Griechischen und bedeutet Felsen.«

Eva lacht laut los. »Ey, Felsen! Wie geht's denn so?«

»Hallo, Felsen!«, ruft Freddy und winkt mir zu.

Ibrahim schlägt mir auf den Oberarm.

Ich falle vom Stuhl. Und es ist mir jetzt scheißegal: Ich fange sofort an zu heulen, weil der Arm wahrscheinlich gebrochen ist.

Ibrahim schaut auf mich runter.

Christine beugt sich über mich. Sie hilft mir auf und streichelt mir die Wange.

»Oh, Junge! Oh Junge!«, flüstert sie.

Ich schluchze. »Ich hab ihn nicht angefasst und nicht geschrien!«

Christine nimmt mich in den Arm: »Ich weiß, Per, ich weiß.« Es fühlt sich schön an. Ich glaube, sie küsst ganz leicht meinen Kopf. Das wird mir dann doch etwas zu viel und ich befreie mich aus ihrer Umarmung. Ibrahim ist aufgestanden. Es ist still in der Klasse. Seine Augen pendeln blitzschnell hin und her, wie bei jemandem, der im fahrenden Zug sitzt und aus dem Fenster guckt. Christine steht zwischen uns. Sie redet ganz ruhig: »Ibrahim, ich möchte jetzt von dir wissen, warum du das gerade gemacht hast.«

»Ich weiß, warum der das gemacht hat«, sagt Fatih. Der ist gerade wieder reingekommen.

Fatih will mich fertigmachen, Ibrahim schlägt mich grundlos vom Stuhl und ein unbekannter Briefeschreiber sieht in aller Seelenruhe dabei zu, wie ich langsam zugrunde gehe.

Ibrahim zeigt in Fatihs Richtung. »Du bist ruhig, klar?«

Christine zeigt auf die Glastür und Fatih geht nach nebenan.

»Also, Ibrahim? Was war los?«

»Du hast gesagt, der ist ein Felsen. Und ich dachte, der ist hart wie ein Stein.« Er boxt sich ein paarmal in die flache Hand. »Wie so ein richtiger Felsen.«

»Du wolltest spüren, ob Per wirklich aus Stein ist, wie ein Felsen, stimmt's, Ibrahim?« Christine spricht Stein aus, wie sie wohl auch »steife Brise« aussprechen würde. Mit scharfem S.

»Ja«, sagt er und setzt sich wieder hin.

Ich setze mich auch.

»Entschuldigung, Per!«, sagt Ibrahim.

»Das ist gut, dass du dich entschuldigst, Ibrahim. Aber weißt du, du darfst niemals jemanden schlagen, hast du das begriffen?«

Ibrahim nickt.

Christine holt Ibrahim eine kleine Pille aus dem Medizinschrank über dem Waschbecken und stellt ihm einen Becher mit Wasser hin. »Nimm das bitte, Ibrahim!«

Wie konnte ich Dieter nur glauben, dass Per ›Speerspitze‹ bedeutet?

Wenn Christine das nicht richtiggestellt hätte, dann hätte Ibrahim wahrscheinlich nur ganz leicht mit dem Finger auf meinen Arm getippt, weil er sich nicht an der Speerspitze hätte verletzen wollen.

Christine nimmt ein Buch mit der Aufschrift »Ibrahim« vom Schreibtisch und beginnt zu schreiben. Im Vergleich zu Frau Kesselmann ist Christine zwar ganz o. k., auch wenn sie ein bisschen anstrengend und ziemlich grob ist, aber Bodo hat hier noch nie irgendetwas eingetragen.

Ich wünschte, Bodo wäre hier. Mit Christine ist alles ganz anders.

18. Ein Messer und einen Hammer

Die Pause habe ich nebenan verbracht. Da war ich sicher. Ibrahim kam auch irgendwann rübergewankt. Vorher fing er plötzlich an, den Tisch vollzusabbern. Dann ist er im Sitzen eingeschlafen.

Jetzt liegt er nebenan und sabbert den Fußboden voll.

In der Klasse hat jeder eine Dose vor sich stehen.

»Wer kann mir erklären, wie man Ravioli macht?«, fragt Christine.

»Dennis?«

»Kochen«, sagt Dennis.

»Sehr gut. Kannst du uns das einmal vorführen?«

Dennis starrt – die Torwarthandschuhe rechts und links von der Dose – an die Decke. Nach ungefähr zwanzig Sekunden presst er ein »Nein« heraus.

»Wer möchte das mal vorführen?«

Keiner meldet sich. »Traust du dich, Eva?«

»Ja, also, man kocht das.«

»Richtig. Aber in welcher Reihenfolge?«

»Wie jetzt?«

»Schritt für Schritt.«

Christine macht mich wahnsinnig.

Eva nimmt die Dose, geht zum Herd und stellt sie aufs Ceranfeld. »Und jetzt anmachen!«, sagt sie.

Fatih mischt sich ein: »Das gibt Explosion!«

»Und warum?«, will Christine wissen.

Jonas meldet sich: »Weil noch der Deckel drauf ist.«

»Also halten wir fest: Schritt 1: Deckel runter. Dazu brauchen wir einen …?«

Eigentlich sollte jedem klar sein, dass man die Dose öffnen muss, bevor man das warm macht. Fatih braucht überhaupt nicht so zu tun, als ob es schlau wäre, darauf zu kommen.

»Per? Was braucht man?«

»Wie … was braucht man?«

»Was braucht man, um die Dose zu öffnen.«

»Einen Dosenöffner.«

»Richtig, Per.«

»Wenn ihr zu Hause keinen Dosenöffner parat habt, was könnt ihr dann tun?«

Jetzt check ich erst, dass die das hier gerade echt machen, damit sie das für zu Hause lernen. Bevor Fatih sich wieder meldet, schlage ich vor, einen Hammer zu nehmen und ein Messer. »Das Messer könnte man oben auf der Dose ansetzen und dann mit dem Hammer draufschlagen.«

»Bloß nicht!«, ruft Christine. »Ihr vergesst alle ganz schnell, was Per gerade gesagt hat, habt ihr verstanden?«

»Wir brauchen ein Messer und einen Hammer!«, ruft Freddy und klatscht die Hände über dem Kopf zusammen.

»Na, recht herzlichen Dank, Per!« Christine glotzt mich vorwurfsvoll an. »Also ganz in Ruhe: Wenn ihr gerade keinen Dosenöffner habt, kauft ihr im Laden eine Dose, die … Na? Wer hat die richtige Antwort?«

»Dose mit Ring am Deckel«, sagt Fatih.

»Dose mit Ring ist richtig«, sagt Christine und glotzt wieder mich dabei an, statt Fatih, was die Sache noch beschissener macht.

Ausgerechnet einen Ring, denke ich, aber dann fällt mir ein, dass Kreis, Dreieck und Quadrat auch alle ein Roll-R drin hätten.

»Dann könnt ihr die Dose mithilfe des Rings öffnen«, erklärt Christine weiter.

Mir war nicht klar, dass einige hier zu blöd sind, Ravioli zu machen. Und über diese Ringe auf der Dose hatte ich auch noch nie nachgedacht.

Ich muss an Papa denken. Der kauft neuerdings immer Salami, die genau die Form einer Brotscheibe hat. Die Salamischeibe passt dann exakt aufs Brot, wie ein Deckel auf seinen Topf – ohne dass auch nur ein bisschen übersteht oder etwas Butter an der Salami vorbeiblitzen könnte. Ich bin sicher, Papa würde die brotförmige Salamischeibe für eine gute Erfindung halten, wenn er darüber nachdenken würde. Aber ich glaube, dass er noch nie darüber nachgedacht hat und sie einfach kauft. Weil er ohne Mama nicht weiß, was er machen soll. Der macht eigentlich genau das Gleiche, was Freddy und Alicia-Sophie machen: Formen zusammenlegen. Mond auf Mond, Dreieck auf Dreieck, Brotform auf Brotform.

Als Nächstes will Christine wissen, welchen Wochentag wir haben, weil sie wegen mir heute Morgen nicht dazu gekommen ist. Dennis, Freddy und sogar Eva wissen das nicht. Das Datum kennt nur Fatih. Und Dennis, obwohl der den Wochentag nicht kennt. Ich kenn das Datum auch nicht. Vielleicht bin ich tatsächlich Per und bilde mir bloß ein, Paul zu sein. Kann doch sein, dass jeder Zweite hier glaubt, ein Schnupperpraktikant zu sein.

19. Zu spät ist, wenn der Schiedsrichter pfeift

Dieter drängt sich durch die Meute vor der Turnhalle und schließt die Tür auf. Wir haben zusammen mit seiner Klasse Sport. Die *Monster*-Junkies und Benjamin rennen brüllend voran. Ich gehe als Letzter hinter dem taumelnden Ibrahim rein und frage mich, wo Fatih ist.

Im Gang stinkt's nach Schweiß. In der Kabine auch, aber vor allem nach Rauch.

»Das ist doch nicht zu fassen!« Dieter rümpft die Nase und schaut auf die gekippten Fenster. »Der Zigarettenqualm der Raucherfraktion im Kollegium zieht doch tatsächlich vom Lehrerparkplatz in unsere schöne Kabine und hemmt unsere Schülerinnen und Schüler in ihrer Leistungsfähigkeit.«

Hinter seinem Rücken kommt Fatih aus der Dusche und pustet unauffällig Qualm aus seinem Mund. Er sieht, dass ich das sehe, und hält sich den Zeigefinger vor die Lippen.

Benjamin und seine Klassenkameraden ziehen sich bloß die Schuhe aus und stürmen dann weiter in die Halle. Jonas schlurft hinterher. Fatih zieht sich auch nicht um, bleibt aber in der Kabine. Der will sichergehen, dass ich nicht petze.

Dieter, Ibrahim, Dennis und ich ziehen uns aus. Dennis wirft sich total überhastet ein pinkfarbenes Torwarttrikot über. *Wiese* steht hinten drauf. Fatih schaut mir beim Umziehen zu, mustert mich von oben bis unten. Dabei zieht er seine Augenbrauen hoch. Was für ein Penner.

Dieter redet die ganze Zeit. Er zeigt mir seine weißen Turnschuhe. »Noch aus Bundeswehrzeiten«, sagt er. »Kein anderer Schuh bietet so festen Halt wie der BW-Schuh Modell Halle.« Dann sagt er: »BW ist die Abkürzung für Bundeswehr.« Als ob ich das wissen will.

Dieters Beine sind weiß und erstaunlich dünn für seinen massigen Oberkörper. An der Rückseite der Waden hat er Krampfadern, die aussehen wie Wattwürmer unter der Haut. Seine rote Sporthose ist viel zu kurz, und als er sich hinkniet, um die BW-Schuhe mit seiner »Spezialschleife« zu schnüren, schaue ich schnell woandershin, weil ich keine Lust habe, dass ihm da unten was rausbaumelt und ich das Bild dann heute Abend, wenn ich schlafen will, nicht mehr aus dem Kopf kriege.

Ibrahim ist nackt und torkelt in die Dusche. So viele Schamhaare hab ich erst einmal gesehen. Das war in einem von Papas Filmen, die er in seinem Nachtschrank liegen hat. Der Film ist mindestens 50 Jahre alt. Da haben selbst die Frauen Achselhaare und die Männer riesige Brillen auf.

Ibrahim duscht. »Macht der jetzt ganze Stunde«, sagt Fatih. Offensichtlich zu mir, denn er schaut mich dabei an. Hat wohl bemerkt, dass ich Ibrahim beobachtet habe.

»Interessiert dich nich, Dieter, oder?«, schiebt Fatih hinterher.

Dieter tut so, als würde er das alles nicht sehen und hören.

Ob Dieter was mit diesem Brief zu tun hat? Könnte doch sein, dass er mich überhaupt nicht aus Versehen verwechselt hat, sondern absichtlich. Die Frage ist: Warum? Einem ehemaligen Panzergrenadier, der dann Lehrer an einer Förderschule wird, wäre so was auf jeden Fall zuzutrauen.

Dieter setzt jetzt so etwas wie eine Schwimmbrille auf. »Seit mir Mitte der Achtziger mal ein Schüler, der einen härteren Schuss als ich selber hatte, die Brille von der Nase schoss, ist die Sportbrille für mich ein Muss.«

»Können wir Fußball spielen?«, fragt Fatih.

»Du meinst wohl Fuchsball. Heute spielen wir Fuchsball«, antwortet Dieter.

»Fuchsball is Behindertensport«, sagt Fatih.

»Apropos Fußball«, sagt Dieter. »In der italienischen Bundesliga bekam ein Zuschauer die Möglichkeit, eine Million Euro zu gewinnen. Er durfte in der Halbzeitpause ein Mal mit dem Fußball von der Mittellinie schießen. Wäre es ihm gelungen, die Latte zu treffen, hätte er die Million gewonnen. Und, was glaubt ihr? Hat er getroffen?«

»Interessiert mich doch nich«, sagt Fatih und ich muss daran denken, dass es eine italienische Bundesliga überhaupt nicht gibt. Die heißt doch Serie A.

In der Halle sind ein paar Kästen aufgebaut. Die Lehrerin, die ich schon mal mit Dieter an der Drehscheibe gesehen habe, ist auch da. In Leggings und Polo-Shirt.

»Ihr kennt das Prozedere!«, ruft Dieter. »Ihr stellt euch ins Feld! Wir fangen an!«

Die Lehrerin teilt uns im Spielfeld auf. »Jonas ist Werfer, Fatih in die Mitte, Per und Eva nach hinten für die weiten Schläge, Alicia-Sophie nach rechts und Freddy nach links.«

Die hat Dennis vergessen. Wo ist der überhaupt? Ich drehe mich um. Dennis steht im Tor.

Fuchsball habe ich noch nie gehört, aber es klingt wirklich wie ein Behindertensport.

Fatih stellt sich neben mich. »Hat Dieter selbst erfunden.

Behauptet er jedenfalls.« Ich weiß nicht, warum Fatih mir in der Turnhalle nicht von der Seite weicht, ich habe aber nicht das Gefühl, dass er mir gleich eine reinhaut. Beim Sport scheint so was wie Waffenstillstand zwischen uns zu sein. Jetzt erklärt er mir sogar die Fuchsballregeln.

Fuchsball funktioniert ungefähr so wie Baseball, nur dass man nicht mit einem Baseball spielt, sondern mit einem Tennisball. Und statt eines Baseballschlägers nimmt man einen Tennisschläger.

Ist also tatsächlich ein Behindertensport.

Der Werfer wirft, der Schläger schlägt und versucht, einmal um das Spielfeld zu rennen, das durch die Kästen abgegrenzt ist. Das kann er in einem Stück machen, dann ist es ein Homerun. Oder in mehreren Etappen. Er muss aber immer bis zum nächsten Kasten kommen, bevor die gegnerische Mannschaft den Tennisball zum Werfer geworfen hat und der den in der Hand hält. Sonst ist er zu spät und die Mannschaft, die gerade geworfen hat, muss ins Feld und die anderen dürfen schlagen. Bei uns macht das Jonas. Egal. Ist ja kein Wettbewerb, bei dem es um Leben und Tod geht, sondern bloß Sportunterricht. Müsste man nur noch wissen, warum das ganze Fuchsball heißt.

»Weiß auch nich warum«, sagt Fatih. »Is ohne Sinn.«

Dieters Klasse fängt an. Einer von den *Monster*-Junkies steht in Jeans und Socken bereit. Den Tennisschläger hält er in beiden Händen. Dieter hat mittlerweile eine Trillerpfeife um den Hals hängen und flüstert dem Jungen hinter vorgehaltener Hand etwas ins Ohr. Der nickt. Dieter pfeift. Jonas wirft den Ball vorsichtig von unten. Der Junge erwischt ihn gut und pfeffert ihn volles Rohr in die hinterste Ecke der Halle. Ich versuche, den Ball zu greifen, was gar nicht so einfach ist, weil der von einer Wand zur nächsten springt und von da auch noch hinters Tor, und ich verhedder mich im Netz. Dennis steht wie eingefroren auf der Torlinie. Ich werfe den Ball Richtung Jonas, aber Dieter hat gepfiffen. Der

Junge ist unter tosendem Applaus und Gejohle ins Ziel gerannt.

»Fünf zu null für uns!«, schreit Dieter und pfeift wieder an.

Der Nächste ist dran. Er nimmt einen Schluck aus seiner Dose. Dieter flüstert wieder. Der Junge hat noch eine Nachfrage. Dieter nickt. Dann geht es los. Ich sehe Birgit in Hotpants, wie sie schützend vor Alicia-Sophie springt. Ich glaube, Alicia-Sophie würde ihre Arme nicht mal schnell genug hochbekommen, wenn man ihr aus fünf Metern einen Luftballon zuwerfen würde. Und jetzt werden hier Tennisbälle durch die Halle gefeuert.

Der Tennisball fliegt in Evas Ecke und Eva springt hinter ihm her. Fatih joggt ihr zu Hilfe, aber der Schläger ist schon ins Ziel gelaufen. Dieter pfeift. »Zehn zu null für uns!«

Jetzt ist Dieter selber dran. Danach wird Benjamin dran sein und dann kommen die ganzen anderen. Alles keine Selbstfahrer. Als Vorletztes ein Mädchen mit Rollator und als Letzter ein Junge im Rollstuhl.

Dieter dehnt seine Oberschenkel und Arme. »Denk dran, Jonas! 'nen schönen Bogenwurf.« Er pustet ein paarmal kräftig durch und bläst in seine Trillerpfeife.

Dieter steht da wie ein Tennisspieler, der den Aufschlag des Gegners erwartet, verlagert sein Gewicht von einem Bein aufs andere. Dann kommt der Bogenwurf und Dieter spielt den Ball mit beidseitiger Vorhand und mindestens 80 km/h ins Feld. Birgit springt wieder vor Alicia-Sophie. Gut, dass Freddy auf der anderen Seite steht.

Dieter hat den Tennisschläger fallen lassen und sprintet, begleitet von begeisterten »Dieter! Dieter!«-Rufen seines Teams, durch die Turnhalle. Ich schaue gar nicht, wo der Ball hingeflogen ist, sondern nur auf Dieter, wie ihm das Blut in den Kopf schießt, der Boden unter seinen BW-Schuhen bei jedem Schritt bebt, genau wie die weiße Mähne in seinem Nacken. Vor Anstrengung fletscht er seine dritten Zähne unter dem Schnurrbart, und die Würmer in seinen Waden sind kurz davor rauszuplatzen. Mit letzter Kraft führt Dieter die Trillerpfeife zum Mund und kämpft sich, begleitet vom eigenen Pfiff, die Hände jubelnd nach oben gestreckt, über die Ziellinie. Dieter hat gerade einen Homerun hingelegt. Er lässt sich feiern.

Wir verlieren 30 zu 2. Benjamin war zwar ein paarmal zu spät, aber Dieter hat gerufen: »Zu spät ist, wenn der Schiedsrichter pfeift.« Immerhin haben Eva und Birgit mit Alicia-Sophie es etappenweise ins Ziel geschafft.

Als Dieter sich in der Kabine erschöpft auf die Bank sinken lässt, schüttelt er verwundert den Kopf. »Dass ich in dem Alter noch so schnell laufen kann.« Er schnauft durch. »Ist schon toll.« Was für ein Spinner.

Ibrahim kommt singend aus der Dusche, ist wieder ganz wach.

Ich versuche mir vorzustellen, was Frau Kesselmann wohl im Sportunterricht machen würde. Aber die zieht ja nie was anderes an als Blusen und Röcke. Außer im Schullandheim. Da hat sie die ganze Zeit Joggingschuhe angehabt und so ein seltsames Tuch um die Stirn gewickelt. Der Lehrer, der mitgefahren ist, hat gesagt, dass er ihr Outfit »légère« findet. Das steht auch auf den roten *Gauloises*-Schachteln drauf: légère. Und ich glaube, dass er nachts zu ihr rüber ist und sie miteinander gebumst haben.

20. Ingwerquark

Ich renne quer über den Schulhof ins Hauptgebäude. Da werd ich mich irgendwo verschanzen bis alle (vor allem Fatih) ganz sicher verschwunden sind. Dann gehe ich hinten raus. Über Spielplatz und Zaun. Dann irgendwo untertauchen! Niemals wieder werde ich einen Fuß auf dieses Gelände setzen.

Der Waffenstillstand war plötzlich vorbei. Warum auch immer.

»Nach der Schule: Kopf ab!«, hat er mir zugeflüstert. In der Kabine. Diesmal lag ich zwar nicht in seinen Armen, hatte dafür aber keine Hose an.

Ich dreh mich um, keiner da, ich öffne den Hintereingang, laufe, so schnell ich kann. Darin bin ich nicht sonderlich geübt und ich renne auf dem Flur eine der Küchenfrauen über den Haufen. Sie riecht nach Pommes und Rauch und war gerade dabei, das Mittagessen für morgen auf eine Tafel zu schreiben. Jetzt liegt die Küchenfrau auf dem Rücken und keucht. Ich stehe vor ihr und lese das Menü an der Wand. In meinem Kopf: Ameisenalarm hoch zehn. Morgen gibt es zum Nachtisch Ingwerquark! Und was ist die Abkürzung für Ingwerquark? IQ! Und dieses IQ hier sieht genauso aus wie das IQ in meinem Brief.

Die Küchenfrau röchelt und krümmt sich. Sie kriegt keine Luft. Das hat mit dem Zwerchfell zu tun, denke ich, und da fällt mir ein, dass es bei Krokodilen eine Besonderheit mit dem Zwerchfell gibt. Die Atmung des Krokodils kann man von außen nämlich nicht sehen.

Die Küchenfrau schnappt nach Luft. Ihr Zwerchfell beruhigt sich wieder.

Ich helfe ihr hoch und ziehe den Brief aus meiner Tasche. Sie atmet tief durch, steckt sich zitternd eine an. Auf der Schachtel steht etwas in einer anderen Sprache.

Sie zieht zweimal kräftig an der Kippe. Das Zittern legt sich etwas. »Sag mal, bist du noch ganz dicht?«, fragt sie mit ihrer kratzigen Stimme.

Ich halte ihr den Brief unter die Nase. »Haben Sie das geschrieben?«

»Wie wäre es mal mit ›Entschuldigung‹?«

»Entschuldigung. Haben Sie das geschrieben?«

Sie kramt eine Lesebrille aus der Brusttasche ihres Kittels.

»Das habe ich geschrieben.«

»Warum?«

Sie reißt die Augen auf, als ob hinter mir ein Toter stehen

würde. »Fatih«, haucht sie mir, zusammen mit einer dicken Qualmwolke, ins Gesicht.

Ich kriege einen Schlag in den Rücken und denke sofort an Benjamin, drehe mich um und schlage zu. Ich muss dazusagen, dass ich noch nie im Leben irgendjemandem eine reingehauen habe. Aber jetzt treffe ich voll in die Fresse. In Fatihs Fresse. Mit der Faust.

Fatih taumelt zurück, reibt sich die Backe und grinst. »Nich schlecht!«

Mir ist eh alles scheißegal jetzt. Der Schlag war wie eine Befreiung.

»Willste noch eine?«, frage ich.

»Hau rein!«, sagt er. »Aber sag, wofür!«

»Für die Pisse«, sage ich und hau ihm noch eine rein.

Fatih hält sich die andere Backe und nickt.

»Korrekt«, sagt er. »Dann kriegst *du* eine, weil du nich Lippen lesen kannst!«

Fatih pfeffert mir eine rein und schüttelt seine Hand vor Schmerzen. »Ich hab Pilze gesagt.«

Neben den Sternen, die ich sehe, sehe ich jetzt Pilze, und zwar Pilze im Chili, und mir fällt ein, dass da wirklich Pilze im Chili waren. Fatih hat überhaupt nicht »Pisse« gesagt. Ich schmecke Blut auf meiner Unterlippe.

Die Küchenfrau tritt ihre Kippe auf dem Plastikboden aus, packt uns und knallt uns mit den Köpfen zusammen. Als ob wir uns nicht schon gegenseitig genug zugerichtet hätten. Den Brief hat *sie* jetzt in der Hand.

Ihre heisere Stimme wird richtig laut: »Ihr beiden Hallodris sagt mir jetzt sofort, was hier los ist!«

»Aber Sie haben doch den Brief geschrieben!«, sage ich.

Sie steckt sich noch eine an. Jetzt pustet sie Fatih den Qualm ins Gesicht. »Du sprichst jetzt Klartext, Freundchen, oder ich hol den Rektor!«

»Hol doch! Dann erzähl ich mit den Kippen!«

Ich war mal im Zoo und da hat ein Mann einem Orang-

Utan eine Zigarette durchs Gitter gegeben und der Orang-Utan hat die ganze Zigarette in einem Zug weggezogen und komplett zu Asche gemacht. So ähnlich macht die Küchenfrau das jetzt auch.

»Ihr klärt das jetzt! Und wenn ich in den nächsten Tagen einen von euch beiden sehe, wie er Mist macht, seid ihr schneller draußen, als ihr denken könnt, versteht ihr mich?«

Wir nicken.

»Und jetzt Abmarsch!«

Fatih und ich gehen hinten raus, an Ziegen und Hühnern vorbei und dann schweigend über den Spielplatz. Als wir über den Zaun klettern, bleibt Fatih obendrauf hocken. Ich auch.

»Was hast du Rucksack gemacht?«

»Deinen Mathezettel. Wegen Schriftvergleich.«

»Warum fragst du nich einfach?«

»Du hast es doch nicht geschrieben!«

»Ich hab Küchenfrau gefragt, ob sie schreibt für mich.«

Was für ein Quatsch! Aber ich spiel erst mal mit.

»Warum hast du's mir denn nicht einfach gesagt?«

»Zu viel Text.«

»Dann hättest du wenigstens deinen Namen drunterschreiben können.«

»Und dann?«

»Hätt ich gewusst, von wem es ist.«

»Und dann?«

»Nix dann.«

Wir schweigen eine Zeit, hocken immer noch auf dem Zaun. Mir ist das unangenehm, also sage ich etwas: »Außerdem ist das persönlicher.«

Fatih lacht. »Persönlicher. Pah. Sagt der, der hier allen den Behinderten vorspielt.«

»Ja, was hätt ich denn …?« Darauf fällt mir nichts Vernünftiges ein, also sage ich einfach noch mal so was Ähnliches wie gerade: »Du hättest es wirklich selber schreiben können!«

»Was hätt's gebracht?«

Das hätte natürlich nix gebracht, aber ich habe keinen Bock, mich von dem Typen hier auf dem Zaun hockend in die Enge treiben zu lassen.

»*Warum* hast du's denn nicht selbst geschrieben?«

»A oder B?«

Auf A wird er nicht vorbereitet sein. »A.«

»Damit ich Wahl habe.«

»Was für 'ne Wahl?«

»Wenn ich's dir geschrieben hätte und meinen Namen drunter, hättest du gedacht, ich bin Kumpel. So kann ich abwarten, ob du korrekt bist.«

Die Antwort gefällt mir nicht. »Und B?«

»Mach zu viel Rechtschreibfehler.«

Die Antwort gefällt mir, auch wenn ich nicht verstehe, warum die Küchenfrau das für ihn tun sollte.

»Aber warum …«

Fatih lässt mich nicht ausreden: »Jetzt will Gymnast wissen, warum Küchenfrau für mich schreibt.«

Er hüpft vom Zaun. »Richtig?«

Ich nicke.

»Also?«

Ich hüpfe hinterher. »Was also?«

»Frag!«

»Wieso sollte die Küchenfrau das für dich machen?«

»Eine Hand wäscht andere. Hab ihr paar Stangen Kippen mitgebracht. LKW gefallen.«

»Vom gleichen LKW wie die Salbe?«

Fatih hält sich lachend den Kiefer. »›Vom LKW gefallen‹ heißt Schmuggelware. Oder geklaut.«

Oberpeinlich, dass ich dachte, die Salbe wäre wirklich vom LKW gefallen.

»Wollte die gar nicht wissen, wofür sie das schreibt?«

»Wusste sie doch.«

»Wofür denn?«

»Kippen.« Er schaut mich stolz an. »Muss nach Hause. Bis morgen! Tschau, Paul!« Dann ist er weg.

Ich schaue ihm nach. Der Brief ist wirklich auf Fatihs Mist gewachsen. Aber woher weiß er das alles? Und warum hat er das gemacht?

Fest steht: Er macht krumme Geschäfte mit der Küchenfrau.

Ich setze mich auf die Parkbank von Montag. Mein Kiefer und meine Lippe tun höllisch weh. Eigentlich der ganze Kopf. Immerhin ist er noch dran.

Tag 4
(Donnerstag)

21. Im Himmel gibt es Sucuk, so viel du willst

An meinem vierten Tag komme ich bloß fünf Minuten zu spät, weil ich vermute, Bodo hätte das so vorgeschlagen, wäre er gestern da gewesen.

Der Hausmeister schleicht nicht vor dem Eingang herum, sondern steht mit dem Fahrer vor Bus 13, raucht und zeigt mit dem Finger auf mich. Evas Vater zuckt mit den Schultern. Ein Junge, der auch zu spät ist, lässt sein Butterbrot auf den Boden fallen. »Das hab ich gesehn!«, ruft der Hausmeister.

Ich schenk mir heute mal den Umweg zu Dieter. Nach gestern brauche ich erst mal ein bisschen Abstand.

Dass Sport scheiße ist, hab ich jetzt mit eigenen Augen gesehen, und ich frage mich, warum keiner von denen was sagt. Birgit könnte doch sagen: Die Mannschaften sind ungerecht! Oder: Siehst du nicht, dass Alicia-Sophie im Rollstuhl sitzt und du ihr den Tennisball um zehn Zentimeter an der Fresse vorbeiballerst, du Riesenaffe???

Und die Lehrerin hält auch brav die Klappe. Bloß nicht mit Dieter anlegen.

Nachdem Bodo sein Poster an die Wand gepinnt hat, zieht er wieder den Ärmel hoch. Wahrscheinlich hat er den Rentierpullover echt das ganze Jahr an. Er schaut auf die Uhr. »Morgen pünktlich?«

»Ja«, sage ich, während ich mich auf meinen Platz neben Ibrahim setze, und nehme mir vor, morgen pünktlich zu kommen.

Gestern dachte ich noch, ich würde nie mehr einen Fuß in

diese Schule setzen, und heute bin ich schon wieder mittendrin im Geschehen. Aber heute fühlt es sich anders an. Das liegt an Fatih und daran, dass heute der Tag der Wahrheit ist. Warum der Brief? Und vor allem: Warum wusste er Bescheid? Und: Woher die Informationen? Und: Wer ist Fatih eigentlich? Eher so was wie ein Engel? Oder doch eher ein Spion? Vielleicht sogar ein V-Mann von Frau Kesselmann? Oder doch einfach nur ein behinderter Türke?

Es fühlt sich ein bisschen so an, als würde ich in den Freizeitpark fahren, und da wird heute die neue Achterbahn oder so enthüllt. Abgesehen davon, dass ich kein großer Achterbahnfahrer bin und auch gar nicht in den Freizeitpark will. Ich will auch nicht in den Jacuzzi oder den Snoezelraum. Mir reicht ein ganz normaler Tag. Ohne Ärger.

Fatih hat ein Veilchen um das linke Auge. Das interessiert aber keinen. War wohl nicht seine erste Schlägerei. Darauf, dass es von mir ist, kommt hier keiner.

Wir gehen einkaufen. Bodo hat gesagt, dass er heute den letzten Tag in dieser Woche da ist und dass wir deshalb am besten noch mal das Chili üben, bevor Fernsehkoch Fred Schabinger kommt. Das war also ernst gemeint neulich.

Für die Einkaufsliste sind wir wieder die Chili-Zutaten durchgegangen und ich habe »Pilze« gesagt. Und Bodo hat gefragt: »Was für Pilze?« Und ich habe »Champignons« geantwortet. Dann haben wir alle zusammen die Gebärde für Pilze gemacht und für Bohnen und für Mais und für Rinderhack. Nur Alicia-Sophie nicht, die hat geschmollt und den Kopf hängen lassen. Dabei ist Alicia-Sophie hier die Einzige, die nicht richtig sprechen kann.

Ich glaube, Alicia-Sophie ist sauer. Sie hat nämlich ein Buch, in das ihre Eltern alles, was für Bodo, Christine oder Birgit wichtig sein könnte, reinschreiben und außerdem noch Erlebnisse, die Birgit der ganzen Klasse vorlesen soll, weil sie das selbst ja nicht einfach so erzählen kann. Wahrscheinlich stinkt ihr, dass Birgit heute alles laut vorgelesen hat: »Gestern

Nachmittag waren wir mit Tante Annette und Onkel Chris auf dem Flohmarkt. Da haben wir ein Eis gegessen. Nachher waren wir noch bei *McDonald's*. Es war ein sehr schöner Nachmittag. Bitte achten Sie darauf, dass Alicia-Sophie nicht zu viel isst. Sie wird zu dick.« Anstatt sich für ihr Verhalten zu schämen, hat Birgit dann in Alicia-Sophies Brotbox geschaut. Da waren zwei Nutella-Brötchen und zwei Snickers drin und Birgit hat ihren schönen Kopf geschüttelt.

Jeder von uns hat jetzt einen kleinen Einkaufszettel in der Hand. Auf meinem steht *Schampignons*, hab ich vorne extra mit S geschrieben, und *Rais*.

Der Himmel ist beinahe wolkenfrei. Sonnenstrahlen spiegeln sich in den Windschutzscheiben der parkenden Autos. Ganz vorne geht Bodo. Freddy hat sich bei ihm eingehakt wie eine alte Dame. Ich gehe ganz hinten, daneben Fatih, der Alicia-Sophie schiebt.

Rote Ahornblätter liegen platt auf dem Gehweg, bleiben an den Reifen kleben und klimpern in ihren Speichen. Alicia-Sophie ist immer noch sauer.

Auch wenn ich es schnellstmöglich wissen will, ich kann schlecht sofort fragen: Warum hast du den Brief schreiben lassen und ihn mir zugesteckt? Man muss ja erst mal ins Gespräch kommen. Aber wie? Wir schweigen, bis wir am Edeka vorbeigehen.

»Warum gehen wir nicht zu Edeka?«, frage ich.

»Jonas hat da Praktikum gemacht. Am ersten Tag rausgeflogen, weil er Milch zu langsam ins Regal räumt. Bodo sagt, gehen wir nich mehr hin. Arschlöcher!«

Ich weiß nicht, ob Fatih selber »Arschlöcher« meint oder ob er bloß wiedergibt, was Bodo gesagt hat. Oder beides.

»Dieter geht mit seiner Klasse immer Edeka. Zu denen sind die freundlich. Die kaufen *Monster* da, weißte? Die beiden Jungs am Karussell. Und Benjamin. Beste Kunden. Jeden Tag jeder vier Dosen oder so.«

»Und was ist mit Aldi?«

Fatih grinst mich an. »Neugierig, neugierig. Aldi gehen wir auch nich. Da war Eva. Zwei Tage. Chef sagt, die klaut. Dabei weiß jeder, die klaut nich.«

»Und wo gehen wir hin?«

»Penny. Is am weitesten weg, hat aber noch keiner Praktikum gemacht.«

»Hast *du* schon mal ’n Praktikum gemacht?«, frage ich Fatih.

»Ich bin doch nich behindert. Ich arbeite Autogarage. Von Onkel. Manchmal Dönerbude. Von Cousin.« Da lag ich mit *McDonald’s* gar nicht mal so schlecht, denke ich. Jetzt grinst Fatih. »Wie ist dein Praktikum denn so?«

Alicia-Sophie hebt ihren Kopf. Zum ersten Mal heute, seit Birgit aus ihrem Buch vorgelesen hat.

Ich zeige mit dem Finger auf sie und schaue Fatih fragend an. Der winkt ab. »Harmlos.«

Ich flüstere: »Woher weißt du das alles?«

Fatih legt den Zeigefinger auf sein Veilchen und schaut mir in die Augen. »Du sagst keinem!«

Ich nehme beide Arme hoch, wie ein Fußballspieler, der so tut, als ob er niemals foulen würde.

»Ich hab Generalschlüssel«, sagt Fatih. »Nicht nur Fahrstuhl. Alles. Eingang. Klasse. Lehrerzimmer.«

Mir rutscht das Herz in die Hose, weil ich denke, dass der Typ total wahnsinnig ist, aber dann erzählt er, dass er den Schlüssel »nich mal abgezogen«, sondern »bloß gefunden« hat. »Gehört Frau Flemming«, sagt er. Mir fällt ein, dass Christine von einer Frau Flemming geredet hat, die bis auf Weiteres ausfällt.

»Aber die is schon drei Monate nich da«, sagt Fatih. »Burnout.«

Davon hat Christine nichts gesagt.

Fatih redet weiter: »Manchmal geh ich nachts Schule. Akten blättern. Alles Mögliche. Merkt keiner.«

»Is ja krass!«

»Was is daran krass?«

»Nix.«

»Dann is gut. Und sonst so? Läuft bei dir, hä?«

»Wie meinst du …?«

»Zu tun, als ob man behindert is!?«

»Dieter hat mich verwechselt«, sage ich. »Ich hab bloß die Fresse gehalten.«

»Typisch deutsche Kartoffel«, sagt Fatih. »Glaubt, der weiß alles. Am schlimmsten is Sport.«

»Hast du gar kein Schiss?«, frage ich Fatih, weil ich es mir übel vorstelle, wenn der erwischt würde. Dann fliegt der bestimmt.

Fatih lacht. »Wovor denn? Guck ma, wo ich bin. Was soll passiern?«

Wir nehmen eine Abkürzung über den Friedhof. Der Kiesweg knirscht unter dem Gummi der Räder. Auf den Grabsteinen kleben dieselben roten Blätter wie an Alicia-Sophies Reifen. Eva und Ibrahim gehen direkt vor uns.

»Was ist das hier?«, fragt Ibrahim.

»Ein Friedhof«, sagt Eva.

Die beiden unterhalten sich.

»Wofür ist das?«

»Für die Toten«, sagt Eva. Ganz ohne Kichern.

»Die Toten kommen in den Himmel. Nicht zum Friedhof, verstanden?«, sagt Ibrahim.

»Und wie ist das so im Himmel?«

»Gut.«

»Was ist denn so gut da?«, fragt Eva.

»Im Himmel gibt es Sucuk, so viel du willst«, sagt Ibrahim. »Und Eistee.«

Ich muss an gestern Nachmittag denken und daran, dass Oberbach, wenn man Ibrahim glaubt, mit Sicherheit nicht der Himmel ist, sondern eher das Gegenteil. Das wäre dann die Hölle. Denn seit gestern Nachmittag weiß ich, was Heißhunger ist. Mama hatte das, als sie schwanger war. Die wollte immer nur Silberzwiebeln futtern. Super ekelhaft die Teile. Wie kleine Augen aus dem Glas. Und ich wollte gestern unbedingt wieder Sucuk essen. Mein Riesenproblem war: In ganz Oberbach gab es kein Sucuk. Noch viel schlimmer als das war aber, dass niemand wusste, was Sucuk überhaupt ist. Und am allerschlimmsten: Ich wusste es selbst nicht.

Beim Edeka habe ich gefragt: »Haben Sie Sucuk?« Und die Frau meinte: »Wir lieben Lebensmittel! Kautschuk haben wir nicht. Da musst du in den Baumarkt gehen. Geht es deiner Mutter gut, ja?« Der war wahrscheinlich auch schon aufgefallen, dass Mama in letzter Zeit einen ziemlich hohen Tamponverschleiß hat.

In jedem Laden das Gleiche: »Sucuk? Was soll das sein?« Hätte ich wenigstens gewusst, wie es geschrieben wird, hätte ich es googeln können. »Was zu essen«, habe ich in der Markthalle gesagt. An der Feinkosttheke. »Scharf und würzig und süß, frisch, irgendwie minzig. Kann man in eine Teigrolle wickeln. Vielleicht aus Marokko oder der Türkei. Die beste gibt's mittlerweile in Deutschland.«

Der Mann hinter der Feinkosttheke glotzte mich schräg an. »Du meinst wohl Döner? Döner kriegst du hier nicht. Ich kann dir höchstens ein paar Rippchen anbieten oder Hähnchenschenkel. Ich habe sogar Froschschenkel. Die sind zwar nicht minzig, aber immerhin grün.« Dann ließ er seinen Mund offen stehen und ich habe auf seiner Zunge und an den Zähnen gesehen, dass er gerade irgendwas mit Senf gegessen hatte. Ich glaube übrigens nicht, dass Froschschenkel im Feinkostladen noch grün sind, aber das war auch egal. Es war zum Verrücktwerden. Wo ich auch hinkam: von Sucuk keine Spur.

In der einen Hand ein Paket Reis, in der anderen ein Schälchen frische Champignons, stehe ich vor dem Kühlregal im Röhrbacher Penny-Markt. Da liegt sie: Sucuk. Sucuk ist eine rote Wurst. Sucuk ist aus Rindfleisch. Einer der Hauptbestandteile von Sucuk ist Knoblauch.

Blöd ist, dass ich die jetzt nicht kaufen darf. Weil kein

Schüler etwas kaufen darf. Wegen Ibrahim. Das hat Fatih mir gerade erklärt.

Ibrahim bringt sonst nämlich zu viel Geld mit in die Schule. Er hatte schon mal über 1000 Euro dabei. Keiner weiß, woher er das Geld hatte. Und ein paarmal ist er auch abgezogen worden. Deshalb darf nur das eingekauft werden, was wir zum Kochen brauchen, und bezahlt wird aus der Klassenkasse. Ansonsten: Kaufverbot für alle.

Jetzt steht Ibrahim in der Getränkeabteilung und streichelt mit beiden Händen die eingeschweißten Cola-, Fanta- und Sprite-Sixpacks. Dann ertastet er im Regal daneben einen Zwei-Liter-Tetra-Pack Eistee. Er schraubt den Deckel ab und setzt die Öffnung an seine Lippen. Nach ein paar großen Schlucken stellt er den Karton wieder ins Regal. Ich glaube, Ibrahim ist im Himmel.

22. Oberbacher Probierhengste

Zum heutigen Frühstück habe ich einen Apfel und eine Banane mitgebracht. Die ersetzen zwar keine Sucuk, aber Bodo lobt mich dafür. Seit Mama weg ist, legt Papa jeden Montag genau einen Apfel und genau eine Banane in die verzierte Keramikschale auf dem Küchentisch. Donnerstags kreisen die Fruchtfliegen darüber und samstags schmeißt er beide in den Müll.

Nach der Schule werde ich jedenfalls beim Penny vorbeigehen und mich mit Sucuk eindecken. Ich freue mich jetzt schon auf das Frühstück morgen.

Ibrahim will mit seiner Moslem-Frage wahrscheinlich herausfinden, ob das Essen »halal« ist. Halal heißt »erlaubt« auf Arabisch. Moslems dürfen zum Beispiel kein Schweinefleisch essen. Das hat Bodo erklärt. Heute hat Ibrahim kein Frühstück dabei. Ich biete ihm meinen Apfel an. Ibrahim beschnuppert den Apfel. »Ist Moslem«, sage ich leise.

»Das ist doch ein Apfel«, sagt Ibrahim kopfschüttelnd und beißt rein.

Am Karussell ist alles wie immer. Die beiden Jungs, Ibrahim, Dieter, ich. Diesmal wird der Geist es nicht schaffen, aus dem Nichts aufzutauchen.

Eigentlich wollte ich Fatih in der Pause weitere Fragen stellen, aber das geht gerade nicht, weil Fatih von Bodo einen Spezialauftrag erhalten hat: Der Hausmeister hat eine Durchsage gemacht.

»Hatte grad den Marktleiter vom Penny an der Strippe. Ein Schüler von uns hätte seinen Eistee im Regal stehen lassen. Er möchte ihn bitte abholen. Over.«

Bodo hat Fatih zwei Euro aus der Klassenkasse in die Hand gedrückt und zum Penny geschickt. »Wenn wir es uns mit Penny verscherzen, müssen wir mit dem Bus zum Einkaufen. Der nächste Laden ist drei Kilometer weiter«, war alles, was Bodo dazu gesagt hat. Ich hab mich gewundert, dass er gar nicht wissen wollte, was genau passiert war und wer da Scheiße gebaut hat. Eine Strafe oder so gab es auch nicht. Ich meine, genau genommen ist das ja Diebstahl. Andersrum: In Oberbach klauen alle im Edeka. Papa ist da ganz weit vorne: Wenn der zum Beispiel die Weintrauben probiert, geht er zielsicher zu den Kernlosen, tut so, als ob er nur eine Traube abreißen wollte, hat dann aber plötzlich ein Büschel von mindestens fünf in der Hand. Die stopft er sich genüsslich rein und kaut mit spitzem Mund. Dann verzieht er sein Gesicht und schüttelt den Kopf, um die Trauben schließlich als »nicht lecker genug« zu erklären. Manchmal meint er auch, einen Kern erwischt zu haben. Mit Erdbeeren zieht er knallhart das Gleiche durch. Und Papa und all die anderen Oberbacher Probierhengste kriegen auch keinen Ärger. So gesehen hat Ibrahim bloß probiert.

Oben aus der Kastanie höre ich ein seltsames Piepen. Ich schaue kurz rauf und sehe oben Berni, den Einundsiebzigsten, zwischen den Ästen.

»Er ist hartnäckiger als die anderen«, sagt der Geist neben mir.

Er hat es doch geschafft.

»Wie meinst du das?«, frage ich.

»Am längsten hat es bisher Berni, der Achtunddreißigste, ausgehalten. Ganze acht Tage. Berni, der Einundsiebzigste, ist jetzt schon zehn in der Kastanie.«

»Woher weißt du das?«

»Guck doch, Per, guck. Da oben ist er.«

»Aber das könnte doch auch der Siebzigste sein oder der Achtundsechzigste, der einfach so mal wiedergekommen ist. Zu Besuch. Kann doch sein.«

Der Geist starrt geradeaus nach vorne. Sein Kopf nimmt Tomatenfarbe an. Er ballt seine Hände so kräftig zu Fäusten, dass seine Unterarme zittern. Jetzt zittert auch sein Kopf. Dann fängt er an, etwas vor sich hin zu nuscheln, er wird immer lauter und irgendwann verstehe ich, dass er »Der Einundsiebzigste« sagt. Immer und immer wieder und immer lauter. Dann beginnt er mit den Beinen zu wippen, das wird irgendwann zu einem Stampfen und schließlich ist es nur noch ein Springen und Schreien. Ich hätte nie gedacht, dass der Geist so ausflippen kann. Die anderen auf dem Spielplatz sehen und hören das auch, aber die interessieren sich nicht dafür. Das ist so ähnlich wie neulich, als Freddy behauptet hat, dass er Per wäre.

Ich wollte den Geist gar nicht wütend machen. Mir ist ganz einfach der Gedanke in den Kopf geschossen, dass es auch ein anderer Vogel sein könnte, und dann hatte ich es auch schon ausgesprochen. So geht es ihm selber ja auch ständig. Der kann seine Klappe genauso wenig halten.

Dieter stellt sich zu uns und zwinkert mir wissend zu. »Das ist neurologisch bedingt.« Dann klopft er dem Geist auf die Schulter.

Mich fragt er noch, ob mir der Sportunterricht gestern gefallen hat, geht dann aber, ohne die Antwort abzuwarten.

Es wäre wirklich super, wenn der Geist sich langsam mal beruhigen könnte. Es gibt schließlich gar keinen Grund so durchzudrehen. Ich nehme vorsichtig seine Hand.

»Du hast recht!«, sage ich. »Es ist der Einundsiebzigste.«

Das war einfach. Er hört auf zu springen und zu schreien und verliert endlich wieder die Farbe. Das hat mir am meisten Sorge gemacht. Wenn das so weitergegangen wäre, hätte der Name Geist nicht mehr gepasst.

Er schnauft durch. »Ein Glück! Weißt du, ich bin ziemlich genau, wenn es um kanadische Vögel geht.«

»Das habe ich gemerkt. Ich hätte besser –«

Er unterbricht mich: »Kannst du nix für. Das ist doch wirklich der Einundsiebzigste, oder?«

»Klar«, sage ich. »Wer denn sonst?«

»Danke«, sagt er.

»Wie heißt du eigentlich?«

»Manu. Und du bist Per!«

Wir nicken beide.

»Was gibt's denn sonst noch Neues?«

»Mein Computer ist immer noch in Reparatur.«

»Und was sagt dein Papa so?«

»Der sagt, das ist ein Virus der übelsten Sorte.«

»Und hat er noch irgendwas über mich gesagt?«

»Er findet, dass du ein ungezogenes Scheißblag bist. Aber das findet er bei fast allen.«

23. Irgendwie behindert

Wir kochen. Das ist das erste Mal, dass ich die ganze Zeit dabei bin.

Fred Schabinger wird Ende des Jahres ein neues Sterne-Restaurant in Oberbach eröffnen. Dieter kennt irgendwen, der irgendetwas damit zu tun hat. Jedenfalls hat Dieter es tatsächlich zustande gebracht, Fred Schabinger in unsere Schule einzuladen, und Fred Schabinger hat zugesagt. Die Zeitung wird kommen und vielleicht sogar ein Fernsehteam. Und Dieter, der viel von seinen eigenen Kochkünsten hält, wird mit seiner Klasse ein Gericht für Fred Schabinger zaubern, und Fred Schabinger soll das dann beurteilen.

Unsere Klasse vermutet, dass Dieter wahrscheinlich Spaghetti Carbonara machen wird. Nur Bodo ist sich unsicher. Der hält das zwar für möglich, denkt aber, dass Dieter Ochsenzunge in Madeira kochen wird.

Wir dürfen niemandem erzählen, dass wir auch etwas kochen werden, denn unser Ziel ist es, dass Fred Schabinger unser Schokoladen-Chili besser bewerten wird als Dieters Carbonara oder seine Ochsenzunge. Und das live im Fernsehen.

Ich kann mir das zwar kaum vorstellen, aber bislang ist angeblich nichts nach außen gedrungen. Nicht mal Freddy hat was gesagt. Und Ibrahim auch nicht. Wahrscheinlich ist es ganz einfach so, dass Ibrahim das überhaupt nicht interessiert und Dieter Freddy gar nicht erst zuhört.

Weil ich aus Versehen Milchreis statt normalem Reis in den Einkaufswagen gepackt habe, machen wir statt Reis zum Chili heute Kartoffeln. Ich frage mich sowieso, was das sein soll: normaler Reis? Das Wort normal ist irgendwie behindert.

Bodo ist froh, dass wir Kartoffeln machen. »Die Generalprobe muss immer schiefgehen!«, sagt er. Und: »Die Kartoffelschalen bringst du heute runter! Wer zeigt Per, wo die Schalen hinkommen?«

Hoffentlich Fatih, denke ich, aber der steht am Herd und rührt konzentriert in unserem riesigen Chili-Topf.

Eva und ich gehen die Treppe runter.

»Wie gefällt's dir bei uns?« Sie kichert schon wieder nicht.

»Gut«, sage ich.

»Die Schalen kommen in den Keller.«

Dass da noch eine Treppe runtergeht, hatte ich gar nicht bemerkt.

Im Keller gehen wir einen engen Gang entlang. Es riecht

nach Moder. »Hier«, sagt Eva. »Die Tür haben Bodo und Jonas grün gestrichen.«

Ich öffne die Tür und wir stehen in einem Geräteraum: Schubkarren, Harken, Gummistiefel, Mistgabeln und Rasenmäher.

»Hier rum, da sind die Eimer.« Sie zeigt nach links. Jetzt fängt Eva doch an zu lachen. »Das fressen die Ziegen. Oh Mann!« Sie fasst sich an den Kopf und bleibt dann wie angewurzelt stehen. Vor uns sind nicht nur drei riesige Eimer auf dem Boden: Da hockt auch Benjamin, über einen der Eimer gebeugt und kippt eine Schüssel mit Gemüseabfällen aus.

»Was macht der denn da?«, fragt Eva mich, dabei sollte sie besser ihn fragen. Er hockt ja schließlich direkt vor uns. Alles läuft gut heute, und jetzt treffe ich in einem dunklen, stickigen Keller ausgerechnet auf Benjamin.

Er stellt die Schüssel ab und greift in einen Eimer voll Trockenfutter. Grinsend hält er mir eine Pranke hin. »Probieren, Per? Lecker, lecker.« Ich schüttle den Kopf. Er stopft sich das gesamte Trockenfutter auf einmal in den Mund. Dann rennt er raus und schmeißt dabei Eimer und Gartengeräte um, die ihm im Weg sind.

»Das ist doch für die Tiere«, sagt Eva, während ich Benjamin nachschaue und mir vorstelle, dass hinten ein Ringelschwänzchen aus seiner Jeans wächst.

24. Experiment

»Ich muss mit dir reden«, habe ich zu ihm gesagt.

»Macht zwei fuffzich«, hat er gesagt und ich war so blöd, tatsächlich meinen Geldbeutel rauszuholen. Aus Reflex. Fatih meinte, wär zwar bloß Spaß gewesen, aber zu zwei Euro würde er nicht Nein sagen. Und ich Idiot hab ihm tatsächlich zwei Euro gegeben. Was hätte ich machen sollen?

Es riecht nach altem Schweiß. Fatih und ich sitzen auf

den Bänken in der Umkleide. Hat er aufgeschlossen, weil die Klasse, die gleich eigentlich Sport hätte, auf Klassenfahrt ist.

»Wenn jemand kommt, gehen wir Dusche!« Fatih hält mir eine Schachtel Zigaretten hin. »Willst du?«

»Klar«, sage ich, dabei will ich nicht, weil ich Schiss hab, dass wir erwischt werden.

»Aber wenn einer das merkt, rufen die bei Pers Eltern an und ich bin geliefert.«

Fatih macht die Fenster auf Kipp. »Merkt keiner!«

Die Zigarette wackelt beim Sprechen zwischen seinen Lippen. »Wir haben Geheimnis. Jetzt müssen wir rauchen!«

Dagegen kann ich nichts sagen. Außerdem muss ich ihm entgegenkommen, wenn ich will, dass er meine Fragen beantwortet. Und wenn es ihm so wichtig ist, dass ich rauche, dann rauche ich eben.

»Woher wusstest du eigentlich, dass ich nicht Per bin?«

Ich nehme einen Zug und öffne den Mund, als würde ich auf Lunge ziehen. Das brennt auf der Zunge.

»Junge, du paffst ja! Zieh ma richtig!«

Bevor er gleich wieder meckert, nehme ich einen fetten Zug und schaffe es, nicht zu husten. In meinem Hirn kribbelt und krabbelt es.

Ich schaue Fatih an.

»Was is?«, fragt er. »Soll ich irgendwas sagen, jetzt? Rede halten oder Applaus klatschen?«

»Nix is. Ich wollte wissen, woher du das wusstest?«

»A oder B?«

»B.«

»Du hast gesagt, du bist 14. Aber Per is 17.«

»Woher weißt du das denn?«

»Akte.«

»Und das hat gereicht?«

»Nich ganz. Dann hast du B genommen. Bei A oder B. Hier nehmen aber fast alle A.«

»Und nur deshalb wusstest du Bescheid?«

»Na ja, ich dachte, stimmt was nich. Also hab ich Geldbeutel gezockt. Aus Hosentasche.«

»Ohne Scheiß?«

Fatih steht auf. »Denkst du, ich laber Scheiß?«

»Nein, nein! Das hat mich jetzt bloß aus der Fassung gebracht!«

»Aus der Fassung gebracht. Du redest wie richtiges Gymnastenopfer.«

»Wann soll das denn gewesen sein?«

»Montag. Als wir Küchenfrauen waren.«

Ich hau mir die Hand vor die Stirn.

»Deshalb hast du deinen Arm um mich gelegt und ich dachte …«

Fatih zwinkert mir grinsend zu. »Klappt immer.«

»Und dann? «

»Da stand Paul Dingsbums drauf. Busfahrkarte. Dann hab ich zurückgesteckt. Mund kannste wieder zumachen.«

Ich hatte gedacht, der schwult mich an, und in Wirklichkeit zockt der mir das Portemonnaie.

»Warum hilfst du mir?«

Fatih runzelt die Stirn. »Wieso helfen?«

»Na ja, also … du hast mir einen Zettel … du hättest ja auch … du hast dir schon Mühe …«

»Was hättest du denn gemacht?«

Darüber muss ich nachdenken. »Nix«, sage ich und denke, dass ich wahrscheinlich wirklich nix gemacht hätte. »Ich hätte wahrscheinlich gar nicht erst in den Akten geblättert.«

»Schiss oder was?«

»Hat mit Schiss nix zu tun. Ist halt anstrengend. Und irgendwie …«

»Was irgendwie?«

Ich zucke mit den Schultern. »Unnötig.«

Fatih steht auf und geht in der Umkleide hin und her wie ein zu kleiner König. Er schimpft: »Er findet es unnötig. Das nennt man Dankeschön!«

Zu sagen, dass es unnötig war, war ziemlich unnötig von mir. Dabei bin ich ihm ja eigentlich dankbar. Außerdem hat Fatih mich in der Hand. Wenn der auspackt, bin ich geliefert.

»Ich find's ja nicht unnötig für mich. Aber halt für dich. Verstehste?«

Fatih wird laut: »Lass das ›Verstehste‹ weg! Keiner braucht zu mir sagen ›Verstehste‹ oder mich fragen, ob ich verstanden hab. Bin ich dumm oder was? Seh ich aus wie Behinderter, der nix versteht? Ich versteh alles. Verstehste?«

»Ja, versteh ich!«

»Dann is gut.«

Ich will aber immer noch wissen, warum. »Was ist denn dein Ziel?«

»Was für Ziel? Was lernt ihr eigentlich Gymnasium? Wenn ich Urlaub fahr, hab ich Ziel. Türkei, Amerika. Irgendwas.«

»Ich mein mit Ziel: Warum hast du mir die Sachen über Per zugesteckt, ver…«

Fatih hebt seinen rechten Arm. »Ver… was?«

»Warum hast du mir die Sachen über Per zugesteckt, ver… dammte Scheiße!?«

»Bleib ruhig, Mann! Für mich is das so was wie … keine Ahnung … Experiment oder so.«

»Was für 'n Experiment?«

»Gucken, was passiert. Außerdem …« Fatih zieht an seiner Zigarette und schaut an die Decke. »Außerdem dachte ich: Der hat sofort Stress mit Hausmeister, Benjamin, Dieter. Alles Idioten. Der kriegt bisschen Hilfe und dann gucken, was passiert.«

Also doch Hilfe.

Ein Schlüssel dreht sich im Schloss. Fatih reißt die Fenster auf. Wir rennen in die Dusche und stecken die Kippen in den Abfluss.

Fatih drückt sich an die Kacheln links und ich rechts. Eine richtige Tür gibt's hier nicht. Bloß einen Durchgang. Wir hören, wie die Tür vom Flur zur Umkleide aufgeht. Es scheint nur einer zu sein. Er pfeift. Wieder Schritte. Jemand macht die Fenster zu.

Hinter Fatih an der Wand steht ein Putzeimer. Daneben lehnt ein Schrubber mit einem dicken Holzstiel. Fatih sieht mich an, und als ob er sehen könnte, was ich eben gedacht habe, nickt er mir zu.

Die Schritte bewegen sich Richtung Dusche. Fatih greift zum Schrubber. Er hält ihn ganz fest in beiden Händen.

25. Wenn die den frisst, gehst du!

War bloß die Putzfrau, die reinkam. Hatte ihr Putzzeug vergessen. Fatih hat ihr den Schrubber gegeben und sie haben sich ein bisschen auf Türkisch unterhalten. Dann hat er ihr noch eine Schachtel Zigaretten in die Hand gedrückt und wir sind abgehauen. Alles ganz friedlich.

Mittlerweile bin ich in der Tier-AG. Es gibt nicht nur Ziegen und Hühner hier, sondern auch noch ein kleines Tropenhaus, von dem ich bisher nichts wusste. Da drin ist ein Aquarium mit unterschiedlichen Fischarten. Vor allem aber mit einer Garnelenart, die echt der Hammer ist. Bislang kannte ich nur die Imperatorgarnele. Die Imperatorgarnele reitet auf der Prachtsternschnecke durch die Weltmeere und die muss irgendwie damit klarkommen, ihr Leben lang einen kleinen Herrscher auf dem Rücken zu haben, der ihr sagt, wo es langgeht. So was will doch keiner!

Die Putzergarnele ist ganz anders als die Imperatorgarnele. Sie könnte die Lösung meines Problems sein. Die Putzergarnele putzt nämlich. Außerdem gibt es einen Antennenwels. Der klebt von innen an der Scheibe und saugt sie mit seinem dicklippigen Maul ab, wie so ein ferngesteuerter Unterwasserreiniger die Kacheln im Schwimmbad.

Mithilfe dieser grandiosen und wohl nützlichsten Geschöpfe aller Zeiten könnte ich es vielleicht schaffen, ein eigenes richtiges Aquarium in Ordnung zu halten. Ich muss nur noch Papa davon überzeugen, aber das dürfte momentan nicht so schwer sein.

Neben dem Aquarium gibt es noch ein Terrarium mit Schildkröten. Das Highlight sind aber die beiden Madagaskar-Taggeckos. Madagaskar-Taggeckos müssen immer paarweise gehalten werden. Alleine kratzen die irgendwann ab. Und eben gerade habe ich zum ersten Mal in meinem Leben zwei echte Madagaskar-Taggeckos mit ein paar lebendigen Heuschrecken gefüttert. Gestört wurde das Ganze dadurch, dass Benjamin einen Popel ins Schildkrötenbecken geworfen hat und der Lehrer meinte: »Wenn die den frisst, gehst du!« Und Benjamin hat »O. k.« gesagt.

Werken hätte ich natürlich auch nehmen können. Dann wäre ich in der gleichen AG wie Fatih. Kann mir gut vorstellen, wie er mit allen möglichen Werkzeugen rumhantiert.

Jetzt ist das Licht an der Decke aus und die Aquarien verstrahlen ihr grünes Licht durch den Raum. Mit ungefähr zehn Jungs und Mädchen sitzen wir auf Sesseln und Sofas und glotzen in die Glaskästen, in denen das Wasser sprudelt.

Benjamin muss gehen. Die Schildkröte hat den Popel gefressen und wir anderen sitzen noch eine ganze Stunde da und schauen den Fischen zu. Beim Atmen und beim Fressen. Beim Stehen und beim Schwimmen. Einige flitzen kreuz und quer durchs Wasser. Verstecken sich zwischen Steinen und Pflanzen, die sich biegen, als würde unter Wasser ein leichter Wind wehen.

Andere schwärmen. Wie auf einer Bühne. Keiner tanzt aus der Reihe. Alle machen alles zusammen. Und wieder andere wirbeln mit den Mäulern die Kieselsteine am Grund auf. Wenn ich es nicht besser wüsste, würde ich denken, die suchen da unten einen Schatz.

Tag 5
(Freitag)

26. Deutschland sucht die Superniete

Unten an der Treppe ist ein riesiger Menschenauflauf. Wie bei einer Schlägerei oder als ob es irgendwas umsonst gäbe. Auf Ignatius habe ich nur einmal so einen Auflauf gesehen. Das war, als die Frau vom Schulkiosk nicht da war. Da wurden einige richtig aggro, weil sie ihre Vanillemilch nicht gekriegt haben.

Der Mobb bewegt sich langsam die Treppe hoch. Es werden immer mehr Schüler.

»Ein Autogramm!«

»Bitte!«

»Komm schon!«

Fred Schabinger kommt doch erst nächste Woche, denke ich.

»Wie war Dieter so?«, kreischt ein Mädchen.

»Voll blamiert!«, keift ein Junge.

Mitten in der tobenden Meute versucht ein Junge mit Käppi und Sonnenbrille, sich von den anderen loszureißen.

Ich stehe immer noch unten an der Treppe.

»Und? Wie fandest du es, Per?«

Manu wird mal wieder seinem Spitznamen »Geist« gerecht.

»Was denn?«

»Hast du kein RTL gestern gesehen?«, fragt er.

»Kein RTL geguckt«, sage ich. »Wer is der Typ?«

»Das ist Jeremy. Kennst du nicht Jeremy?«

»Nein. Is der berühmt?«

»Jetzt ist der berühmt. Seit gestern. Mein Laptop ist wieder repariert.«

Ich weiß nicht, was das eine mit dem anderen zu tun hat und sage: »Das ist doch gut.«

»Der hat schon hunderttausend Klicks.«

»Wer?«

»Na Jeremy. Auf YouTube.«

»Und was will der dann hier?«

Manu lacht. Kein richtiges Lachen, sondern eher ein gespieltes. »Du kennst nicht Jeremy, Per? Jeremy kommt aus dem Süden. Aus Amerika.«

Manchmal kann Manu wirklich nerven, vor allem, wenn man doch nur wissen will, wer jetzt dieser Jeremy ist.

»Wer ist Jeremy?«

»Der in der Mitte. Mit der Kappe. Und der Sonnenbrille.«

Ich bin kurz davor aufzugeben. Sonst plaudert der doch auch immer alles aus. Eine Chance hat der noch.

»Und warum ist der hier?«

»Der ist bei Mareike in der Klasse.«

»Der geht hier zur Schule?«

»Na klar geht der hier zur Schule. Warum sollte er sonst hier sein? Und gestern war der bei *Deutschland sucht den Superstar* im Fernsehen. Er hat Michael Jackson gesungen. Ist aber leider rausgeflogen.«

»Ach du Scheiße!«, sage ich.

»Ja. Schade. Dieter Bohlen hat gesagt ›Die Sendung heißt nicht Deutschland sucht die Superniete, sondern Deutschland sucht den Superstar‹, und dann war er raus.«

27. Die Gebärde für Schokolade

Fatih sitzt mit seinen Eltern, Christine und Bodo (der ist extra deshalb gekommen und hat keinen Weihnachtspulli, sondern ein Hawaiihemd an, das schwer nach Urlaub aussieht) nebenan. Dann ist da noch eine Frau. Ich glaube, die ist vom Jugendamt. Jonas hat vorhin irgend so was vor sich hin gemickeymaust.

In der Klasse unterrichtet die Gebärdenfrau. Ihren Namen habe ich nicht mitbekommen, weil ich bisher die meiste Zeit nach nebenan gelinst habe. »Banane«, sagt die Gebärdenfrau jetzt. Sie steht vor der Tafel und spricht extrem deutlich und tut mit ihren Händen so, als ob sie eine Banane schälen würde. Dann sagen alle »Banane« und tun auch so, als ob sie mit ihren Händen Bananen schälen würden. Die Frau sagt »Baby« und tut so, als ob sie ein Baby schaukeln würde. Wir machen das wieder nach. So geht das immer weiter. Brötchen, Lachs, Vater, Mutter, Fußball, Tennis, Apfel, Erdbeeren, Tandem.

Alicia-Sophie lässt den Kopf hängen. Birgit droht ihr mit einem grimmig dreinschauenden Smiley-Sticker, den sie ihr unter die Nase hält. Alicia-Sophie schüttelt den Kopf und Birgit klebt den Smiley in ihr Buch.

»Schokolade«, sagt die Frau.

»Und Schokolade kriegst du heute auch keine mehr«, sagt Birgit.

Alicia-Sophie scheint das egal zu sein. Ich würde mir auch nicht von einer dahergelaufenen Inklusionshelferin sagen lassen, ob und wann ich Schokolade futter oder nicht. Allerdings kann ich auch sprechen und in einen Laden gehen und gezielt greifen und selber meinen Geldbeutel rausholen und selber die Schokolade aus der Packung wickeln. Das kann Alicia-Sophie nicht. Ich bin mir ziemlich sicher, dass Alicia-Sophie Schokolade mag. Von daher wäre es ja so oder so wichtig für sie, die Gebärde für Schokolade zu kennen.

Ich stelle mir vor, wie Alicia-Sophie in einen Einkaufsladen rollt. Alleine. Kann ja sein, dass sie in ein paar Jahren einen Elektro-Rollstuhl hat, den sie selbst steuern kann. Hier ist sogar ein Junge in der Schule, der bedient seinen Rollstuhl mit der Nase. Vor seinem Kopf ist ein Schalter angebracht, auf den ihm irgendjemand einen Tennisball gesteckt hat. Der Junge drückt seine Nase gegen den Tennisball und der Rollstuhl setzt sich in Bewegung. Alicia-Sophie fährt also selbstständig in diesen Fantasie-Supermarkt, hält vor einem Mitarbeiter und macht die Gebärde für Schokolade. Und jetzt kommt das Problem: Ich glaube nicht, dass irgendein Supermarktmitarbeiter die Gebärde für Schokolade kennt. Ich weiß ja nicht, was Alicia-Sophie alles so checkt, aber ich glaube, sie hat auf gar keinen Fall Bock darauf, sich von Birgit mit so einem billigen Schokoladentrick erpressen zu lassen. Vielleicht sollte ich ihr bei Gelegenheit einfach mal 'ne Tafel mitbringen.

Was ich nicht verstehe, ist, warum wir anderen – mit Ausnahme von Fatih – auch Gebärden lernen. Vielleicht, damit wir uns alle mit Alicia-Sophie unterhalten können. Dumm nur, dass sie nicht richtig mitmacht.

Vielleicht wurde Jonas bei seinem Praktikum gar nicht rausgeschmissen, weil er zu langsam Milch in Regale räumt, sondern, weil er, statt mit dem Filialleiter zu reden, ihm erst mal die Gebärde für Milch vorgetanzt hat.

Fatihs Eltern sitzen gegenüber von Christine und der Frau. Ich hatte mir seine Mutter anders vorgestellt. Mit Kopftuch und nicht so hübsch. Ich dachte eher an einen grauen Omamantel statt an eine knallrote, enge Bluse.

Bodo und Fatih sitzen nebeneinander. Auf dem Tisch an der Wand. Fast die ganze Zeit reden Fatihs Mutter und die Frau vom Jugendamt. Irgendwann legt Bodo kumpelhaft einen Arm um Fatihs Schulter, aber Fatih hüpft vom Tisch und wischt sich mit den Händen den Oberarm ab.

Was das Ganze soll, ist mir nicht klar. Ist das da drin auch bloß eins von Fatihs Experimenten? Oder ist er hier unterfordert? Oder überfordert? Oder ahnen die was und nehmen ihn da drin wegen mir ins Verhör? Mich würde mal interessieren, warum er überhaupt auf dieser Schule hier ist. Ich meine: Was genau ist der Grund dafür?

28. Was is mit Elly?

Fatih und ich sitzen auf dem Karussell. Das geht, weil Ibrahim nicht kommt. Er ist mit dem Kopf gegen die Glastür zwischen Klasse und nebenan gerannt. Hatte er nicht gesehen. Fatih hat gelacht. Richtig laut. Ibrahim wollte hinter ihm her, aber Fatih ist weggerannt. »Ich pack dich und dann fick ich deine Mutter!«, hat Ibrahim gerufen. Fatih war da aber schon längst im Treppenhaus und hat das nicht mehr gehört.

Ich musste jedenfalls lachen, weil ich Fatihs Mutter eben gesehen habe, und die Vorstellung, dass Ibrahim sie fickt, ist gerade ziemlich echt. Wahrscheinlich, weil ich Ibrahim schon mal nackt gesehen habe.

Christine hat Ibrahim dann erneut so eine Pille gegeben und Ibrahim fing wieder an, den Tisch vollzusabbern. Richtig sprechen konnte er auch nicht mehr.

Fatih kam zurück und Christine meinte: »Sei bloß froh, dass die Konferenz schon vorbei war!« Ich nehme an, sie meinte das Treffen nebenan mit seinen Eltern.

Ibrahim versuchte erst noch, den Kopf oben zu halten, aber irgendwann hat er ihn auf dem Tisch abgelegt, und so sitzt er da wahrscheinlich immer noch.

Die anderen sind auch nicht am Karussell. Freitags in der ersten Pause ist nämlich Klassensprecherversammlung. Von uns sind Jonas und Eva da hin. Manu ist anscheinend auch Klassensprecher. Genau wie die *Monster*-Typen. Und Dieter leitet das Ganze.

Ich überlege, welche Frage ich ihm am besten zuerst stelle. Ich meine: »Warum bist du hier?«, könnte vielleicht etwas zu direkt sein.

Fatih ist schneller als ich. »Warum hast du das machen lassen?«

Er redet mit mir, als ob er mein Vater wäre (Abgesehen davon, dass mein Vater niemals so reden würde, der würde eher so Sachen sagen wie: Wie konnte *das* denn passieren?).

»Was'n?«

»Sieht doch voll behindert aus.« Seine linke Augenbraue zittert. Fatih ist richtig sauer.

»Ist doch gut«, sage ich. »Dann flieg ich wenigstens nicht auf.«

Christine hat mir heute Morgen die Haare geschnitten. Bisschen was vom Pony ab, wegen der Zwinkerei und weil ich es selber nicht hingekriegt habe, zum Friseur zu gehen. Hat auch nicht lange gedauert. Sie hat eine Bastelschere genommen und nach zehn Sekunden war sie fertig. Ich musste sowieso mal wieder hin und da ich eh kein Freund von Friseurbesuchen bin, hab ich es halt über mich ergehen lassen. Eine andere Wahl hatte ich ohnehin nicht. Hätte ich rumgezappelt, hätte ich vielleicht auch so 'ne Pille bekommen.

»Du kapierst nix. Du bist jetz schon richtiges Opfer!«

Dafür, dass ich für Fatih bloß ein Experiment bin, regt er sich aber ziemlich auf. Ich muss zwinkern.

»Hat nich mal was gebracht. Machst immer noch Augen zu.«

»Halb so wild«, sage ich. »Wächst doch nach.«

»Wächst nach? Weißt du, was dein Problem is?«

Ich weiß ziemlich genau, was mein Problem ist, und das ist ein bisschen größer als ein paar fehlende Haarbüschel. Ich zucke mit den Schultern.

Fatih zieht mich von der Drehscheibe. Der packt richtig zu. »Komm jetzt! Komm mit!«

Ich reiße mich los. »Ich kann auch alleine gehen.«

»Dann geh!«

»Wohin?«

»Kabine!«

»Turnhallenkabine?«

»Kennste andere Kabine, hier?«

»Nö.«

»Na also.«

»Aber warum?«

»Siehste dann!«

Fatih schließt die Tür zur Turnhalle auf, ohne zu schauen, ob wir beobachtet werden. Das übernehme ich. Er schiebt mich in die Kabine. Drinnen drückt er mir eine Zigarette in die Hand.

»Guck mal Spiegel!«

Ich freue mich auf den Spiegel, weil es ein cooles Gefühl ist, sich selbst mit Kippe zwischen den Lippen zu sehen. Und das Beste ist, dass ich das jetzt richtig auskosten kann – ich guck ja offiziell meine Frisur an, nicht die Zigarette.

Das Ergebnis ist so scheiße, dass ich gar nicht erst gucke, wie die Kippe in meinem Mundwinkel klemmt. Mein Pony ist jetzt keine gerade Linie mehr, sondern hat die Form eines Omavorhangs im Wohnzimmer: in der Mitte ganz kurz und links und rechts hängen die Gardinen runter. Mit anderen Worten: Ich habe mitten auf der Stirn eine fette Haarlücke.

Eigentlich bleib ich immer ziemlich ruhig, aber jetzt reicht's. Ich bin sauer, und ich bin eigentlich ein ziemlich wohlerzogener Junge und Mama würde sich für mich schämen, aber ich sage es jetzt trotzdem: »Diese blöde Fotze!«

Fatih kriegt leuchtende Augen. Er klatscht die Hände zusammen und ich denke, der freut sich wahrscheinlich, weil sein Experiment so wunderbar funktioniert.

»Wen meinst du?«, fragt er.

»Wen ich meine? Hast du mal meine Fresse gesehen?«

Ich seh aus wie ein Totalschaden, und das ist gar nicht mal das eigentliche Problem. Das eigentliche Problem ist, dass ich behandelt werde wie einer. Darf die das überhaupt? Einfach so meine Haare abschneiden? Ohne Erlaubnis meiner Eltern oder so? Ich geh doch auch nicht hin und schneid der die Zunge raus, bloß weil die 'nen Sprachfehler hat.

»Ich mein natürlich Christine.«

Ich nehme einen fetten Zug.

Fatih lacht laut. »Du siehst so scheiße aus!«

Das freut mich, weil das gleichzeitig bedeutet, er findet,

dass ich eigentlich nicht so scheiße aussehe. Sonst bräuchte er das ja nicht extra zu erwähnen. Ich werde das Beste aus der Situation machen und versuche, seine gute Laune auszunutzen, um an ein paar Informationen ranzukommen. Am besten, ich fange ganz harmlos an. »Wie is Christine denn sonst so?«

»Bodo is besser! Aber könnte schlimmer sein. Frau Flemming kam gar nich klar! Gibt auch geile Lehrer hier. Unterstufe. Viele Jüngere und so. Mit denen kann man Scheiße labern. Alles.«

»Und diese Elly?«

»Was is mit Elly?«

»Das frag ich dich!«

»Nix is mit Elly! Elly is weg!«

»Ist die echt schwanger?«

Fatih steht auf und schiebt mich zur Seite. »Mach Platz da!« Dann schnippst er seine Zigarette durch das gekippte Fenster und holt ein paar Kastanien aus seiner Jackentasche, die er in seinen Händen hin- und herflutschen lässt. »Ob die schwanger is oder nich, ändert nix.« Er setzt sich wieder.

»Wieso?«

»Wieso? Wieso?«

»Na ja, wenn sie schwanger ist, kriegt sie ein Kind, wenn nicht …«

»Dann nicht. Da wär ich auch drauf gekommen, Gymnast!«

»Schon klar, aber ich wollte wissen …«

Fatih lässt mich einfach nicht ausreden. »Du willst immer wissen. Hab dir schon viel erzählt. Sag, warum ich dir erzählen soll!«

Er schmeißt eine der Kastanien in den Mülleimer, der unter dem Spiegel steht. Deshalb sollte ich zur Seite gehen.

»Weil ich Fragen habe.«

Fatih bleibt einen Moment stumm. Seine Augen schauen nach links oben. Er denkt nach.

»Was sind dir Antworten wert?«

Jetzt will der wieder Kohle haben. »Du bist doch kein Kaufhaus.«

Fatih überlegt wieder. »Geschäftsmann.«

»Ich geb dir keinen Cent mehr.«

Er schmeißt die nächste Kastanie in den Papierkorb. »Gut. Kein Geld. Dann anderer Einsatz! Wenn du wissen willst, musst du was machen.«

Wenn Fatih so klare Ansagen machen kann, dann kann ich das auch.

»Ich will alles wissen, und vor allem: Warum bist *du* hier? Auf dieser Schule?«

Fatih nickt. »Und ich sag dir, was du tun musst, dafür.«

Er wirft die letzten beiden Kastanien gleichzeitig Richtung Mülleimer. Eine fliegt rein, die andere springt auf den Rand. Von da aus fällt sie auf den Boden.

29. AUR-CR-333

14 Uhr 30. Nach der Schule. Wie verabredet stehe ich auf der Brücke in der Nähe der Schokoladenfabrik. War gar nicht schwer zu finden: beim Penny die Straße runter und immer geradeaus.

Pünktlich sollte ich sein. Und eine Flasche Cola mitbringen. Nicht die billige. *Coca-Cola*. Die Große. Aber nicht die ganz Große: einen Liter.

Unter mir sausen die Autos durch, kommen auf mich zu, werden lauter und als das Brummen seinen Höhepunkt erreicht, wird es von der Brücke verschluckt und ist weg, bis es auf der anderen Seite wieder ausgespuckt wird. Dann hört es sich anders an. Irgendwie kleiner und unwichtiger.

Ich bin noch nie hier oben gewesen. Früher fuhren hier Züge. Heute gibt es ein paar Gleisreste zwischen Brennnesseln. Ein kleiner Pissweg führt hoch, ziemlich zugewachsen und stinkt nach Pisse, wie es für Pisswege üblich ist. Kein Mensch verirrt sich auf diese Brücke.

Außer mir. Und Fatih. Der taucht aus dem Dickicht auf, mit seinem zu großen Rucksack auf den Schultern. Seine Jacke hat er über den Arm geworfen, obwohl es ziemlich windig ist.

»Biste gekommen, ja?«

Was für 'ne doofe Frage. Natürlich bin ich gekommen. Ich stehe ja hier. »Warum sind wir hier?«

»Dein Einsatz. Weißte nich mehr?«

»Klar weiß ich.«

»Warum fragste dann?«

»Ich meine: Was *genau* soll ich machen?«

»Gib mal Flasche!«

Ich gebe ihm die Flasche. Wir stehen am Geländer, mittig auf der Brücke. Eigentlich ist das gar kein Geländer, sondern eher eine Mauer. Eine Mauer mit einem Metallgedöns oben drauf. Fatih ritzt mit der Flasche, genauer gesagt, mit dem Deckel etwas in die Mauer. Ein F.

»F wie Fatih?«

Er zuckt die Schultern: »F wie Fatih, F wie Fotze, wie du willst.«

Ich denke darüber nach, ob Fotze überhaupt mit F geschrieben wird oder doch eher mit V. Dass Fatih es mit F schreibt, heißt gar nichts.

Er hält mir die Flasche hin. »Jetzt du!«

Ich nehme sie und ritze auch, hab keinen Bock, ihn zu fragen, wozu das Ganze. Ich bekomm eh nur Antworten, die mich als blöden Idioten hinstellen. Das wird mir immer klarer. Also lieber nicht fragen – einfach machen.

Ich schreibe mit der Colaflasche ein P in die Mauer. Links neben das F.

Fatih stülpt seine Unterlippe nach vorne. »P wie Per?«

»P wie Per, P wie Pimmel, wie du willst.«

Ich muss mich auf sein Niveau herablassen. Das ist die einzige Möglichkeit, ihn ruhigzustellen.

»Ich dachte eher P wie Paul, aber Pimmel geht auch.« Er lacht mich aus. Dafür, dass ich nicht mal auf meinen eigenen Namen komme. Egal: Hauptsache, mein Einsatz oder wie auch immer man das hier nennen soll, ist vorbei. Mehr war kaum von ihm zu erwarten.

Ich gebe ihm die Flasche wieder und werfe noch einen kurzen Blick auf das P und das F. Ringsrum sind überhaupt keine anderen Kritzeleien in der Mauer. Kein Graffiti, kein Tag, gar nichts.

»Komm! Wir gehen runter und du sagst mir alles!«

Fatih glotzt mich total verstört an, so, als ob er meinen Oma-Vorhang über der Stirn gerade erst frisch entdeckt hätte.

»Kommst du klar? Fängt erst an!«

Er schaut auf die Uhr. »In drei Minuten kommt da hinten Auto.«

Er zeigt Richtung Penny. »Is gelb, nich so richtig, eher weiß, oder braun, bisschen wie Taxi, weißte?«

»Du meinst beige.«

»Genau, Klugscheißer. Is kleiner Wagen. Mini. Nummernschild AUR-CR-333.«

Ich weiß nicht, warum er mir das alles erzählt, und so ein Nummernschild habe ich auch noch nie gesehen. »AUR?«

»AUR!«

»O. k., soll es halt kommen. Interessiert mich nich.«

»Und ich dachte, du willst Antworten.«

»Fatih, was willst du von mir?«

»Christine kommt, du nimmst Cola, schmeißt runter.«

Ich drehe mich um. »Wie? Christine kommt?«

»Kleiner Wagen.« Er reißt die Augen auf. »*Beige.* Da sitzt die drin. Jeden Mittwoch, jeden Freitag. Du willst Antworten wissen? Dann tust du's. Und gleichzeitig: Rache für Frisur.«

»Die Flasche oder wie?«

Fatih muss völlig durchgedreht sein. So was Ähnliches kam neulich in den Nachrichten. Da hat einer was von der Autobahnbrücke geworfen. 'nen Holzklotz oder so. Der ist durch die Windschutzscheibe gekracht und auf die Fahrerin. Die war tot. So was brauche ich Fatih aber nicht zu erzählen. Der sagt dann bloß, dass ich ein Weichei bin und »Schiss« habe und »Ausreden« und »Colaflasche is bloß Colaflasche«.

Eine Colaflasche ist zwar wirklich kein Holzklotz, aber Frau Kesselmann hat erklärt: Selbst wenn man ein mickriges Handy vom 10-Meter-Turm im Schwimmbad wirft und das unten jemandem auf den Kopf fällt, ist der tot. Ich weiß nicht mehr genau warum, ich weiß nur, dass Newton daran schuld ist.

Fatih schaut mich von unten an. Genau genommen tut er das ja immer, aber manchmal senkt er noch etwas den Kopf dazu. Du traust dich eh nicht, heißt dieser Blick. Und er hat natürlich recht: Ich traue mich nicht. Ich meine, kein halbwegs klar denkender Mensch würde sich das trauen, und wenn Fatih unbedingt wollte, dass Christine von einer Colaflasche, die durch ihre Windschutzscheibe kracht, erschlagen wird, dann kann er es ja einfach selber machen. Aber er traut sich logischerweise auch nicht.

Ich könnte ihm natürlich sagen: »Nein, mach doch selber!«

Aber dann labert der wieder Scheiße, dass *er* sich doch nicht rächen müsste, dass *ich* derjenige wäre, der seinen Einsatz bringen muss und so weiter. Fatih stellt mich wie einen Idioten hin, während er der Chef ist. Er ist die Imperatorgarnele und ich die dumme Prachtsternschnecke. Damit ist jetzt Schluss.

»Gib die Flasche«, sage ich zu Fatih und für einen Moment sehe ich, wie seine Augen groß werden.

Ich stehe an der Mauer, die Colaflasche in der Hand. Ohne Angst. Ich komm mir cool vor. Keinem wird etwas passieren. Aber Fatih werde ich es zeigen.

Ich sehe den Mini kommen. Christine fährt langsam. Das Auto vor ihr hat mindestens 100 Meter Vorsprung. Ein blauer Lieferwagen. Da kann gar nichts schiefgehen.

Ich höre die braunroten Steine, die sich unter Fatihs nervösen Füßen bewegen. Das Brummen des blauen Lieferwagens wird lauter. Der Tunnel verschluckt es. Ich lasse die Flasche fallen. Die Brücke ist höher, als ich gedacht hatte. Der Mini fährt schneller, als ich gedacht hatte. Die Flasche fällt. Christine kommt näher.

Wir rennen. Ich höre einen Knall und ein Quietschen und dann nur noch die Steine unter unseren Füßen.

Fatih ist schneller als ich. Ich renne ihm hinterher. Den Pissweg nehmen wir nicht. Wir rennen den alten Gleisen nach, durch Gestrüpp und Brennnesseln. Mir wird schwarz vor Augen. Ich hab keine Luft mehr in der Lunge. Aber ich renne und Fatih auch. Irgendwann biegt er rechts in ein Waldstück ein, ich hinterher. Für einen Moment habe ich das Gefühl, dass er vor mir wegrennt und trotz der Katastrophe, die gerade eben passiert ist, macht mein Herz – ganz kurz – einen kleinen Glückssprung. Dann ist Fatih weg.

Im Wald fühle ich mich sicherer als im alten Gleisbett. Mit einem Polizeihubschrauber werden sie mich hier nicht finden. Aber was, wenn sie die Hundestaffel einsetzen? Ich höre am besten auf zu rennen. Mit 180 km/h durch den Wald zu pesen ist zu auffällig. Ich tue so, als ob ich einen gemütlichen Entspannungsspaziergang mache. Ein bisschen die Natur genießen. Das klappt ungefähr fünf Sekunden, dann renne ich wieder. Ohne zu wissen, wohin.

30. Ich bin Beton

Keine Ahnung, wie lange ich schon auf der Flucht bin. Immerhin ist es noch hell. Ob die Fahndung mittlerweile im Radio läuft?

Irgendwann komme ich an eine Straße. Ein Opa, der seine Hände auf dem Rücken verschränkt, kommt mir entgegen. Den frage ich nicht. Opas mit Händen auf dem Rücken rufen wahrscheinlich die Polizei, wenn ein nass geschwitzter Junge, keuchend und mit dreckigen Knien, wissen will, wo er gerade ist. Nicht, weil sie dem Jungen helfen wollen, sondern, weil sie glauben, dass etwas faul ist.

Dann kommen mir zwei Jungs, ungefähr in meinem Alter, entgegen. Die frage ich auch nicht. Weil ich mich nicht traue.

Zum Glück steht bald eine Mutter auf dem Gehweg. Sie hält eine Flasche in ihren Kinderwagen und sagt so Sachen wie »Aiaiai« und »Kuschikuschikusch«. Die wird sich bald nicht mehr an mich erinnern, so verliebt ist die.

Warum ich ausgerechnet das frage, weiß ich nicht: »Wo ist der Penny?«

Geradeaus, zweimal links, einmal rechts, rechte Seite. Der Penny ist gar nicht so weit weg.

Meine Hände zittern in den Taschen, als ich auf den Parkplatz biege. Ich bemühe mich, ein möglichst belangloses Gesicht zu machen. Plötzlich habe ich nicht nur das Gefühl, die ganze Welt (also diverse Hubschrauber, Hundestaffeln und Radioanstalten) ist hinter mir her – ich hab zusätzlich das Gefühl, das ich schon kenne: Jemand beobachtet mich. Ein Laserpointer mitten auf meiner Stirn. Der Scharfschütze auf dem Dach. Ich brauch was zur Beruhigung. Milch vielleicht oder einen Omasaft aus der Werbung: *Klosterfrau Melissengeist*. Oder besser: *Baldrian-Dispert*. Hoffentlich hab ich genug Kohle dabei.

Mich trifft etwas am Oberarm. Ich drehe mich um. Dann trifft es mich am Kopf. Es fällt auf den Boden. Ein Kieselstein. Ich schaue hoch. Auf dem Pennydach kniet Fatih. Mit einer Hand gibt er mir zu verstehen, dass ich zur Rückseite kommen soll.

Wareneingang steht auf dem großen weißen Blechschild an der Mauer. Ich steige auf ein paar ineinandergeschobene Einkaufswagen, klettere von da auf einen Müllcontainer und von da auf einen größeren Müllcontainer. Fatih hält mir seinen Arm hin und gemeinsam hieven wir mich aufs Dach.

Er hat schweißnasses Haar. Genau wie ich. Auf seiner Hose sind die gleichen braunen Flecken an den Knien. Er lässt sich mit dem Hintern auf den Boden fallen. Fatih ist offensichtlich doch jemand, der sich für Dächer mit Kieselsteinen drauf interessiert.

Ich setze mich zu ihm. Er schüttelt den Kopf. Erst ganz langsam, dann wird das Schütteln schneller. Das regt mich auf. Ich meine, wenn er ein Problem hat, dann kann er es ja einfach sagen. Da braucht er nicht so behindert mit dem Kopf zu schütteln.

»Was schüttelst du den Kopf?«

Er hört auf. »Warum ich Kopf schüttel? Der schmeißt Cola von Brücke auf fahrendes Auto und der fragt, warum ich Kopf schüttel!«

Er rotzt einen Gelben aufs Dach und ich sehe, wie der auf einem der weißen Kieselsteine kleben bleibt. Langsam läuft er den Stein runter.

»Du hast doch gesagt, ich soll sie werfen! Du bist schuld!«

»Ich bin schuld, ja? Wenn ich sage: Spring Hochhaus runter! Springste dann?«

»Wieso sollte ich?«

»Wieso solltest du Flasche von Brücke werfen?«

»*Du* hast es doch gesagt!«

»*Du* hättest *Nein* sagen können! A oder B. Verstehste?«

»Ich weiß nicht, wo dein Problem ist. Du wolltest, dass ich werfe, ich hab geworfen. Du müsstest glücklich sein!«

»Vollpenner!«

Vollpenner ist wirklich ein Scheißwort. »Warum wolltest du überhaupt, dass ich das mache?«

Fatih nuschelt irgendwas vor sich hin, das ich nicht verstehen kann.

»Was sagst du da?«

Er nuschelt noch mal. Das einzige Wort, das ich verstehe, ist, glaube ich, »Film«.

»Was is?«

»Ich hab so 'n Film gesehen. War so ähnlich da.«

»Weil du einen Scheißfilm gesehen hast?«

»Ich dachte nicht, dass du's machst, Mann! Geisteskrank!«

Eigentlich bin ich sprachlos, aber ich frage automatisch weiter: »Wie war das denn in dem Film?«

»Keine Ahnung.«

»Sag mir jetzt, wie das in dem Film war!«

»Hab ich ausgemacht.«

»Du hast den Film ausgemacht?«

»Meine Mutter hat mich gerufen.«

»Weil deine Mutter dich gerufen hat?«

»Du hast keine Ahnung, was die für Stress machen kann.«

Wir sagen nichts. Bestimmt 30 Sekunden.

»Ich dachte, so dumm kann keiner sein, einfach so Flasche von Brücke zu werfen.«

»Du bist doch der Dumme hier, der wollte, dass ich das mache!«

»Du hast nich einmal gesagt: ›Mach ich nich. Is gefährlich.‹ Gymnast nimmt einfach Flasche und klatsch. Und jetzt sagt er: Schuld ist Türke. Normal.«

»Pass auf, ich wollte doch gar nicht treffen, ich hab extra früh losgelassen und dann kam sie immer schneller und dann …«

»Ja, und dann …!«

»Wenn ich Nein gesagt hätte, was hättest du gesagt?«

»Keine Ahnung! Egal. Du hast nich Nein gesagt.«

Ich brülle ihn an: »Ich weiß, dass ich nicht NEIN gesagt habe, klar? Aber du bist schuld! Du hast gesagt ›Kauf die Cola‹, du hast gesagt, ›Schmeiß die runter‹ und du hast gesagt …«

»Brüll mal nich so rum, hier. Nachher hört uns einer.«

Ich hab keinen Schimmer, wie wir aus dieser Nummer rauskommen sollen. »Und jetzt?«

»Jetzt sind wir gefickt.« Er rotzt noch einen Gelben. Der landet auf demselben Stein.

»Vor allem bin ich gefickt. Hab Rucksack auf Brücke vergessen.«

»Quatsch!«

Fatih grinst und zeigt hinter sich. »Is auch Quatsch. Hier isser.«

Das ist jetzt wirklich der allerbeschissenste Moment für einen Scherz, denke ich, und dann fällt mir noch etwas ein. »Weißt du, was dumm ist? Seinen Anfangsbuchstaben da reinzuritzen, wenn man kurz danach eine Flasche auf ein Auto schmeißen will.«

»Richtig dumm. Und du …«

»Ich wusste doch gar nicht, dass ich die Flasche werfen soll.«

»Wie dumm das ist! Ritzt Buchstaben rein und schmeißt dann Flasche. Hättste gleich Namen auf Flasche schreiben können.«

»Immerhin kann ich das fehlerfrei!«

Fatih springt auf mich drauf. Wir wälzen uns über die Kiesel und ich muss die ganze Zeit an seine beiden Gelben denken, über die wir mittlerweile schon zwei- bis dreimal rübergerollt sind. Irgendwann sitzt Fatih auf mir drauf und drückt meine Unterarme auf den Boden. »*Du* bist schuld!« Er geht von mir runter.

»Und *du* bist ein Arschloch.« Ich stehe auch auf.

Fatih zuckt die Schultern. »Du bist gar nichts. Sagt zu dir einer: ›Schmeiß Flasche‹, schmeißt du Flasche, sagt zu dir einer ›Du bist behindert‹, bist du behindert.«

Fatih hat recht. Ich bin gar nichts.

Dann sagt er: »Es sind *deine* Fingerabdrücke auf Flasche.«

Ich denke: Scheiße.

Und Fatih sagt: »Penny hat Kamera, die zeigt, wie *du* Cola kaufst.«

Und ich denke: Scheiße.

Und dann sagt Fatih: »Aber scheißegal. Meine Abdrücke sind auch drauf, mein Buchstabe is auch da. Und wenn rauskommt, du gehst Gymnasium, dann denken die: War behinderter Türke.«

Und ich denke: Scheiße.

Und dann denke und sage ich gleichzeitig: »Wir könnten sagen: Die Cola ist runtergefallen.«

Fatih glotzt mich an: »Notfalls, aber nur im Notfall. Dann könnten wir das machen.« Dann sagt er: »Hoffentlich is die nich tot.«

Hoffentlich ist Christine nicht tot.

Wir sitzen hier oben auf dem Dach vom Penny und haben Schiss, erwischt zu werden, überlegen, wer schuld ist.

Aber vielleicht ist Christine tot.

Und *wir* sind schuld daran.

Mir wird plötzlich kalt. Ich zittere. Ich zittere so richtig.

Fatih guckt erst weg, glaube ich. Irgendwann hält er es aber nicht mehr aus. Vielleicht hat er Angst, ich könnte auch abkratzen. Also glotzt er mich an, während ich dasitze und zittere.

»Bleib ruhig, Mann!«

Ich habe heute Nachmittag einen Anschlag verübt und vielleicht ist Christine jetzt tot. Und der Grund dafür ist: Ich hatte keinen Bock, so zu enden wie die Prachtsternschnecke.

Würde ich nicht so zittern, würde ich aufstehen und sofort zur nächsten Polizeistation, denn noch schlimmer, als ein Mörder zu sein, ist, ein Mörder zu sein und keiner weiß es. Komisch eigentlich.

»Wie soll ich ruhig bleiben? Tot. Weißt du, was das …« Mehr kriege ich nicht raus. Ich liege auf dem Rücken. Fatih kniet sich neben mich.

»Vielleicht is die bloß auf Motorhaube.«

Ich zittere weiter.

»Oder auf Dach.«

Beruhigt mich auch nicht. Ich hoffe einfach darauf, im nächsten Moment aufzuwachen, die Straße runterzulaufen, den Pissweg hoch, mich in die Mitte der Brücke zu stellen und nach dem P und dem F zu suchen und beides ist nicht da. Und dann fühle ich mich federleicht.

»Vielleicht hat sie's gar nich gemerkt. Flasche is vor ihr gelandet und sie is drüber. Alles o.k.«

Ich muss an den Knall und das Quietschen denken.

»Vielleicht lag Flasche schon da, sie is rüber, mit Reifen, Flasche platzt. Knall. Sie bremst. Fertig.«

»Ich geh jetzt zur Polizei.«

»Bist du komplett behindert? Beruhig dich endlich, Mann!«

»Wie soll ich mich denn beruhigen?«

Fatih kratzt mit dem Zeigefinger an seiner Nase herum. Wie Wickie, der kleine Zeichentrick-Wikinger. Dann zieht er ein paar Tabletten aus seinem Rucksack. *Tavor* oder so.

»Nimm das! Hilft!«

»Wofür?«

»Beruhigung!«

Ich schlucke die Pille. »Und jetzt?«

»Hinlegen. Abwarten.«

Die Steine bohren sich immer stärker in meinen Rücken.

»Wir könnten in den Krankenhäusern nachfragen, ob sie eingeliefert wurde.«

»Da kannste direkt Polizei gehen.«

»Dann rufen wir an.«

»Und wenn die Anrufe verfolgen?«

»Stimmt.«

»Wir warten ab. Hören Radio. Gucken Fernsehen. Nachrichten. Morgen früh: Zeitung lesen.«

»Und dann?«

»Wenn nix is. Machen wir nix. Wenn was is, besprechen wir neu.«

Das »Wenn was is«, klingt grausam. Eigentlich müsste ich jetzt panisch werden, werde ich aber nicht, stattdessen werde ich stumpf. Wie ein Klotz. Ein Klotz aus Beton. Die Kieselsteine drücken zwar immer noch in meinen Rücken, aber es ist mir egal. Ich bin wie gelähmt. Ich bin schwer. Mein Körper. Meine Gedanken nicht. Die sind weg. Ich starre in den Himmel. Ich bin Beton. Beton, aber mit Sicherheit nicht der

Himmel. Zwischendurch bin ich weg. Aber nicht woanders. Ich schlafe, ohne zu träumen. Und als ich wach werde, bin ich erschöpft. Ich kann mich nicht bewegen. Ich kann nicht reden. Mir ist alles egal. Aber nicht so egal, dass ich die Scheiße vergessen hätte, sondern so egal, dass ich einfach stumm bin und starr, als ob mich jemand mit einer Betonschicht übergossen hätte. Aber wenn ich so darüber nachdenke: Ich glaube wirklich, ich bin Beton.

Und als ich fertig mit dem Starren und dem Liegen und dem Schweigen bin, ist es dunkel. Stockdunkel. Fatih ist weg und mir geht das Bild nicht aus dem Kopf, wie die Flasche nach unten fällt. Ganz gerade, mit dem Flaschenboden voran, ohne sich zu überschlagen.

Ich klettere vom Dach. Erst auf den einen Container, dann auf den anderen. Während ich nach Hause torkle, fällt mir ein, dass Per Felsen heißt. Nie war ich so sehr Per gewesen wie in den letzten Stunden.

Am krassesten find ich an dem Zeug, dass ich keine Angst hatte. Und das macht mir jetzt, wo es vorbei ist, riesige Angst. Dass man einfach so Beton wird und nicht mal Angst davor hat, Beton zu sein.

Dann fällt mir ein, wo ich *Tavor* schon mal gelesen habe. Ich hab mir eine von Ibrahims Pillen reingezogen. Aus dem Schrank. Von Christine.

Tag 6
(Samstag)

31. Es hupt pausenlos

Heute ist der Tag danach. Das spüre ich deutlich. Eigentlich wusste ich nie, was das sein soll: der Tag danach. Heute weiß ich, es gibt ihn. Und er fühlt sich scheiße an.

Papa hat gestern Abend geputzt. Mit *General Bergfrühling*. Und er hat sich kein bisschen gewundert, warum ich so spät nach Hause kam. Dafür hat er gepfiffen. So, als ob er glücklich wäre. Ich bin ohne Umweg ins Bett und war sofort weg. Ich habe nichts geträumt. Gar nichts, und ich habe Schiss, dass ich nie wieder träumen werde. Wahrscheinlich habe ich ein Trauma. Und wahrscheinlich ist es auch besser, so traumatisiert zu sein, als anders. Zum Beispiel jede Nacht denselben Albtraum zu haben:

Ein Mini rast auf die Brücke zu. Eine Colaflasche fällt runter. Die Flasche schießt durch die Windschutzscheibe. Ein blonder Kopf liegt blutüberströmt auf dem Lenkrad. Es hupt pausenlos. Ich will wegrennen. Ich komme nicht von der Stelle. Meine Beine sind einbetoniert.

Ich hole Brötchen. Papa ist begeistert. Blöd, dass ich dann die Brötchen vergesse. Stattdessen habe ich sechs Tageszeitungen mitgebracht. Papa findet das »klasse«. Der denkt, das liegt an ihm. Er sagt: »Mit 14 habe ich auch angefangen, mich für aktuelles Tagesgeschehen zu interessieren.«

Ich lese mir jede Zeitung mehrmals durch. Papa macht Fotos davon. Dass ich nichts esse, merkt er nicht. In den Todesanzeigen steht: *Christine*. Mein Herz hört auf zu schlagen. Kurz sehe ich alles völlig verschwommen, dann wird die Anzeige wieder scharf. Christine scheint nicht von einer Colaflasche erschlagen worden zu sein, sondern litt unter »einer langen schweren Krankheit« und alle sind froh, dass der liebe Gott sie endlich erlöst hat. Außerdem war sie 28. Unsere Christine ist aber mindestens 45.

Die 28-jährige Christine und ihre Familie und Freunde tun mir unendlich leid. Sie ist tot und die anderen haben sie verloren. Niemandem auf der ganzen Welt sollte etwas so Schreckliches passieren.

Den Rest des Tages glotze ich fern. *RTL Explosiv* zum Beispiel, und zu jeder vollen Stunde höre ich die Radionachrichten.

Abends weiß ich, dass man nicht ins Koma fällt, wenn man den ganzen Tag nichts isst und trinkt, außerdem kenne ich den NATO-Doppelbeschluss und die verschiedenen Standpunkte zum Türkei-Deal.

Bei *RTL Explosiv* kommt ein Bericht über eine Frau, die mit dem Auto aus Versehen ihren eigenen Sohn überfahren hat. Ich muss heulen. Vielleicht sollte ich doch zur Polizei gehen. Ich wollte das ja auch nicht. Es war *wirklich* aus Versehen. Aber Fatih hat gesagt, wir sollen abwarten.

Wenn heute wenigstens Schule wäre. Dann könnte ich mit ihm reden. Er würde bestimmt sagen, dass nichts Schlimmes passiert ist, aber so sitze ich hier und warte ab.

Wir hätten runterlaufen müssen. Den Pissweg entlang. Nachsehen, was los ist. Vielleicht hätten wir ihr Leben gerettet. Oder ihr wenigstens einen Krankenwagen gerufen. Aber wir sind einfach weg. Fatih vor. Und ich hinterher.

Mein Magen dreht sich jede Sekunde aufs Neue um. Ich hab sogar schon überlegt, zum Pastor zu gehen. Der hat Schweigepflicht. So wie früher. Beim Erstkommunionunterricht.

Wir mussten beichten. Ich habe einfach stumm dagesessen und er meinte irgendwann: »Willst du mir nicht etwas beichten?«

Ich hätte natürlich »Nein« sagen können. Das wäre die

Wahrheit gewesen. Aber wir mussten ja beichten, sonst keine Erstkommunion und ohne Erstkommunion kein Unterwasserlexikon.

Also sagte ich: »Doch.«

Und er sagte: »Was denn?«

Und ich zuckte mit den Schultern.

Dann machte er einen Vorschlag: »Ärgerst du manchmal deine Geschwister?«

Natürlich war ich darüber verwundert, weil ich keine Geschwister hatte, und er hätte das eigentlich wissen müssen, aber ich sagte: »Ja, genau.«

Der Pastor war zufrieden und ich auch und er sprach dann seinen Text mit »Vergebung der Sünden« und so weiter und ich war entlassen.

Das Schlimme an der Sache ist, dass er das später meinen Eltern erzählt hat. Das Beichtgeheimnis gebrochen. Einfach so. Ich glaube: Wenn Mama da wäre, würde ich mich ihr anvertrauen.

32. Ein Mann und eine Frau

Es klingelt an der Tür. Es klingelt nie an der Tür. Es ist Samstagabend. Elf Uhr. Und es klingelt an der Tür. Das ist die Polizei. Wer sonst?

Ich könnte aus dem Fenster springen. Abhauen. Wahrscheinlich würde ich nicht weit kommen. Ich könnte auch die Tür öffnen und meine Hände ausstrecken. Bereit für die Handschellen. Oder ich tue so, als ob ich es nicht höre, und bleibe einfach sitzen.

Ich stehe auf und gehe in mein Zimmer. Ich setze mich an meinen Schreibtisch. Da saß ich noch nie. Ich nehme irgendein Buch, schlage es auf und starre auf eine beliebige Seite.

Wenn die um elf Uhr samstagabends klingeln, dann haben sie Beweise. Papa wird gleich rufen: »Paul? Kommst du mal bitte!?« Ich werde dann nicht reagieren. Sie sollen mich hier am Schreibtisch vorfinden. Die beiden Polizisten. Ein Mann und eine Frau. Und ich werde überrascht sein: »Die Polizei …? Kann ich Ihnen irgendwie … behilflich sein? Ich lese gerade.«

»Gestern Nachmittag wurde in Röhrbach eine Flasche von der alten Eisenbahnbrücke auf ein fahrendes Fahrzeug geworfen.«

Und ich werde sagen: »Nä!« Total überrascht. »Mir ist da gestern 'ne Flasche runtergefallen. Aus Versehen. Oh Gott, ist die auf ein Auto …? Das ist ja … Wenn ich das gewusst …« Dann werde ich anfangen zu heulen.

Oder ich sage einfach: »Fatih war's.«

»Paul? Kommst du mal bitte!?«

Es ist so weit.

Ich reagiere nicht.

Ich höre Stimmengemurmel: Ein Mann und eine Frau, wie ich's mir gedacht hatte.

Es klopft an der Tür.

Ich halte krampfhaft das bescheuerte Buch in der Hand und starre es an. Atmen geht nicht mehr.

Die Tür geht auf.

Ich schmeiße das Buch weg, springe auf, dreh mich um und es schießt einfach so aus mir raus: »Ist sie tot? Ich wollte das nicht!«

33. Selbstmord kommt momentan nicht infrage

Ich nehme den Kopf hoch. In der Tür stehen ein Mann und eine Frau.

Mama ist wieder da.

Sie heult sofort los. Und als ich etwas sage (»Hallo«), heult sie noch lauter. Wahrscheinlich, weil sie meine neue Stimme noch nicht kennt.

Wir gehen in die Küche. Mama sieht aus wie immer. Nicht

mal Rastazöpfe oder so was, sondern immer noch dieselbe Dauerwelle. Aber wofür hat man schließlich einen Sohn? Wenn man sich selbst nicht traut, kriegt der halt was verpasst: Mama schneidet mir die Haare.

Während sie die Maschine über meinen Kopf schiebt, sagt sie immer wieder: »Ich werd dich nie mehr alleine lassen.«

Die denkt wohl, dass ich dachte, sie sei tot, oder dass ich denke, ich wäre schuld daran, dass sie das Baby weggemacht hat, was natürlich großer Scheiß ist.

Die neue Sechs-Millimeter-Frisur sieht jedenfalls besser aus als der Oma-Vorhang vor der Stirn.

Wir sitzen zusammen am Tisch: Mama, Papa und ich. Sie fangen an zu streiten. Eigentlich geht es darum, dass die beiden sich überhaupt nicht ausstehen können. Ehrlich gesagt glaube ich, sie hassen sich.

»Wieso hast du denn kein Zeitungspapier untergelegt?«

Mamas Antwort ist genauso bescheuert: »Wieso soll ich denn bitte Zeitungspapier unterlegen?«

»Weil du Haare schneidest.«

»Hast du schon mal einen Friseur gesehen, der Zeitungspapier auf seinen Boden legt?«

»Nein.«

»Na also.«

»Ein Friseursalon ist aber keine Küche. Ein Friseursalon ist extra dafür eingerichtet, Haare zu schneiden, und eine Küche zum Kochen, und da haben Haare nichts zu suchen.«

Ich muss dazusagen, dass Papa kein einziges Mal gekocht hat in den letzten Monaten, sondern immer was geholt hat. Meist von *Schlaraffenland.*

»Selbst wenn ich Zeitungspapier unterlege, sind immer noch Haare in der Küche.«

»Aber nicht auf dem Boden.«

»Seit wann interessierst du dich für den Küchenboden?«

»Seit du mich hier alleine gelassen hast, mit dem Halbwüchsigen! Entschuldige, Paul!«

Jetzt kommen wir der Sache näher.

»Lass Paul aus dem Spiel!«

»Wie soll das gehen? Du bist einfach weg!«

»Dein Sohn hatte eine Frisur wie ein Behinderter und du hast nichts Besseres zu tun als …«

»Als was?«

»Als …«

»Als?«

»Als das nicht zu bemerken.«

»Ich habe das bemerkt!«

(Hat er nicht.)

»Aber nichts getan!«

»Was hätte ich denn tun sollen?«

»Haareschneiden zum Beispiel. Hast du denn wenigstens was zu essen bekommen?«

Mama fasst mir an den Bauch. Das ist mir zu viel und ich gehe in mein Zimmer. Von da höre ich leider auch alles: Es geht darum, wer schuld daran hat, dass Mama überhaupt nach Nepal musste.

Mama meint Papas »Versagersperma«, aber Papa glaubt eher, dass es an Mamas »Sensibelcheneizellen« liegt. Und ich denke, dass es ganz schön traurig ist, dass ich aus Versagersperma und Sensibelcheneizellen entstanden bin. Eigentlich ein Grund, sich umzubringen.

Wenn es ein Leben nach dem Tod gibt, dann könnte ich vielleicht Christine wiedersehen und mich bei ihr entschuldigen. Aber wie würden die anderen wohl an meinem Grab stehen? Bodo und Freddy und Eva und Dennis? Und wie würde Manu sich fühlen, wenn er erfährt, dass der Schnupperpraktikant, von dem er und alle anderen dachten, er wäre ein ganz normaler Schüler, sich umgebracht hat? Ich kann mir jetzt, so mitten im Schnupperpraktikum, nicht die Pulsadern aufschneiden. Außerdem: Wenn es kein Leben nach dem Tod gibt, werde ich nie erfahren, was mit Christine passiert ist.

Tag 7
(Sonntag)

34. Wir haben ihn!

Ich habe wieder nichts geträumt. Überhaupt nichts. Nicht, dass ich tatsächlich nie wieder etwas träumen werde. Vielleicht liegt das gar nicht an Christines Unfall, sondern an der Pille. Vielleicht nimmt *Tavor* einem die Träume weg.

An meiner Zimmertür hängt ein Stundenplan. Von innen. Keine Ahnung, wie der da hingekommen ist. Ich habe ihn jedenfalls nicht aufgehängt. Mein Name steht aber drauf, und »Mama« und »Papa«, und bevor ich jetzt versuche, mir zusammenzureimen, was diese Aktion soll, setze ich mich lieber an den Küchentisch und warte ab.

Papa hat Brötchen geholt und mir alle verfügbaren Sonntagszeitungen mitgebracht. Mama fängt an zu heulen, weil sie in Nepal war, als ich »zum Mann geworden« bin.

Immerhin schaffe ich es heute Morgen ein Brötchen zu essen, und ein Glas Milch trinke ich auch.

Ansonsten ist der Tag nach dem Tag danach genauso scheiße wie der Tag danach.

Ich muss die ganze Zeit an Christine und die Colaflasche denken.

Vielleicht ist ihr gar nichts passiert und Christine trällert auf ihrer Terrasse glücklich irgendwelche Seemannslieder. Oder sie liegt schwer verletzt auf der Intensivstation. Oder sie ist …

Mama und Papa erklären mir den Stundenplan. Ich soll an einem Tag zum Fernsehen unten und am anderen Tag zum Fernsehen oben sitzen. So sieht der Plan es vor. Die Wohnung unter uns ist letzte Woche frei geworden und Mama wohnt jetzt da. Wahrscheinlich ist sie deshalb wiedergekommen. Von Fernsehen sagen sie zwar nichts und es steht auch nicht auf dem Plan, aber darauf wird es wohl hinauslaufen. Was sollen wir sonst machen? Der Stundenplan in meinem Zimmer soll also dafür sorgen, dass ich nie vergesse, wann ich mich wo aufzuhalten habe.

Erinnert mich an den Frankreich-Austausch im letzten Jahr. Da wurde ich auch gezwungen, mich an Orten aufzuhalten, an denen ich nicht sein wollte.

Frau Kesselmann hat gesagt: »Paul, du brauchst dir kein Infoblatt zu nehmen.«

»Warum nicht?«

»Weil du nicht mitfährst.«

Außer mir ist die gesamte Stufe da hin, also musste ich eine Woche lang in die Schulbibliothek. Es war dunkel und kalt, und eingepfercht zwischen den ganzen Regalen, die vollgestopft mit Büchern waren, musste ich ständig aufs Klo, und wenn ich mich dann hinsetzte, kam doch nichts.

Die Bibliothek roch nach Weihwasser und 4711 Kölnisch Wasser oder einfach nur nach Schwester Magdalenis. Sie ist mindestens einsneunzig groß und musste sich immer bücken, weil die Decke höchstens einsachtzig war.

Meine Aufgabe war es, eine ganze Woche lang mit Schwester Magdalenis Bücher abzustauben.

Und wenn man eine Woche nichts anderes macht, als mit Schwester Magdalenis Bücher abzustauben, dann kommen einem ziemlich wirre Gedanken. Ich kam zum Beispiel auf die Idee, Schwester Magdalenis den Spitznamen Schwester Nackter Penis zu geben. Das konnte ich aber niemandem sagen, außer Schwester Magdalenis und bei ihr wäre das wohl nicht so gut angekommen. Ich hätte lieber mit dem Gärtner im Park Laub gefegt, aber ich war ja auf Ignatius. Da schicken sie einen zu Schwester Nackter Penis.

Tagsüber darf ich mich zu Hause scheinbar frei bewegen, also liege ich die meiste Zeit im Bett und höre Radio. In den Verkehrsnachrichten sagen sie heute siebenmal das Wort »Lebensgefahr«. »Spielende Kinder auf der Fahrbahn«, »Falschfahrer« und »Gegenstände auf dem Seitenstreifen« kommen auch vor.

Wenn wirklich etwas Schlimmes passiert wäre, hätte ich es dann nicht mitbekommen? Oder gehört das zur Strategie der Polizei? Wollen sie den Täter in Sicherheit wiegen? Oder wütend machen? In Fernsehkrimis machen die Kommissare das manchmal auch so. Zum Beispiel bei Serienkillern, denen es darum geht, dass ihre Taten von der ganzen Welt bewundert werden. Und wenn dann nichts darüber in der Zeitung steht, drehen die Serienkiller durch und machen Fehler.

Das fällt mir aber leider zu spät ein, denn ich glaube, ich bin in die Falle getappt und habe gerade einen solchen Fehler gemacht. Fatih hatte mich gewarnt: »Nicht im Internet suchen!« Falls die Polizei irgendwann mal den Computer beschlagnahmen sollte. Dann sehen sie die Aufrufe und was man so gegoogelt hat.

Und was habe ich eben gerade gegoogelt?

»Brücke Flasche werfen Unfall tot«

Ich fühlte mich ganz kurz sicher. Da hab ich es einfach gemacht. Und jetzt sehe ich die ganzen Ergebnisse und fühle mich scheiße.

Wenn Christine wirklich was passiert ist und die Polizei ermittelt, dann ist eben gerade in allen Polizeirevieren der Stadt eine Alarmsirene angegangen. Und überall ist ein Polizist aufgestanden und hat gesagt: »Wir haben ihn!«

Ich meine: Ich Idiot habe »Brücke Flasche werfen Unfall tot« gegoogelt.

»Flasche« ist bei allen Ergebnissen durchgestrichen.

Jetzt ist es eh zu spät. Ich klicke auf ein Interview mit einem Experten. Ein Psychologe. Ihm werden Fragen zu Brückenwerfern gestellt. Ich bin also ein Brückenwerfer.

Dabei bin ich eigentlich ein Colaflaschenwerfer oder genauer gesagt Colaflaschenfallenlasser. Das ist ein Unterschied.

Der Psychologe sagt, dass Brückenwerfer zu dumm sind, sich Gedanken über mögliche Folgen ihres Wurfs zu machen. Der Psychologe sagt noch, dass Brückenwerfer ihre Tat nicht planen, sondern spontan handeln. Da liegt ein Stein, sie nehmen den und werfen. Brückenwerfer wollen nicht töten. Sie sind nur zu blöd zu erkennen, dass in den Autos echte Menschen sitzen.

Brückenwerfer stellen sich nicht der Polizei. Wenn mal jemand erwischt wird, behauptet er, es sei aus Versehen gewesen. Brückenwerfer reden sich das so lange ein, bis sie es selber glauben. Viele Brückenwerfer sind Jugendliche. Nach dem Motto: Du traust dich nicht. Brückenwerfer werden zu Mord verurteilt, wenn ihnen Absicht nachgewiesen wird.

Bei mir war es wirklich aus Versehen. Was soll ich denn sonst machen, als mir das immer wieder einzureden? Es war ja wirklich so, und wenn ich das nicht machen würde, könnte ich irgendwann denken, ich hätte es doch absichtlich gemacht. Oder hab ich das?

Mit einer Sache hat der Psychologe jedenfalls recht: Ich bin zu dumm gewesen. Ansonsten finde ich aber scheiße, wie er alle Brückenwerfer in einen Topf wirft.

Wenn Christine etwas passiert ist, gehe ich zur Polizei, wenn nicht, dann nicht.

Tag 8
(Montag)

35. Wie war euer Wochenende?

Bodo war am Wochenende irgendwo am Meer. Wahrscheinlich war er nicht alleine da, denn jemand muss die ganzen Fotos gemacht haben, die wir uns gerade über den Beamer anschauen. Auf jeden Fall hat Bodo das gesamte Wochenende sein Hawaii-Hemd angehabt.

»Wie war euer Wochenende?«, fragt er.

Es war die Hölle. Die schlimmsten Tage meines Lebens. Jetzt bin ich froh, wieder hier zu sein. Ich hatte mir schon vorgestellt, dass die Lehrer alle schwarz tragen und Bilder von Christine mit Trauerschärpe an den Wänden hängen. Doch eine schreckliche Nachricht scheint hier niemanden erreicht zu haben. Das heißt erst mal gar nichts. Aber immerhin: besser so, als anders. Und das Gute hier ist, es gibt mehr Ablenkung als zu Hause.

»Bodo war auf Hawaii«, ruft Freddy mit seiner Piepsstimme. Man kann über Freddy sagen, was man will. Zum Beispiel, dass er nicht mal 1 + 1 zusammenrechnen kann. Aber eins kann er: andere verarschen.

Wir haben eine Strategie für solche Situationen: Freddy nicht beachten. Damit er irgendwann aufhört. Er ruft jedenfalls die ganze Zeit: »Bodo war auf Hawaii!« Und seine Stimme wird immer höher und lauter. Als das auch nicht hilft, kneift er Alicia-Sophie mit seinen langen Fingern in die Backe. Und zwar richtig. Sie fängt sofort an zu schreien. Bodo und Birgit brüllen beide Freddy an. Der ist aufgesprungen und hat die Augen weit aufgerissen. Er pisst sich in die Hose.

Eva heult. Dennis hält sich die Ohren zu. Auf der Leinwand sieht man Bodo auf einem Pferd, wie er am Strand entlang durch die flachen Wellen reitet.

Bodo schaut Birgit an.

»Ich nicht«, sagt Birgit. »Erstens bin ich eine Frau und zweitens bin ich sauer auf Freddy.«

Der steht immer noch da und pisst. Das sieht man daran, dass der dunkle Fleck auf seiner viel zu hochgezogenen Jeans immer größer wird.

Fatih geht raus. Jonas nimmt Eva in den Arm und streichelt ihre Wange.

Ich sitze da und mache nichts. Das ist wahrscheinlich am besten für alle so.

Bodo legt einen Arm um Freddys Schulter. Die beiden verschwinden, während Fatih wieder reinkommt. Birgit stellt sich nach vorne und macht Gebärden, aber alle sind viel zu aufgekratzt. Also zeigt Birgit wieder Dias: eine Dünenlandschaft. Ein Teller mit Salat. Ein Teller ohne Salat. Ein Glas Bier. Ein Glas ohne Bier. Ein leerer Strandkorb. Ein Strandkorb mit Bodo drin. Und tausend andere langweilige Sachen.

»Ach, ihr habt schon weitergemacht?« Bodo und Freddy sind wieder da. Freddy hat eine knallbunte kurze Hose an, auf der so ähnliche Palmen drauf sind, wie auf Bodos Hawaii-Hemd. Und Papageien. Eigentlich ist es etwas zu kalt dafür, aber Freddy sieht sehr zufrieden aus.

»Ich war auch auf Hawaii«, sagt er, grinst und zeigt auf seine Hose. Keiner reagiert und bevor er jetzt wieder kneift, sage ich: »Ich war noch nie auf Hawaii.«

Und Freddy: »Ich schon. Mit Bodo.«

Bodo hat sich aufs Pult gesetzt. »Also noch mal: Wie war euer Wochenende?«

Jonas erzählt vom Bayernsieg. Davon, dass er mit seinem Pflegevater angeln war. Sie haben einen Fisch gefangen. Karpfen. Köder waren Boilies. Erdbeer-Bananen-Flavour. Jonas erzählt bestimmt zehn Minuten und alle hören ihm zu.

Eva hat das ganze Wochenende gelesen.

Birgit liest aus Alicia-Sophies Buch. Sie war im Kino. *Plötzlich Prinzessin.* Alicia-Sophie hebt ihren Kopf und streckt die Arme in die Luft.

»Ich war auf Hawaii am Wochenende«, sagt Freddy. »Zusammen mit Per.« Er zeigt auf mich.

Ich nicke.

»Was hast du am Wochenende gemacht, Fatih?«, will Jonas wissen.

»Scheiße bauen. Mit Kollege.«

Das kann man wohl sagen.

»Willst du auch erzählen, was du gemacht hast, Dennis?«, fragt Bodo.

»Nein«, sagt Dennis.

Weil Ibrahim mit den Fingern in den Ohren leise arabische Lieder singt, bin nur noch ich dran.

»Und Per? Wie war dein Wochenende so?« Bodo lächelt. »Du hast ja eine ganz neue Frisur. Hab dich beinahe nicht erkannt.«

Ich fahre mir mit der Hand über den Schädel. Das hatte ich schon wieder vergessen.

»Hast du dir die Haare selber geschnitten?«, fragt Bodo.

»Meine Mutter«, sage ich. »Die will, dass ich so aussehe wie ein Mönch aus Nepal.«

36. Das ist ja echt scheiße

»Und? Wieder beruhigt?«

Fatih und ich stehen beim Kickertisch. Keiner spielt.

Er glotzt durch die Scheibe nach draußen, auf die Kettcarfahrer mit ihren Motorradhelmen und gefährlichen Manövern, ich in den Infokasten aus Glas. Letzte Woche konnte ich gar nicht hinsehen. Heute hab ich ganz andere Probleme.

»Hättest wenigstens Tschüss sagen können.«

»Hab ich. Warst richtig weggetreten. Und gesabbert haste. Junge, Junge! Wie Wasserfall.«

»Hast du was rausgefunden?«

»Alles ruhig«, sagt Fatih und er guckt dabei, als ob er das ganze Wochenende zwielichtige Kontaktmänner in dunklen Gassen befragt hätte, die sich für ihn im Untergrund umgehört haben.

»Und du?«

»Auch nix.«

»Na dann … Warten wir bis Mittwoch.«

»Wieso bis Mittwoch?«

»Christine kommt immer Mittwoch!«

Der tut ständig so geheimnisvoll und dann kommt heiße Luft. In Wirklichkeit hört Fatih auch bloß Radio und liest Zeitung. Wenn er das überhaupt richtig kann.

»Bis Mittwoch ist zu lange! Das …«

Fatih fällt mir ins Wort: »Junge, bleib ruhig. Alles wird gut, wenn was passiert wär, hätten wir schon gehört.«

»Aber du weißt es nicht.«

»Was weiß man schon?«

Und das soll mich jetzt beruhigen. Ein Einfaches: Was weiß man schon?

Fatih schaut mich von unten an. »Du hast doch keinem gesagt?«

»Keinem.«

»Sehr gut. Also, wenn du willst, kannste Fragen stellen.«

Daran hatte ich überhaupt nicht mehr gedacht. Und ich habe auch gar keinen Bock mehr auf diese Scheißfragen. Aber vielleicht ist es besser, ich stelle sie. Dann hat die Aktion wenigstens irgendeinen Sinn gehabt.

»Also?«

Womit fang ich am besten an? Eigentlich würde ich ja gerne wissen, warum genau er hier ist, was er »hat«, aber ich frag besser erst mal das mit Elly.

Fatih lacht kurz. »Warum interessiert dich das?«

»Ist die schwanger?«

»Ja.«

»Warum?«

Fatih verdreht die Augen. »Warum is man schwanger?«

»Erzähl einfach!«

»Pass auf! Ich arbeite Dönerbude. Und Autogarage. Elly kommt Dönerbude. Bestellt Falafel. Fast alle hübschen Mädchen bestellen Falafel. Ich seh, sie hat Platten. Fahrrad. Ich sag: ›Kein Problem.‹ Ich geh Werkstatt, hol Werkzeug, zack, zack, Reifen geflickt. Verstehste?«

»Und davon wird man schwanger!?«

»Spasti! Willste jetzt wissen oder nich?«

Ich nicke.

»Sie hat mich geküsst.« Fatihs Augen leuchten. »›Bis bald‹«, hat sie gesagt. Und ich dachte: Ja, Mann! Die kommt wieder Falafel kaufen. So ein Mädchen.«

»Und dann?«

»Scheiße und dann! Die wusste nich, welche Schule ich gehe. Und dann kommt die hier hin, macht FSJ und sieht mich.«

»Das ist ja krass!«, rutscht es mir raus.

»Ja, das is krass! Aber was denkst du, ehrlich? Für wen? Für mich oder für die?«

Ich sag besser nichts.

»Die denkt: Scheiße: Ich hab behinderten Jungen geküsst! Muss so sein wie Vergewaltigung! Was Verbotenes! Bist du hier, hast du Stempel auf Stirn. Da steht drauf: dumm.«

»Das is ja echt scheiße!«

»Isso.«

»Und wieso is die jetzt schwanger?«

»Ich nehm an, wegen der Fickerei, aber wenn das auf Gymna–«

»Wie kommst du überhaupt drauf, dass sie schwanger ist?«

»Hab der Nachricht geschrieben. Facebook. Und die hat geantwortet, is schwanger. Von diesem Affen. Kumpel von Birgit oder so. «

»Und?«

»Und, dass sie nich mehr kommt, wenn ich das will.«

»Und was hast du geantwortet?«

»Daumen nach oben. Will die billige Hure nich mehr sehn!«

Wir schweigen eine Zeit lang.

»Mochtest du sie?«

»Klar mochte ich sie! So ein Mädchen. Weißt du? So ein kluges Mädchen. Und hübsch.«

Fatih geht raus und ich gehe neben ihm her. Wir schlendern über den Schulhof. So, als ob wir einen Spaziergang machen würden. Ich weiß nicht, wohin mit meinen Armen, also verschränke ich sie hinterm Rücken, so wie der Opa von neulich.

Plötzlich tut Fatih mir leid. Mir fällt nichts ein, was ich zu ihm sagen könnte, außer der Geschichte, wie der Typ auf Ignatius Frau Kesselmann beim Scheißen zugeguckt hat. Habe ich noch nie vorher irgendwem erzählt. Ich glaube, Fatih gefällt die Geschichte. Zumindest nickt er, als sie zu Ende ist.

»Warum bist du eigentlich hier?«, frage ich.

Fatih bleibt stehen.

Ich auch.

»A oder B?«

»Jetzt lass doch mal diesen A-oder-B-Scheiß!«

»Du kapierst nix! A oder B is kein Scheiß!«

»Was denn sonst?«

»Wer geht Förderschule? Du oder ich? A oder B is nix anderes als A oder B.«

Ich nicke, aber check's trotzdem nicht. »B.«

»Ich wohn Röhrbach. Schule is in Röhrbach. Abdul, Kim, Rani, Eva, Atina, Helga, Mohamed, Yazmin, Tim, Pascal. Alle wohnen Röhrbach. Also gehen alle auch Röhrbach-Schule.«

»Hä?«

»O.k., zu kompliziert. Dann halt in Gymnastensprache: Schule is standortnah.«

Standortnah, denke ich und weiß nichts damit anzufangen, außer, dass es ein Scheißwort ist. Also frage ich: »Und was, wenn ich A gesagt hätte?«

»Sag doch!«

»A.«

Fatih kratzt sich am Kopf. »Na gut. Also: Als ich Hauptschule war, hab ich Lehrerin mit Nussjoghurt abgeschossen. Vom Löffel. Katapult, weißte?« Fatih macht mit den Fingern einen Katapult nach und schnalzt mit der Zunge.

»Und das soll ich glauben?«

»Glaub oder glaub nich! Mir scheißegal.«

»Hatte sie's wenigstens verdient?«

»So was von, aber ich wollt eigentlich Kumpel treffen. Die stand Schusslinie.«

Wir sind mittlerweile auf dem Spielplatz angekommen. Fatih hebt eine Kastanie auf, die noch in ihrer stacheligen Schale steckt. Er wirft sie über den Zaun. Rüber zum Bolzplatz. Die nächste fliegt ins Tiergehege. »Weißt du, was manche sagen, warum Türken und Marokkaner und Tunesier und Kurden und Libanesen und was es sonst noch so gibt Förderschule gehen?«

Fatih zieht einen Gelben hoch und rotzt ihn ins Gras. »Weil unser Stammbaum Kreis ist oder wir sind Ziegenficker.«

Das ist ein bisschen viel auf einmal, gerade.

»Was guckst du so blöd? Denkst du, ich fick Ziege?«

»Nein, denke ich nicht.«

»Dann is ja gut.«

»Und deine Eltern?«

Fatih packt mich am Hals. »Willst du sagen, meine Eltern ficken Ziege?«

»Nein, Mann, ich meinte bloß, warum deine Eltern hier waren letzte Woche?«

Fatih lässt mich los. »Ach so. Kommen jeden Freitag. Zusammen mit Frau vom Jugendamt.«

»Warum?«

»Kontrolle.«

»Was für 'ne Kontrolle?«

»Scheiße-bauen-Kontrolle.«

»Scheiße-bauen-Kontrolle!?«

»Ja, gäb's Scheiße bauen auf Zeugnis, ich hätte Eins.«

Ich verstehe Fatih nicht. »Wie? Du hättest eins?«

»Scheiße bauen: sehr gut, Mann!«

Ich muss kurz lachen. »Und wie ist die Kontrolle gelaufen?«

»Nur kleine Sachen. Aber wenn das andere rauskommt, bin ich gefickt. Was denkst du?«

Meine Gedanken behalte ich besser für mich. Ich habe eine beschissene Flasche fallen lassen und das wäre alles nie passiert, wenn Fatih auf irgendeiner Hauptschule nicht diesen beschissenen Nussjoghurt durch die Gegend geschleudert hätte. Falls das überhaupt jemals passiert ist. Die Geschichte mit Elly ist trotzdem krass.

37. Ausgerechnet Dieter!

Dieters Schnurrbart ist heute besonders genau gestutzt. »Das ist schon eine Tragödie«, sagt er, während er mal wieder in unserem gelben Türrahmen steht. Er trägt einen schwarzen Anzug. »Aber so ist das Leben«, sagt er. »Irgendwann trifft es jeden von uns.« Ich denke nicht »Scheiße« und falle auch nicht direkt in Ohnmacht oder vom Stuhl. Ich fange auch nicht sofort an zu heulen. Ich denke: Ausgerechnet Dieter! Ausgerechnet er muss diese schlimme Nachricht überbringen.

Dann fühlt es sich an, als ob mir ein Königspython die Kehle zuschnürt. Ich habe Christine umgebracht.

Dieter fasst sich an die Backe. »Zahnschmerzen sind Zahnschmerzen. Da ist auch ein Fred Schabinger nicht vor gefeit.«

Ich verstehe absolut nur Bahnhof, aber irgendwann wird mir klar, dass er gar nicht von Christine redet, sondern vom

Fernsehkoch. Fred Schabinger kommt heute nicht. Hat abgesagt. Wegen Zahnschmerzen. Der Königspython lässt wieder etwas locker. Aber ganz abschütteln kann ich ihn nicht.

»Andererseits wäre das wohl mehr als peinlich für unsere werten Damen aus der Schulküche geworden: Quark und Kiwi.« Dieter schüttelt den Kopf. Deshalb ist er also rübergekommen. Die Küchenfrau hatte vorhin durchgesagt, dass es heute zum Nachtisch Kiwiquark geben wird. Dieter brabbelt weiter: »Selbst der gemeine Laie dürfte wissen, dass frische Kiwis, zusammen mit Milchprodukten wie Quark oder Joghurt serviert, nicht nur zu Bitterkeit, sondern auch zu Dickflüssigkeit führen.« Er quatscht von »Enzymen«, »Effekten« und »Papayas«. Ich stelle mir vor, wie seine Wörter grün und blau durch die Luft tanzen und sie an allen vorbei aus den gekippten Fenstern davonfliegen.

»Wir kochen heute eh selber«, sagt Bodo. »Und ihr ja auch. Habt doch sicher eingekauft für den Schabinger!?« Dieter runzelt die Stirn. Er macht einen auf obercool. »Und du möchtest zu gerne wissen, was. Aber das wird nicht verraten.«

Dann kriege ich noch mit, dass Fred Schabinger seinen großen Auftritt neuerdings für diesen Freitag angekündigt hat. Und weil ich dieses Gespräch gerade nicht länger aushalten kann, stehe ich auf und gehe Richtung Klo.

38. Und ich flüster ihr ins Ohr, dass ich in Wirklichkeit Paul bin

Ich kann nicht aufhören, sie anzustarren. Ihre Haare sind schwarz. Sie hat eine Stupsnase und kakaofarbene Haut. Und sie trägt ein Ananas-T-Shirt. Könnte 'ne Türkin sein. Ich hab sie jedenfalls noch nie hier gesehen. Das alles ist jetzt aber nicht sensationell weltbewegend. Sensationell weltbewegend ist, was aus ihrem Mund kommt. Sie singt. Wobei sie eigentlich nicht singt, sondern bloß summt. Was heißt hier bloß? Sie summt fantastisch. Ich habe noch nie irgendjemanden so fantastisch summen hören. Abgesehen davon, dass ich vermutlich noch nie jemandem aufmerksam beim Summen zugehört habe. Aber dieses Summen hier … Sie summt nicht laut. Sie summt eher leise. Die Melodie kenne ich auch nicht. Habe ich noch nie gehört, aber ich finde, es klingt gut. Wenn ich es beschreiben sollte, würde ich es als orientalisch beschreiben. Und als süß. Genau genommen als süßlich. Es ist ein süßlich-orientalisches Summen. Und dieses süßlich-orientalische Summen ist der Grund dafür, dass ich jetzt hier stehe.

Sie hat ihre Augen geschlossen und eigentlich sollte ich mich unwohl fühlen, weil ich hier gerade den Gaffer gebe. Ich bin ein Spanner, der ein summendes Mädchen im Ananas-T-Shirt beobachtet, und das Mädchen weiß nichts davon. Aber das hier ist ja ein öffentlicher Platz (zumindest innerhalb dieser Schule) und da kann jeder stehen, wo er will. Und wenn sie nicht beim Summen beobachtet werden möchte, dann könnte sie sich ja an einen Ort zurückziehen, wo sie unbeobachtet summen kann.

Auf ihren Ohren klemmen Kopfhörer. Nicht so billige Dinger mit Schaumstoffüberzug und auch keine einfachen Ohrstöpsel. Das sind richtige Kopfhörer, wie zum Beispiel DJs sie tragen oder Männer mit Jackett, die morgens im Bus sitzen und nicht vom Lärm der näheren Umgebung gestört werden wollen. Ganz ohne Kabel.

Sie öffnet ihre Augen. Bis gerade eben hat sie ihren Kopf ein ganz kleines bisschen hin und her bewegt, passend zum Summen, aber jetzt hört sie augenblicklich damit auf. Sie sieht mich an. Und ich stehe genauso bewegungslos da wie sie. Sie hat aufgehört zu summen. Ich glaube, ich sollte etwas sagen. Irgendetwas muss man ja machen. Sonst wird es irgendwann peinlich. Oder klatschen? Das wäre auch peinlich. Am besten wäre es wahrscheinlich weiterzugehen. Zumal ich nicht weiß, ob sie weiß, wie man Ravioli macht, oder dass heute Montag ist.

Ich muss an Fatih denken. Und an Elly. Das hat nicht geklappt. Weil er auf diese Schule hier geht.

Eigentlich wollte ich bloß aufs Klo und jetzt stehe ich auf dem Flur, halte Blickkontakt zu diesem wildfremden Mädchen und habe den Wunsch, es in den Arm zu nehmen und fest an mich zu drücken.

Ich weiß, dass das Quatsch ist, aber für einen kurzen Moment stelle ich mir trotzdem unsere gemeinsame Zukunft vor. Vielleicht findet sie mich ja auch gut. Und vielleicht ist sie auch bloß hier, weil sie auf der Hauptschule mit Nussjoghurt um sich geschossen hat.

Also: Ich mache das Praktikum hier unter meinem Decknamen Per zu Ende. Wir treffen uns jeden Tag in den Pausen und während des Unterrichts heimlich auf dem Flur und sie summt mir etwas vor. Privatkonzert. Danach knutschen wir rum und ich flüster ihr ins Ohr, dass ich in Wirklichkeit Paul bin, und sie findet das geheimnisvoll und befummelt mich und ich befummel sie. Und nach den drei Wochen bin ich weg und wir können in aller Öffentlichkeit Eis schleckend durch blumige Park-anlagen spazieren und ich geb ihr ein bisschen Nachhilfe in Rechtschreibung und Mathe und sie kommt auf eine andere Schule, wird dann eine berühmte Opernsängerin und wir machen wunderschöne Babys.

Das geht aber alles nur, wenn Christine am Mittwoch gesund und munter zur Schule kommen würde. Ansonsten werde ich nicht glücklich mit ihr werden können. Es sei denn, sie kommt mich regelmäßig im Knast besuchen und ist der einzige Mensch, der draußen auf mich wartet, wenn ich nach 15 Jahren verwahrlost aus der Haft entlassen werde.

Die Klassentür hinter ihr öffnet sich und eine Lehrerin kommt zu uns beiden Starrenden in den Flur. Sie fragt das Mädchen, ob es jetzt so weit wäre. Das Mädchen nickt und als es in die Klasse geht, dreht es sich noch mal zu mir um und lächelt mich an.

Ich stehe an der Pissrinne und kann nicht pissen und ich

weiß auch gar nicht mehr, ob ich überhaupt musste oder das nur gesagt hatte, weil Dieter so viel Schrott geredet hat. Zu allem Überfluss kommt der Hausmeister mit einer Rohrzange rein und stellt sich vor den Spiegel am Waschbecken. »Na, Herr Grünebaum! Wie läuft's?«

»Schlecht.«

»Du verbringst die Pausen mit meinem Sohn, was?«

»Mit Manu«, sage ich.

»Und? Was erzählt der so?«

»Von seinen kanadischen Vögeln.«

»So so.« Der Hausmeister kniet sich hin und werkelt mit der Rohrzange am Rohr unter dem Waschbecken rum. Ich sehe genau, dass der in Wirklichkeit überhaupt gar nix repariert, sondern bloß hier ist, um mir auf den Zahn zu fühlen. Ich glaube, der sieht auch ganz genau, dass ich überhaupt nicht pinkel. Und jetzt steht auch noch Dieter in der Tür. Schon wieder.

»Mal wieder der Siphon?«, fragt er und richtet seinen Gürtel. Als er mich sieht, fragt er, ob ich einen Urinstau hätte. Ich gehe sofort wieder in die Klasse zurück.

39. Das ist mein Mund

»Hand vor den Mund, Per! Sonst krabbeln da Spinnen rein!« Manu setzt sich auf die freie Schaukel neben mir.

»Bist du müde?«

Ich nicke.

»Zu lange Fernsehen geguckt? Jeremy hat schon 300.000 Klicks, jetzt.«

Ich gähne wieder. Und jetzt fällt mir auf, dass ich am Samstag und am Sonntag auch schon extrem viel gegähnt habe. Das kommt bestimmt noch von der Pille. Oder von dem ganzen anderen Scheiß, der passiert ist.

»Du solltest wirklich die Hand davormachen, Per! Die

Spinnen können Eier in deinem Magen legen und dann hast du lauter kleine Babyspinnen. Die krabbeln dann durch die Gänge in dir drin.«

Welche Gänge in mir drin der wohl meint?

»Guck, Per, Berni der Zweiundsiebzigste ist jetzt auch weg.«

Dann hält mir Manu seine Hand vor den Mund.

»Bist du noch ganz frisch?« Ich reiße sie weg.

»Entschuldige, ich wollte bloß …«

»Das ist mein Mund!«

»Du bist gereizt, Per!«

Manu trägt heute ein weißes Käppi mit der Aufschrift *Alpinaweiß*. Hat er bestimmt vom Hausmeister. Sein dünnes Haar ist darunter zu einem Zopf gebunden. Er sieht ein bisschen aus wie eine weißrussische Tennisspielerin in Wimbledon. Und er hat recht. Ich bin gereizt.

»Hast du schon mal *Monster* probiert? Ich habe noch nie *Monster* probiert, aber *Monster* macht wach. Papa sagt: *Monster* ist krebserregend. Aber mit deiner neuen Frisur siehst du sowieso aus, als ob du Krebs hast, sagt Papa. Es ist deine Entscheidung, entweder du trinkst *Monster* und kriegst vielleicht viele kleine Krebse, die durch deine inneren Gänge krabbeln, oder du gähnst weiter und durch deine inneren Kanäle und Bahnen krabbeln bald kleine Spinnen.«

Jetzt habe ich nicht nur Gänge in mir, sondern auch noch Kanäle und Bahnen. Und obendrein sehe ich aus wie ein Krebspatient. Vielleicht wäre es besser für Manu, wenn er mal fünf Minuten die Fresse hält.

»Ich hab kein *Monster*«, sage ich.

Manu zeigt rüber zum Karussell.

»Die haben immer *Monster*.«

»Ich weiß.«

»Und?«

»Was und?«

»Du bist wütend, Per. So möchte ich die Pause nicht mit dir verbringen.«

Manu stapft Richtung Karussell. Ich glaube, so schnell hab ich das Karussell noch nie in Fahrt gesehen. Die Jungs geben oberkörperfrei Anschwung. Das war bestimmt Benjamins Idee. Der ist heute auch dabei. Ibrahim scheint die Geschwindigkeit nichts auszumachen. Und dass Manu gerade eine von den Dosen klaut, die neben den Jacken, Pullovern und T-Shirts im Gras liegen, merkt keiner.

Manu öffnet die Dose und hält sie mir hin. »Trink, Per, trink! Das wird dir guttun. Vielleicht sind ja schon kleine Spinnen in dir drin und wenn du jetzt trinkst, können die Krebse die auffressen, du bist schon ganz blass.« Das sagt der Richtige, denke ich und ziehe mir die 0,5er-Dose komplett auf Ex rein.

»Sag mal Per, bin ich unsichtbar?«

»Nein«, sage ich. »Ich seh dich doch.«

»Dann ist gut.«

»Kennst du eigentlich alle hier?«

»Hier kennen alle alle.«

»Kennst du auch dieses Mädchen?«

»Klar, du musst mir nur sagen, welches.«

Ich beschreibe das Mädchen und sage, dass sie eine außergewöhnlich tolle Stimme hat. Und dass sie ein Ananas-T-Shirt trug.

»Ein Ananas-Mädchen«, sagt Manu nachdenklich. Dann macht er verschiedene Vorschläge, aber ich glaube, sie ist nicht dabei.

»Geh doch einfach in die Klasse!«

»Will ich ja gar nicht.«

Ich überlege kurz, Manu zu fragen, ob er was von Christine gehört hat, lasse das aber besser. Ich glaube, wenn er was wüsste, hätte er es eh längst gesagt.

»Morgen fahren wir in den Zoo.«

»Schön.«

»Es gibt auch einen Tiger. Ich werde zuerst zum Tiger gehen. Als wir das letzte Mal da waren, hat der Wärter den Tiger mit einem Stück Giraffenhals gefüttert.«

Ich habe aufgehört, Manu zuzuhören, ziehe meine Beine an und mache sie wieder lang. Immer wieder. Ich schaukle. Und ich schwitze. Meine Hände glitschen die Eisenketten auf und ab. Ich schaukle so hoch, dass ich mit den Füßen beinahe die Äste der Kastanie berühren kann. Wenn ich jetzt loslasse, würde ich extrem weit fliegen. Noch über das Karussell hinaus. Ich hole noch mehr Schwung. Ich hab Schiss, dass ich mich gleich überschlage, aber ich hör trotzdem nicht auf. Immer weiter und immer höher.

Dieters Stimme stört meine Gedanken. »Kommando anhalten!« Ich bremse mit den Füßen und springe von der Schaukel. Manu klatscht mich ab. »Du bist ja gar nicht mehr müde, Per!«

»Ne«, sage ich.

40. Wer ist es?

Neben Jonas sitzt jetzt ein Junge, den ich nicht kenne. Er trägt ein Schalke-Trikot und hat Akne im Gesicht. Ich glaube, er müffelt etwas, aber vielleicht ist das auch das Waschbecken. So oder so rücke ich ein bisschen näher zu Ibrahim, weil sein Waschpulvergeruch ziemlich viel überdecken kann. Den Jungen mit dem Schalke-Trikot finde ich trotzdem o.k. Immerhin kein Bayern-Fan.

Der Schalke-Fan ist aufgeteilt. Vertretung gibt es nicht und die Schüler werden auf die anderen Klassen verteilt, wenn ihre Lehrer nicht da sind. So ähnlich also wie bei mir zu Hause.

Dennis schielt ab und zu zu mir rüber. Der will wahrscheinlich, dass ich meine Revanche nehme. Ich muss mich aber nicht schon wieder von dem abzocken lassen. Deshalb habe ich mich gegen die PlayStation-Runde nebenan entschieden und für ein Puzzle. Bodo fand Puzzeln eine gute Idee zum Runterkommen. Der hat sofort gemerkt, dass ich Beruhigung brauche.

Eva, Birgit, Freddy, Ibrahim und Alicia-Sophie spielen UNO. Die Karten sind so groß wie Schulhefte. DIN A4.

Fatih schiebt mir ein grünes Puzzleteil rüber. »Das is Klip.«

»Was is das?«

»Klip.«

»Hä?«

»Junge, steck das dran, jetz! Dann siehst du!«

Ich stecke es dran.

»Ach, du meinst Flip!?«

»Sag ich doch! Klip, der Heuhüpfer!«

»Grashüpfer.«

»Grasschrecke, Heuhüpfer. Wenn's passt, dann passt's.«

Ich bin jetzt schon ruhiger. Wenn ich mit Fatih zusammen bin, ist meine Hoffnung, dass Christine nichts passiert ist, immer ein bisschen größer als sonst.

Vor ihm entstehen gerade Willi und die Spinne. Ich glaube, die heißt Thekla. Er schiebt Thekla und Flip zusammen und Willi neben Maja. Dann baut er noch fix den Rand fertig.

Wir hatten eigentlich ganz gemütlich angefangen mit dem Puzzeln, aber plötzlich wird Fatih immer schneller. Wie im Zeitraffer sieht das aus. Und jetzt fehlt nur noch ein Teilchen unten links.

»Und?« fragt er.

»Was und?«

»Gibst du mir?«

»Was?«

Er zeigt auf meine linke Hand, in der ich das fehlende Puzzleteil halte.

Fatih ist ein Puzzlegott. Damit könnte der auftreten. So wie der Typ, der diesen Zauberwürfel in zehn Sekunden in die richtige Position dreht. Weiß nicht, wie man Zylinder schreibt, aber schraubt wahrscheinlich ganze Motoren zusammen. Gut, das ist bloß ein Biene-Maja-Puzzle ab acht, aber zwanzig Minuten hätte ich dafür schon gebraucht. Und nicht drei.

Es soll ja Schüler geben, die hochbegabt sind und das merkt keiner, weil sie nur dadurch auffallen, dass sie die ganze Zeit Scheiße bauen. Ich dachte mal, ich wäre so einer. Dabei ist in Wirklichkeit Fatih einer von denen und viel zu schlau für den ganzen Quatsch, den man so lernt.

»Kannst Mund zumachen«, sagt Fatih jetzt. »Is bloß Puzzle. Funktioniert wie Döner machen. Immer gleich: Erst Fleisch. Dann Soße, Salat, Kra–«

»Du spinnst doch, du hast hier grad 600 Teile in drei Minu–«

»Kenn ich auswendig. Gibt bloß drei Puzzle hier. «

»Hä?«

»Hab ich schon tausendmal gemacht, Biene Maja. PlayStation regt mich auf und UNO schummeln die.«

Fatih dreht sich um und ruft es noch mal rüber zur UNO-Runde.

»Hier schummelt niemand«, ruft Birgit zurück.

»Ihr schummelt alle«, ruft Fatih und ich sehe, wie Ibrahim eine von den Riesenkarten unter den Tisch fallen lässt.

Fatih geht zum Puzzleschrank und tippt mit den Fingern auf den gestapelten Kartons herum. »A oder B?«

»Ich dachte, du kennst eh alle Puzzle.«

»Kein Puzzle. Spiel.«

»Du weißt doch, was ich nehme.«

»B is *Wer ist es?*«, sagt Fatih.

Er schleppt den Karton rüber.

»Kennst du das auch auswendig?«

»Nie gespielt.«

Ich glaub ihm zwar nicht, aber ich will keinen Aufstand machen und spiele einfach mit.

Wir haben jeder eine Plastiktafel vor uns liegen. Darauf sind jede Menge Umklappplättchen. Auf den Plättchen sind Bilder von Gesichtern, die einen anglotzen. Die gleichen Gesichter sind im Kartenstapel, von dem wir jetzt jeder eine Karte ziehen.

Ziel ist es, durch Ja-oder-Nein-Fragen rauszufinden, welche Karte der andere gezogen hat.

Birgit und Bodo linsen zwischendurch zu uns rüber. Die wundern sich, dass Fatih und ich zusammen spielen und fragen sich wahrscheinlich, ob wir Kumpels sind. Nicht, dass die was ahnen, weil wir so viel rumhängen.

»Frau?«, fragt Fatih.

»Nein.«

Fatih klappt ein paar von den Umklappbildchen vor ihm runter. Wahrscheinlich alle die, auf denen Frauen sind.

»Frau?«, frage ich.

»Machste jetzt alles nach oder was?«

»Nein, ich wollte …«

»Nein«, sagt Fatih.

Ich klappe alle Frauen, die auf meinen Bildern sind, runter.

»Siehste, machste doch.«

»So geht doch das Spiel.«

»Brille?«

Ich schüttel den Kopf. Fatih klappt wieder Bildchen runter.

»Hat deiner 'nen Bart?«

»Erste eigene Frage. Gratulation. Ja, hat Bart.«

Ich klappe ein paar Karten runter. Acht Männer mit Bart bleiben übrig.

»Hat deiner dicke Nase?«

Als ich die Gesichter auf die Dicke ihrer Nasen abklopfe, fällt mir auf, wie unterschiedlich die alle aussehen. Obwohl es zum Beispiel bloß zwei Nasenarten gibt: Megadicke und winzig kleine. Fatih muss Stephen erraten und der hat eine winzig kleine Nase. Also schüttel ich den Kopf.

Die meisten von den Gesichtern erinnern mich an jemanden, den ich schon mal irgendwo gesehen habe. Bei meinen Mitschülern ist das mittlerweile genauso. Zum Anfang war mir das gar nicht aufgefallen, aber jetzt bin ich genau eine Woche hier und plötzlich sehen alle nicht mehr so aus wie nur sie selber aussehen, sondern auch so wie andere. Für die Lehrer gilt das Gleiche. Jeder hat einen Doppelgänger. Mein Doppelgänger ist Per.

Mich macht das ein bisschen wahnsinnig gerade, weil ich bei manchen nicht sofort drauf komme, an wen die mich erinnern, und immer wenn ich ganz kurz davor bin, komm ich eben doch nicht drauf. Am schlimmsten ist das bei Fatih.

Alicia-Sophie zum Beispiel erinnert mich an das Mädchen von Ignatius mit den Perlenohrringen und den gemachten Nägeln. Alicia-Sophie sabbert zwar relativ viel, aber sie ist mindestens genau so sauber wie das Perlenohrringmädchen. Ihre Finger sind zwar krumm und schief und auch nicht in der üblichen Reihenfolge, wenn ich das richtig sehe, aber unter ihren Nägeln findet man kein Staubkörnchen.

»Hat deiner eine Kopfbedeckung?«, will ich wissen.

»Warum fragst du nich ›HUT‹?«

»Weil keiner einen Hut aufhat, sondern alle Käppis.«

»Warum fragst du nich ›Käppi‹?«

Und jetzt fällt mir ein, an wen Fatih mich erinnert. An Papa. Der ist genauso ein Klugscheißer.

»Hat deiner ein *Käppi* auf?«

»Nein. Hat deiner Bart?«

»Erste geklaute Frage. Herzlichen Glückwunsch!«, sage ich, weil man Klugscheißer nur mit ihren eigenen Waffen schlagen kann.

»Danke«, sagt Fatih. »Und? Hat er?«

»Jo, hat er.«

»Dann is es Stephen.«

»Du bist nicht mehr dran. Ich bin jetzt«, sage ich.

»Is trotzdem Stephen.«

»Hat deiner rotes Haar?«

»Is es Stephen?«

»Ist ja gut. Ist Stephen!«

»Wusst ich doch!«

Manchmal ist es besser, einfach aufzugeben.

»Stell dir mal vor, da wären Bilder von UNS drauf!«, sage ich.

»Von uns beiden oder was?«

»Von uns allen. Jonas, Freddy, Eva …«

Fatihs Augen wackeln ein klein bisschen hin und her. Ich kann es in seinem Kopf rattern sehen.

»Zum Beispiel bei Dennis: Hat der Handschuhe? Ja.«

»Genau«, sage ich.

In seinem Kopf rattert es weiter. »Aber du wechselst alle drei Tage Frisur. Fehlt nur noch Glatze. Dann bist du Nazi.«

Erst Krebsopfer, dann Nazi, denke ich.

Fatih rückt ein bisschen zu mir rüber. Er redet jetzt leiser. »Weißt du, warum Dennis Handschuhe hat?«

Ich schüttel den Kopf und Fatih erzählt mir, dass er sie trägt, damit er sein Gesicht nicht aufkratzt. Dennis' Eltern haben die Idee gemeinsam mit Bodo entwickelt. Vor fünf Jahren. Die haben den dazu gebracht, Fan von Torhütern zu werden, haben dem Videos gezeigt von Glanzparaden und Elfmeterschießen, in denen der Torwart zum Helden geworden ist. Das hat offensichtlich geklappt und Dennis darf die Handschuhe überall tragen. Wenn er eingeschlafen ist, zieht seine Mutter sie ihm heimlich aus, damit seine Finger auch mal etwas Luft bekommen. Dann kratzt er sich im Schlaf, völlig ohne Absicht, neue Wunden ins Gesicht. Fatih weiß das aus Dennis' Akte.

Ich will noch mehr über Dennis wissen. »Und weißt du auch, warum der hier ist?«

»Keine Ahnung, irgendwie krank, behindert, was weiß ich. In der Akte steht, dass der authentisch is oder so was. Aber weißte, warum Eva hier is?«

Ich zucke mit den Schultern.

»Weil ihre Mutter gesoffen hat, als sie schwanger war! Und Jonas, da sind Eltern – also richtige Eltern – selber auch behindert.«

»Und Freddy?«

»Dein Ernst? Da is auch irgendwas kaputt. Merkt man doch.«

Dennis und der Schalkefan kommen wieder rein. Bodo und Jonas zocken nebenan weiter. Der Schalker geht vor und Dennis tritt ihm ohne Vorwarnung voll in den Arsch. Der Schalker dreht sich um und tritt zurück. Dennis gegen's Schienbein. Und dann tritt Dennis dem auch gegen's Schienbein und dann tritt wieder der Schalker, dann wieder Dennis und so weiter, bis irgendwann Birgit dazwischengeht und Bodo es auch mal bemerkt hat. Der scheint heute 'ne extrem lange Leitung zu haben. »Was ist hier los?«, ruft er jetzt.

Die Jungs haben beide Tränen in den Augen. Dennis zittert und kratzt sich mit den Torwarthandschuhen im Gesicht. Er blutet.

»Dennis hat mich getreten und ich hab zurückgetreten«, sagt der Schalker.

»So ein Quatsch«, sagt Bodo. »Dennis tut niemandem was. Ab nach nebenan!«

Der Schalker muss dann bis zum Ende des Schultags alleine nebenan sitzen und darf die PlayStation dabei nicht anrühren.

Die Busfahrer sind alle schon raus und jetzt dürfen auch wir Selbstfahrer gehen. Auf dem Flur hält Fatih mir seine Hand hin. Ich schlage ein.

»Noch heute und morgen, dann haben wir's geschafft«, sagt Fatih.

»Ist gut«, sage ich.

»Du darfst auf keinen Fall Brücke gehen!«

Und ich sage noch mal: »Ist gut.«

»Tschau, Per!«

»Tschau, Fatih!«

41. PUFF

Ich hab es nicht ausgehalten und bin sofort zur Brücke. Hätte er nichts gesagt, wäre ich wahrscheinlich nach Hause. Ist ja eigentlich auch viel zu riskant das Ganze. Aber ich hatte Bilder im Kopf. Bilder, die mir Angst gemacht haben. Kreide auf dem Boden war eins. Die Polizei zeichnet damit immer die Unfallsituation nach. Welches Auto stand wo? Wo lag die Colaflasche? Und so weiter. Das andere Bild war schlimmer: ein Kreuz, Blumenkränze und Kerzen.

Hier unter der Brücke ist jedenfalls nichts. Nichts, was auf einen Unfall hindeutet. Am besten wäre, die Colaflasche würde am Straßenrand liegen. Das wäre wohl der Beweis, dass Christine nichts passiert ist. Jetzt ist die Flasche aber weg, wahrscheinlich von der Polizei als Beweismittel mitgenommen.

Ich gehe den Pissweg nach oben. Ich weiß, dass ich das nicht tun sollte, aber etwas zieht mich hoch. Ich gehe die Schienen entlang. Wieder windig hier oben. Ich stehe genau an der Stelle, an der ich sie fallen ließ. Ich gehe einen Schritt zurück. Ich starre auf die Mauer. Links ist immer noch ein P. Aber zwischen das P und das F hat jemand ein U geritzt. Das passt da gerade so rein und hinter dem F, steht noch ein F. Auf der Mauer steht PUFF.

Das war hundertprozentig Fatih. Hat Beweise vernichtet. Gar nicht blöd. Auch wenn ich ihn wahrscheinlich darauf gebracht habe. Immerhin hab ich zuerst an die Buchstaben gedacht. Abends, auf dem Pennydach.

Ziemlich in Ordnung von ihm, dass er aus unseren Anfangsbuchstaben ein PUFF gemacht hat. Er hätte immerhin erwischt werden können. Außerdem hätte er zum Beispiel statt dem U ein E dazwischenquetschen und aus dem F mit zwei Strichen ganz leicht ein R machen können. Dann würde da jetzt PER stehen. Steht da aber nicht.

Ich drehe mich um und erschrecke. Hinter mir, ungefähr

drei Meter entfernt, steht etwas. Mitten in den Brennnesseln. Regungslos. Weiß und grau. Ein Fischreiher. Ich glaube ein echter. Sieht aber aus wie eine Attrappe. Ich hebe einen der Kiesel auf und werfe ihn vorsichtig in seine Richtung. Der Reiher hebt ab. Mit riesigen Flügelschlägen. Ob der beim letzten Mal auch da war? Ob er unser stummer Zeuge ist? Oder ist das Christine, die beim Unfall ums Leben kam und an der gleichen Stelle als Fischreiher wiedergeboren wurde? Soweit ich weiß, ist hier kein Fluss, kein See und kein Bach in der Nähe. Irgendwie unheimlich das alles. Könnte ein Traum sein, aber ich träume ja seit drei Nächten nicht mehr.

Ich gehe den Pissweg runter und muss an das Mädchen mit dem Ananas-T-Shirt denken.

42. Dann ist die Sache vom Tisch

Vor meiner Nase liegt genau der gleiche Mathezettel wie letzte Woche.

Ich kann mich gerade aber nicht damit beschäftigen. Leider.

Auf Bodos Pult steht eine Flasche. Eine 1-Liter-Flasche Coca-Cola. Voll. Genau die gleiche, die ich letzte Woche …

Ich hab keine Ahnung, seit wann sie da steht. Vielleicht schon den ganzen Morgen. Hab sie eben erst entdeckt. Fatih auch. Wir schauen uns an, aber er zuckt bloß mit den Schultern. Sieht nicht so aus, als würde Fatih gleich in Panik geraten. Er schreibt seelenruhig die Lösungen auf sein Blatt. Ist wahrscheinlich wie mit dem Puzzle. Der kennt hier alles auswendig.

Vielleicht sollte ich besser nach Hause. Sagen, dass mir schlecht ist. Mir ist ja auch schlecht. Aber ich muss wissen, wer diese beschissene Flasche da hingestellt hat. Vielleicht hat uns jemand gesehen und spielt jetzt irgendwelche Psychospielchen mit uns.

Oder Christine hat überlebt und vermutet, es war einer von uns. Also hat sie die Flasche fein säuberlich und für alle gut sichtbar mitten aufs Pult gestellt oder stellen lassen und jetzt wartet sie ab, ob jemand darauf reagiert. Ob Bodo auch eingeweiht ist?

Der sitzt nebenan und stellt Ibrahim und Dennis Kopfrechenaufgaben. Das klappt aber nicht so gut. Ibrahim sagt die ganze Zeit, dass er keinen Bock hat. Nicht mal Sucuktaschen interessieren ihn. Bodo scheint auch keinen Bock mehr zu haben. Er kommt in die Klasse und lässt die beiden alleine an ihrem Tisch nebenan sitzen.

Bodo setzt sich ans Pult. Ich linse zu ihm rüber und ich sehe, wie er die Colaflasche in die Hand nimmt. Dann schraubt er sie auf. Es zischt.

»Lecker Cooooola«, sagt er ziemlich übertrieben, aber vor allem laut. Das ist wirklich ein total übertriebenes Psychospiel.

Was mach ich denn jetzt? Ich schaue rüber zu Fatih. Der schreibt weiter Ergebnisse auf. Ich tue also auch so, als ob ich etwas schreiben würde. Wenn nur dieser verdammte Stift nicht so zittern würde in meiner Hand. Und wenn Bodo das sieht, dann …

Ibrahim kommt in die Klasse. »Gibt es Cola?«

»Könnte sein«, sagt Bodo.

»Coca-Cola?«

»Vielleicht.«

»Kriegen die anderen Cola?«

»Alle, die beim Rechnen mitmachen, kriegen Cola.«

»Ich mache mit«, sagt Ibrahim.

Bodo geht mit der Cola nach nebenan. »Wenn wir jetzt zehn Minuten rechnen, gibt es danach ein Glas Cola. Einverstanden?«

»Einverstanden«, sagt Ibrahim.

Deshalb also die Cola.

Nebenan geht es dann um Pyramiden und wie teuer der Eintritt dort ist.

»Weißt du das nicht?«, fragt Ibrahim.

Es klopft. Dieter und Benjamin kommen rein.

»Bodo! Besuhuch!«, ruft Birgit.

Bodo kommt wieder in die Klasse.

Dieter legt sofort los: »Werter Herr Kollege, ich …!«

»Wir haben gerade Mathe, können wir vielleicht später …«

»Ich muss dir leider etwas melden, Bodo. Meine Schüler

haben sich beschwert, weil ihnen etwas abhandengekommen ist, das ihnen gehört.«

Was das jetzt wohl wieder sein soll? Zumindest kann ich beruhigt sein, weil ich diesmal hundertprozentig nichts damit zu tun habe.

Bodo schaut Fatih an.

Der hebt die Arme. »Unschuldig.«

»Dann lass uns das schnell klären, damit wir weitermachen können.«

»Einverstanden«, sagt Dieter. »Benjamin, würdest du bitte auf den oder die zeigen, der oder die euch den Gegenstand entwendet hat.«

Benjamin guckt Dieter schräg an, also noch schräger als sonst.

Jonas mischt sich ein: »Der meint, du sollst auf den Dieb zeigen.«

Benjamin zeigt auf mich.

»Soso, unser Neuling also schon wieder!« Dieter grinst verschmitzt und ich finde, dass ich so neu auch nicht mehr bin.

»Per? Hast du uns was zu sagen?«, fragt Bodo.

Seit Tagen renne ich, beladen mit einer Riesentonne voll Schuld, durch die Gegend, aber jetzt bin ich unschuldig.

»Ich hab noch nie irgendwas geklaut«, sage ich und glaube das kurz selber, bis mir der Schaumfestiger aus dem Drogeriemarkt einfällt. Den habe ich mal mitgehen lassen, weil ich mich nicht getraut hatte, ihn zu kaufen. Der war zwar nicht für mich, sondern für Mama und die hatte mir auch das Geld dafür gegeben, aber mir war das zu peinlich und so konnte ich mir von der Kohle noch was Sinnvolles kaufen. Zum Beispiel ein Aquaristik-Magazin und Chips mit Chiliflavour.

Blöderweise habe ich den falschen Schaumfestiger gezockt. Mama wollte plötzlich »eher so ein Stylingmousse, aber mit schaumiger Textur und ohne Silikone«. Ich musste ihn also umtauschen, was unmöglich war. Natürlich hätte ich diesen Schaumfestiger auch von meinem kostbaren Taschengeld bezahlen können. Dann hätte ich aber im Drogeriemarkt die Wörter »Stylingmousse«, »schaumige Textur« und »Silikone« zu der vollbusigen Verkäuferin mit dem übertrieben süßlichen Geruch sagen müssen, und das war absolut nicht drin. Ich war damals zwölfeinhalb.

Also habe ich die nächste Flasche auch abgezogen. Der Drogeriemarkt hat eine Woche später zugemacht und ich habe ab und zu ein schlechtes Gewissen, dass ich daran schuld sein könnte.

Wenn ich an das Aquaristik-Magazin denke, finde ich aber, dass sich der ganze Aufwand gelohnt hat. Da war ein Artikel über Albino-Krokodile drin, der mich dazu veranlasst hat, das Magazin regelmäßig zu kaufen. Und ohne diese ganze Geschichte wüsste ich jetzt nur halb so gut über Tiefsee-Anglerfische, Madagaskar-Taggeckos und Rotbauchseefledermäuse Bescheid.

»Um was geht's eigentlich?« Bodo will die Sache gerne aufklären.

»Bei dem entwendeten Gegenstand handelt es sich um eine Dose«, sagt Dieter und zieht die Augenbrauen hoch.

»Was denn für 'ne Dose?«, fragt Bodo genervt. »Spardose, Steckdose, Konservendose?«

»*Monster!*«, sagt Benjamin und ich wundere mich darüber, wie viele Dosenarten Bodo so spontan aufzählen kann. Ich hatte bloß eine eingedellte Raviolidose vor Augen.

Jetzt ist jedenfalls klar, worum es geht: um die Dose *Monster*, die Manu gestern für mich gezockt hat. Ich könnte natürlich genau das sagen, aber dann kriegt Manu Ärger. Ich warte besser ab, was Bodo sagt. Der wird das schon regeln.

»Per, was hast du dir dabei gedacht?«

Bodo regelt es doch nicht.

»Nichts«, sage ich, was ja auch stimmt. »Ich war müde.«

»Und was machen wir jetzt mit dir?«

»Nichts«, sage ich wieder. »Ich besorg Benjamin eine neue und dann ist die Sache vom Tisch.«

Bodo nickt und schaut Benjamin und Dieter an. »Einverstanden?«

Benjamin nickt. »Einverstanden!«

Dieter schüttelt den Kopf. »Wenn meine Schüler gegen die Regeln verstoßen, hat das Konsequenzen.«

»Das klären wir intern«, sagt Bodo und schiebt die beiden raus. Benjamin kaut auf seinen Fingern herum.

»Welche Sorte?«, rufe ich ihm hinterher.

»Ripper!«, ruft er. »Oder nein! Chaos! Chaos!«

Dann fällt die Tür ins Schloss. Bodo schaut zu mir rüber. »Und du klaust keine Dosen mehr, o. k.?«

»O. k.«, sage ich.

Alle machen weiter wie vorher. Nur Birgit schaut mich an und schüttelt den Kopf. Als ob sie enttäuscht von mir wäre. Ist mir aber auch egal, und dann fällt mir noch auf, dass Eva über ihrem Mathezettel immer wieder anfängt zu lachen.

»Was ist so lustig?«, fragt Jonas.

»Dass die Sache vom Tisch ist«, sagt Eva.

»Ach so«, sagt Jonas.

43. Wir sind Förderschule

Damit Benjamin seine Dose möglichst bald zurückhat, hab ich mich in der Pause vom Schulhof geschlichen. Richtung Edeka. Beim Penny lasse ich mich besser nicht mehr blicken.

Jemand packt mich an der Schulter. Ich denke sofort an die Polizei, ist aber zum Glück nur Fatih.

»Wo willst du hin?«

»Die Dose besorgen.«

»Wieso sagst du nich Bescheid?«

»Hab dich nich gesehen nach dem Frühstück. Gib mal deine Nummer, am Wochenende hätte ich dich auch gern ange–«

»Hab kein Handy.«

»Was?«

»Handy – keine.«

»Wieso das denn nich?«

Ich hab schon mal gehört, dass es Leute gibt, die gegen den Fortschritt sind und deshalb alles, was Strom braucht, ablehnen. Bei Bodo könnte man das auch denken, so wie der aussieht, aber bei dem ist das Gegenteil der Fall. Der fährt auf alles ab, was man in eine Steckdose stecken kann.

»Meine Mutter verbietet mir«, sagt Fatih.

Jetzt muss ich echt aufpassen, dass ich schleunigst den Mund wieder zumache. So ein Typ wie Fatih, der mit allem möglichen dealt und Leuten befiehlt, Anschläge zu verüben, hat kein Handy, weil seine *Mutter* ihm das verbietet.

»Tut mir leid«, sage ich.

»Braucht dir nich leidtun. Rüber jetzt.« Fatih nickt Richtung Edeka. Wir wechseln die Straßenseite und gehen in den Supermarkt.

Am Zeitungsregal bleibt er stehen und schlägt die BILD auf.

»Was is los?«

»Nix«, sagt Fatih, aber da habe ich ihm schon über die Schulter geschaut.

Und ich lese das: *FLASCHENWÜRFE UND SCHLÄGEREIEN. WO SOLL DAS ENDEN?*

Riesige Überschrift auf Seite 2 der BILD-Zeitung. Mir wird schwarz vor Augen.

»Türkei spinnt!«, sagt Fatih.

Als ich wieder sehen kann, merke ich, dass es in dem Artikel bloß um einen Aufstand im türkischen Parlament geht. Anscheinend haben die sich da geprügelt und gegenseitig mit Flaschen beworfen.

Wir gehen in die Getränkeabteilung. Vor dem Regal steht ein Typ im weißen Kittel, der gerade Nachschub einräumt. Viel langsamer kann Jonas das auch nicht gemacht haben, denke ich.

»Marktleiter«, flüstert Fatih.

Wir bleiben hinter ihm stehen.

»Is was?«, pampt er uns an, ohne sich umzudrehen.

»Wir brauchen *Monster*«, sage ich.

Er drückt mir eine gelbe Dose in die Hand und räumt weiter.

»*The Doctor*«, steht da drauf.

»Falsche Dose«, sagt Fatih.

Der Marktleiter knurrt und fragt mit einem gequälten Lächeln: »Welche Sorte darf es denn sein?«

»*Ripper*«, sage ich.

»Oder *Chaos*«, sagt Fatih.

»Könnt ihr euch vielleicht mal einigen?«

»*Chaos*«, sage ich, während Fatih zeitgleich »*Ripper*« sagt.

»Seht ihr nicht, dass ich zu arbeiten habe? Jetzt nehmt eure Dose und zieht ab!«

»Sie«, sagt Fatih.

Der Marktleiter glotzt uns blöde an. »Was Sie?«

»Sehen SIE nicht, dass ich arbeite?«

»Jetzt werd mal nich frech, Freundchen!«

»Nix Freundchen!«, sagt Fatih. »Wir nehmen zwei Dosen. Eine *Ripper* und eine *Chaos*. Bitte!«

»*Monster* ist aus«, sagt er jetzt. »Seht zu, dass ihr Land gewinnt! Und dann will euch hier nicht mehr sehen.«

»Wie bitte?«, frage ich. Und mir fällt auf, dass ich vorher in meinem ganzen Leben noch nie »Wie bitte?« gefragt habe.

»Hausverbot«, sagt der Marktleiter.

Fatih und ich schauen uns an. Wir wollten bloß *Monster* kaufen, und wenn der Typ nicht vor dem Regal stehen würde, könnten wir es uns ja selber nehmen. »Also, wenn Sie kurz einen Schritt zur Seite gehen könnten, dann …«

»Welchen Teil von ›Hausverbot‹ hast du nicht verstanden, hä? Soll ich das buchstabieren?«

»Nich nötig«, sagt Fatih. »Wir sind Förderschule.«

Ich kann jetzt nicht so einfach weggehen. Ich bleibe hier. Soll der doch die Polizei rufen. Fatih zieht mich weg. »Komm. Wir machen Abgang.«

»Aber …«

Er kneift mir in den Arm. »Komm jetzt!«

Dann gehen wir Richtung Ausgang, am leeren Fließband vorbei, an der eine Kassiererin mit bunter Brille und pinken Nägeln sitzt. »Na, habt ihr nichts gefunden, Jungs?«, fragt sie freundlich.

Ich nicke. Fatih schüttelt den Kopf.

»Na dann, vielleicht beim nächsten Mal«, sagt sie.

Jetzt schüttel ich den Kopf und Fatih nickt.

»Tschüss«, ruft sie uns stirnrunzelnd hinterher.

Wir rufen auch »Tschüss!«.

Draußen will ich gerade loslegen mit den übelsten Beschimpfungen, da kommt das Arschloch hinter uns hergerannt. In der Hand hält er zwei Dosen *Monster*. »Entschuldigt, Jungs! Ist mir furchtbar peinlich. Ich hab euch verwechselt. Hier gab es mal zwei Jungs, die … Ist ja auch egal. Hättet ihr sofort gesagt, ihr seid von der Förderschule, dann … Hier sind jedenfalls eure Dosen. Gehen aufs Haus. Und bestellt Herrn Fuchs nette Grüße! Ihr seid immer herzlich willkommen bei uns!«

Unfassbar, was der gerade für ’ne Schleimspur auf seinen Parkplatz legt. »Also, alles Gute dann!«, ruft er uns hinterher, nachdem wir uns die Dosen gegriffen haben und wieder Richtung Schule schlurfen.

»Was war das denn jetzt?«, frage ich.

»Hat Schiss, dass Benjamin und die andern nich mehr kommen.«

»Und wer is Herr Fuchs?«

»Wer wohl? Dieter.«

Ich bleibe stehen.

»Komm jetzt, Pause is gleich vorbei!«

»Und du weißt nicht, warum Fuchsball Fuchsball heißt?«

»Nä. Du?«

»Ja.«

»Warum?«

»Weil Dieter dem Spiel den Namen gegeben hat.«

Fatih bleibt auch stehen. »Ah, du meinst, weil Fuchsball ohne Sinn is und Dieter auch ohne Sinn is.«

Eigentlich meinte ich, dass Dieter »Fuchs« heißt und das Spiel auch, aber Fatihs Erklärung stimmt irgendwie auch, also sage ich: »Ganz genau.«

»Guck ma hier!«, sagt Fatih. Grinsend öffnet er seine Jacke und hat in der Innentasche eine Dose Monster klemmen.

»Guck ma hier«, sage ich und hole eine Tafel Schokolade aus meiner Jackentasche.

Wir grinsen beide. »Auch gezockt?«, fragt Fatih.

»Ging ja nich anders.«

»Heute Nachmittag treffen?«

Ich bleibe wieder stehen. »Wieso?«

»Na ja, wegen …«

»Wegen was?«

»Bleib ma ruhig! Hab nur gefragt, ob wir uns treffen wollen, wegen …«

»Wegen Christine? Was is passiert? Gibt's doch was Neues?«

»Nein, Mann. Nix Neues. Morgen is Mittwoch, dann is sie wieder da. Schätz ich zumindest.«

Jetzt wäre der passende Zeitpunkt, ihm zu danken. Dafür, dass er ein PUFF aus dem P und dem F gemacht hat. Tue ich aber nicht, weil er dann ja wüsste, dass ich gegen sein Verbot verstoßen habe und auf der Brücke war.

»Also weswegen treffen?«

»Wegen Fuchsball.«

»Hä?«

»Wir können uns, wie sagt man … vorbereiten.«

Ich weiß nicht, warum wir uns auf Fuchsball vorbereiten sollten.

»Pass auf, wir treffen uns Unterführung.«

»Unterführung? Ich schmeiße ganz sicher nichts mehr irgendwelche Brücken run…«

»Keiner schmeißt! Dann treffen wir uns eben direkt Dönerbude. Neben Autowerkstatt.«

»Aber wir machen nix Kriminelles oder so!?«

»Nix Kriminelles!«

»Und auch keine Pillen.«

Fatih lacht. »Auch keine Pillen. Aber bring was mit!«

»Was soll ich denn mitbringen?«

»Keine Ahnung. Irgendwas, wovon zu viel da is. Oder was rumfliegt.«

»Also so was wie Kuchen oder so?«

»Nee, kein Kuchen. Ich kann alles gebrauchen. Und wenn ich alles sag, mein ich alles. Also wenn du willst, kannste auch Kuchen mitbringen.« Das ist echte Fatih-Logik.

Er hält mir seine Faust hin. Ich zögere. »Check!«, sagt er und ich stoße meine Faust gegen seine.

44. Carmina Burana

Kein anderer ist da. Ich sitze ganz alleine in der Klasse und habe keinen Schimmer, wo alle stecken.

Als wir zurückkamen, stand ein Krankenwagen vor dem Eingang. Das passte eigentlich ganz gut, weil sich so niemand dafür interessiert hat, dass wir das Schulgelände verlassen hatten. War aber trotzdem ein Scheißgefühl, weil offensichtlich etwas Schlimmes passiert war: Auf dem Flur im Erdgeschoss war so etwas wie ein riesiges Kissen ausgebreitet und da drauf lag ein Mädchen. Ich habe sie schon ein paarmal gesehen und wusste erst nicht, ob sie hier arbeitet oder zur Schule geht, weil sie ziemlich erwachsen aussieht. Und ziemlich groß ist sie auch. Auf jeden Fall größer als ich.

Sie lag auf dem Kissen und war ganz weiß im Gesicht und vor dem Mund hatte sie Schaum. Nicht nur ein bisschen Sabber. Richtigen Schaum. Und sie hat gezuckt. Heftig gezuckt. Wie ein übertriebener Vibrationsalarm. Mit mindestens fünf Personen musste sie festgehalten werden. Sanitäter und Lehrer. Bodo war auch dabei. Ich bin nicht stehen geblieben, sondern schnell weiter. Die Pause war schon vorbei und Fatih war plötzlich auch weg.

Ich fühle mich schlecht, weil keiner da ist und ich nicht weiß, ob mit dem Mädchen jetzt was noch Schlimmeres passiert ist oder ob es andere Gründe hat, dass ich alleine bin. Zum Glück ist morgen Mittwoch.

Plötzlich steht das Ananas-Mädchen in der Tür. Sie schaut mich an. Ich schaue zurück. Wieder sind wir ganz alleine. Wie beim letzten Mal. Aber diesmal hat sie keine Kopfhörer auf den Ohren. Sieht trotzdem schön aus.

Mir fällt ein, dass wir bei unserem letzten Treffen gar nicht miteinander geredet haben und ich mir vorgenommen hatte, das beim nächsten Mal zu ändern. Jetzt ist also meine Chance. Sie steht immer noch in der Tür. Und mir fällt nichts ein.

»Du bist Per, oder?«

Sehr gut, denke ich. Sie kennt meinen Namen. Und auch wenn sie spricht, hat sie eine tolle Stimme. Ich wusste bis vor Kurzem überhaupt nicht, dass ich auf Stimmen stehe. Tue ich ja wahrscheinlich gar nicht generell. Ich stehe bloß auf ihre Stimme.

Ich nicke, aber ein gesprochenes Wort kriege ich offensichtlich noch nicht über die Lippen.

»Du magst Musik, oder?«

Ich nicke noch mal. Jetzt total übertrieben. Ich bin zwar kein großer Musikexperte, aber in diesem Moment mit dem Kopf zu schütteln, wäre ziemlich blöd von mir. Etwas sagen wäre gut. Ich stehe auf, nehme die Dose, die vor mir steht, und gehe zu ihr. Ich halte ihr die Dose hin: »*Monster*?«

Sie runzelt die Stirn.

»Möchtest du diese Dose haben?« Ich quatsche mich hier gerade um Kopf und Kragen.

Sie sagt: »Nein danke, mag ich nicht so.«

»Schade«, sage ich, »meins ist es auch nicht so.« Das hätte Papa nicht beschissener sagen können.

»Na ja«, sagt sie.

Ich nicke.

»Kommst du mit?«, fragt sie.

»Wohin?«, antworte ich, statt einfach nur »Ja« zu sagen, denn ich würde sehr gerne mit ihr mitkommen. Wohin auch immer.

»Ich soll dich holen.«

»O. k.«

Sie dreht sich weg und geht vor. Dann bleibt sie stehen und dreht sich wieder zu mir. »Kommst du oder nicht?«

»Was magst du denn?« Ich merke, dass ich angefangen habe zu schwitzen. Aber irgendwie müssen wir ja mal ins Gespräch kommen und wenn sie kein *Monster* mag, ist das ein guter Ansatz für ein Gespräch.

Das Mädchen lächelt mich an. »Carmina Burana«, sagt sie und rollt dabei zwei Rs. Nicht so, wie Christine (Oh Gott! Christine!), sondern eher so wie Ibrahim.

»Aha«, sage ich.

Weil ich immer noch in der Tür stehe, kommt sie jetzt wieder zurück zu mir. »Komm, Per!« Sie nimmt meine Hand. Auf ihren Nägeln sind Reste von rotem Nagellack.

Carmina Burana, also. Keine Ahnung, was das ist. Klingt aber sensationell. Besonders aus ihrem Mund. Vielleicht ein typisch orientalisches Gericht. Sucuk in bunt, mit exotischen Meeresfrüchten, die nicht mal ich kenne. Und dazu gibt es noble Getränke am Kamin. Zusammen mit dem Ananas-Mädchen. So klingt Carmina Burana. Oder wie ein Liebeszauber. Sie sagt Carmina Burana und ich bin ihr hoffnungslos ausgeliefert. Ich finde, dieses Carmina Burana macht sie irgendwie erwachsen. Ich glaube sowieso, sie ist mindestens 16 und das macht mich ziemlich an. Sie zieht mich hinter sich her, den Flur entlang. Also schaue ich auf ihren Hintern. Zwischendurch dreht sie sich um und ich nehme schnell den Kopf hoch und lächle sie an. Toller Hintern.

Was auch immer mit ihr los ist, schlimm kann es nicht

sein. Und bis ich es herausgefunden habe, folge ich ihr, wohin sie möchte.

Vor ihrer Klassentür bleiben wir stehen. Sie drückt mir die Dose in die Hand. Mir war gar nicht aufgefallen, dass sie die vorhin genommen hatte.

»Magst du auch Carmina Burana?«

»Na klar, aber so was von.«

Sie lächelt mich an und ich lächle zurück. Dann öffnet sie die Tür. Hand in Hand gehen wir in die Klasse.

»Guten Morgen, Per!« Vor mir steht ein Lehrer. Einer von denen, die immer Selbstgedrehte auf dem Lehrerparkplatz rauchen.

»Und dir vielen Dank, Tamina!«

Tamina, denke ich. Das reimt sich sogar auf Carmina. Selbst ihr Name ist super.

»Ich heiße Thorsten«, sagt der Lehrer. »Und die Dose gibst du bitte mir! Die kannst du dir nach dem Unterricht hier wieder abholen!«

Ich gebe ihm die Dose. Gut, dass Fatih noch welche hat.

Thorsten erzählt mir, dass ich aufgeteilt bin, weil Bodo als Aufsichtsperson mit ins Krankenhaus gefahren ist. Die Lehrerin, die Tamina letzte Woche wieder in die Klasse geholt hat, ist auch da. Sie heißt Ursel.

Wir sitzen im Stuhlkreis und jeder stellt sich vor. Als Tamina dran ist, lächelt sie mich an und sagt: »Tamina« und ich habe Ameisen in meinem Bauch. Zur Abwechslung fühlen die sich einigermaßen angenehm an.

»Vielen Dank, Tamina!«, sagt Ursel und Tamina nickt.

Sie sitzt mir direkt gegenüber.

Die Klasse sieht fast genauso aus wie unsere. Einen Nebenraum gibt es auch. An der Glastür hängt ein Schild. *Privat,* steht da drauf. Thorsten scheint bemerkt zu haben, dass ich da hinschaue.

»Kannst du das lesen?«, fragt er.

Ich nicke.

»Was steht denn da?«

Ich überlege erst, ob ich Primat sagen soll, sage dann aber doch »Privat«.

»Super«, sagt Thorsten. »Kannst du dir vorstellen, was das bedeuten soll?«

Ich schüttel den Kopf.

»Wer möchte es Per erklären?«, fragt Ursel.

Ein Mädchen mit Zahnspange und gelbem Pullover erklärt mir sehr leise, dass der Raum ausschließlich für uns Schüler ist. »Und die Lehrer kommen nur dann rein, wenn sie gerufen werden.«

»Und was bedeutet das für euch? Was ist wichtig?«, fragt Thorsten.

»Wir haben da unsere Freiheiten«, sagt einer.

»Und wir dürfen nicht ganz so viel Scheiße bauen. Und müssen dafür sorgen, dass nichts passiert. Und müssen darauf achten, dass die Schwächeren von uns nicht alleine drin sind«, sagt ein anderer.

»Genau«, sagt Thorsten. »Ihr tragt die Verantwortung. Und es gibt klare Verhaltensregeln, an die sich alle halten.«

Hier ist alles top organisiert, denke ich. Die haben sogar schon eine Portion Mittagessen mehr bei den Küchenfrauen bestellt. Für mich.

Die Härte ist, dass Papa gestern auch Chili gekocht hat und ich gestern zweimal Chili essen sollte, aber insgesamt nur fünf Löffel runtergekriegt habe.

Papas Vorhaben habe ich von Anfang an durchschaut. Er wollte so tun, als ob er regelmäßig für mich kocht. Die werden jetzt jeden Tag versuchen, sich gegenseitig zu übertrumpfen. Papa hat mir sogar irgendwelche YouTube-Clips gezeigt. Jetzt hab ich auch endlich den DSDS-Auftritt von Jeremy gesehen. So schlecht hat der gar nicht gesungen, hat vorher bloß ein bisschen viel Scheiße geredet und einen auf Gangster gemacht. Papa hat sich dann total über die Sprüche vom Bohlen schlapp gelacht.

Ich hab ihm gesagt, dass der Typ behindert ist, und er hat mich auf mein Zimmer geschickt und meinte, dass damit nicht zu spaßen sei und man so was nicht sagt. Zum Glück hat er nicht gemerkt, dass bei Google immer noch »Brücke Flasche werfen tot« in der Suchleiste stand.

»Was gibt es denn heute?«, fragt einer und Thorsten bittet Nico, uns anderen mitzuteilen, was es zu essen gibt.

Nico sitzt neben mir. An die Armlehne seines Rollstuhls ist ein Bildschirm montiert. Ich sehe das jetzt erst, weil ich die meiste Zeit zu Tamina rüberschaue.

Nicos Bildschirm sieht aus wie der von der Gemüsewaage im Edeka. Er tippt darauf herum. Als Erstes auf eine Tomate. Eine Stimme, so ähnlich wie die vom Navi sagt: »Tomate«. Und dann drückt er auf eine andere Taste und die Stimme sagt »Nudeln«.

»Super, Nico«, sagt Thorsten.

Ich bin mir ziemlich sicher, dass in meiner Klasse jetzt Jubelstürme ausbrechen würden, aber hier wird das Ganze bloß zur Kenntnis genommen.

Es ist Deutschunterricht. Thorsten fängt an, aus einem Buch vorzulesen. Es geht um einen Jungen, der nicht so gut in der Schule ist und Probleme hat, eine Ausbildungsstelle zu finden.

Plötzlich fangen alle an zu schreien. Nico holt sich einen runter. Mitten im Stuhlkreis. Ich rutsche weg von ihm. Ursel schiebt ihn in den Privatraum und zieht die Tür hinter ihnen zu.

Thorsten und die anderen erklären mir, dass sie seit längerer Zeit daran arbeiten, dass er das nicht in der Öffentlichkeit tun soll, sondern entweder auf der Toilette oder zu Hause. Ich nicke möglichst verständnisvoll und denke, dass Nico wahrscheinlich auch scharf auf Tamina ist.

45. Blödfisch

Es gibt tatsächlich Nudeln mit Tomatensoße. Nico sitzt wieder neben mir. Er grinst zufrieden.

»Und auf welcher Schule warst du vorher?«, fragt Thorsten.

Ich schaue ihn verstört an. Gymnasium St. Ignatius kann ich schlecht sagen.

Thorsten ist hartnäckig. »Du bist ja erst seit ein paar Wochen hier. Davor warst du auf einer anderen Schule. Weißt du, wie die hieß?«

Das macht es mir erheblich leichter. »Nein.«

Ich möchte mal wissen, wofür er das wissen will. Bodo interessiert das doch auch nicht.

»Weißt du denn, wo die Schule ist?«

»Nein.«

»Mh, ich denke schon, dass es wichtig ist, dass man weiß, auf welche Schule man gegangen ist. Weißt du denn, auf welche Schule du jetzt gehst? Hat Christine dir das nicht beigebracht?«

Mir wird heiß. »Wieso Christine?«

»Christine ist doch deine Lehrerin oder nicht?«

Ich nicke und wünsche mir nichts mehr, als dass Christine immer noch meine Lehrerin ist.

»Na immerhin«, sagt Thorsten. »Auf welche denn?«

»Auf diese Schule.« Thorsten nervt. Ich wette, wenn ich Nico frage, ob der das weiß, würde auch bloß »Nudeln und Tomaten« rauskommen.

Ursel unterbricht Thorstens und meine Unterhaltung. »Ich würde sagen, wir machen weiter mit unserem Endlosspiel.«

Jeden Tag beim Mittagessen bilden die hier eine Wortkette. Dabei muss man mit dem letzten Buchstaben des Wortes davor ein neues bilden. Und zwar eins, das aus zwei Wörtern besteht. So wie »Dosen« und »Öffner«.

Ich sage »Raviolidose« und hoffe, dass ich damit durchkomme. Thorsten sagt: »Falsch.« Weil Dose schon im Wort davor vorkommt.

Er ist der Einzige, der keine Spaghetti isst, sondern Möhren, Paprikastreifen und Gurkenstücke aus einer Tupperbox, die vor ihm auf dem Tisch steht, und ich glaube, da ist er ziemlich stolz drauf.

Ursel lässt Raviolidose gelten. Weil ich Gast bin.

Ich finde, die können zufrieden mit meinem Wort sein.

Nico, oder besser sein Talker, sagt Lampe, was offensichtlich weder mit E anfängt, noch ein Doppelwort ist, aber Thorsten sagt, dass sei bloß ein Tippfehler. Am besten von allen Doppelwörtern gefällt mir am Ende Taminas. Die sagt: »Blödfisch«

46. Neuer Freund?

In der Mittagspause drücke ich mich in den Gängen herum. Ich suche Fatih. Der hat die Dose. Zum Karussell brauche ich auch nicht. Weil Manu im Zoo ist.

Vor unserer Klasse treffe ich Eva und Alicia-Sophie.

»Bodo ist zurück«, sagt Eva. »Wir können gleich wieder rein.«

Mir fällt die Tafel ein, die ich heute Morgen für Alicia-Sophie gezockt habe. Ich hole sie aus der Jacke und halte sie den beiden hin. »Schokolade?« Eva nickt und lacht. Ich gebe ihr die Tafel, sie öffnet sie und bricht einen Riegel für Alicia-Sophie ab, den sie ihr vorsichtig in die Hand legt. Bevor Alicia-Sophie isst, sagt sie: »Danke.« Zwar nicht ganz so deutlich, aber ich verstehe es.

Ich sage den beiden, dass sie die Schokolade behalten können, und frage, ob sie Fatih gesehen haben, und Eva meint: »Der steht bestimmt irgendwo beim Kicker. Der steht immer beim Kicker.« Und sie lacht darüber und irgendwie ist es auch komisch, dass jemand immer beim Kicker steht, besonders, wenn der Kicker überhaupt nicht benutzt wird. Also eigentlich ist das das Komische: ein unbenutzter Kicker.

Als ich durchs Treppenhaus nach unten laufe, steht Benjamin mit verschränkten Armen auf dem Treppenabsatz. So bewegungslos wie jetzt gerade habe ich ihn noch nie gesehen. Normalerweise rennt er oder stolpert durch die Gegend oder macht irgendwelche anderen Bewegungen, die dafür sorgen, dass seine Hose rutscht. Er könnte zumindest popeln oder an seinen Fingern knibbeln. Tut er aber nicht. Er hat mich gesehen, und da es viel zu auffällig wäre, jetzt umzudrehen, spaziere ich durchs Treppenhaus, als ob ich nichts zu befürchten hätte. Die Schweißperlen auf seiner Oberlippe glänzen in den Sonnenstrahlen, die durch das große Fenster fallen. Benjamin lässt mich nicht aus den Augen.

»Hallo«, sage ich und gehe an ihm vorbei.

Benjamin bewegt sich mit mir nach unten. Er legt eine Hand auf meine Schulter und ich merke, dass sie sich viel schwerer anfühlt als alle anderen Hände, die in meinem Leben bisher auf meiner Schulter lagen. »Wohin, Per?«

»Nach unten.«

»Warum?«

»Ich suche Fatih.«

»Warum?«

Das kann ja ein tolles Gespräch werden. Wir gehen den Flur im Erdgeschoss entlang.

»Per?«

»Ja?«

»Wo ist *Monster*?«

»Hat Fatih«, sage ich. »Kriegst du gleich.«

Benjamin latscht total brav neben mir her, als ob ich ihm sein Trinken verweigern würde, wenn er jetzt nicht artig ist.

»Guck, Per! Fatih«, sagt er. Und Fatih steht tatsächlich am Kicker und hat auch seine Arme verschränkt.

Fatih grinst. »Neuer Freund?«

»Fatih. Dose. Durst«, sagt Benjamin.

Fatih legt die Stirn in Falten. Immer wenn er am Kicker steht, macht der einen auf obercool.

»Kannst du Benjamin sein Getränk geben?«

»Du hast doch selber«, sagt Fatih.

Benjamin starrt mich an und ballt seine Fäuste, die rechts und links von seinem Körper hängen. Das sieht zwar nicht sonderlich elegant aus, aber mich erinnert das gerade an herausspringende Klingen aus Klappmessern in Gangsterfilmen.

»Fatih, bitte!«, sage ich.

»Brauchst keine Angst haben vor dem«, sagt Fatih. »Wenn der Stress macht, zieh ich ihm eine.« Dann holt er eine der Dosen aus seiner Jackeninnentasche und hält sie Benjamin hin. »Hau ab jetz!«

Benjamin schnappt sich die Dose, begutachtet sie von allen Seiten und läuft Richtung Pausenhof. Bevor er rausrennt, bleibt er einen Moment in der Tür nach draußen stehen. Benjamin winkt zu uns rüber und grinst. »Danke, Arschloch!« Dann rennt er weg.

Ich will Fatih gerade sagen, dass wir Glück gehabt haben, dass Benjamin auch mit *The Doctor* zufrieden ist, da steht Fatih schon nicht mehr neben mir, sondern sprintet hinter Benjamin her, dessen Arschritze ich jetzt auf dem Pausenhof sehe. Fatih hat ihn gepackt und haut ihm drei- oder viermal mit der Faust auf den Rücken. Benjamin hält seine Hände zum Schutz über den Kopf und geht dann weg. Dabei versucht er sich am Rücken zu kratzen. Kommt aber nicht so richtig dran. Bevor er Richtung Spielplatz abbiegt, schlägt er einem Jungen, der auf einem Kettcar sitzt, im Vorbeigehen auf den Helm und der Junge fängt an zu heulen.

Fatih steht wieder mit verschränkten Armen neben mir und jetzt kann ich mit ihm reden. »Also, was ich noch sagen wollte: Ist doch gut, dass er auch mit *The Doctor* abgezogen ist.«

»Der hat immer dicke Fresse, wenn er paar Meter weg is.«

»Das wär jetzt aber trotzdem nich nötig gewesen.«

»Was?«

»Den zu hauen.«

»Was hättest du denn gemacht?«

»Nix.«

Fatih zuckt mit den Schultern. »Das wär B gewesen, hab kurz drüber nachgedacht, dann aber A genommen. Vielleicht nächstes Mal.«

Fatih hat kein bisschen drüber nachgedacht, denke ich. Der ist sofort los.

»Danke«, sage ich.

»Wofür?«

»Dass du mir hilfst.«

Fatih winkt ab. »Kein Thema.«

»Sollen wir hoch?«

»Geh schon mal vor«, sagt Fatih. »Muss noch pinkeln.«

47. Irgendwas mit Schwimmen

Nachdem Bodo uns erklärt hat, dass Jule (so heißt das große Mädchen, das auf dem großen Kissen lag), einen Anfall hatte und mit dem Krankenwagen abgeholt werden musste, es ihr aber wieder besser geht, übergibt er, wie letzten Dienstag auch, an Birgit. Anscheinend will Birgit auch mal Förderschullehrerin werden und darf dienstagnachmittags üben. Dass Fatih und ich uns gegenseitig aufgefangen haben, kommt mir vor, als ob es nicht eine Woche, sondern schon ein Jahr her wäre.

Auf dem Tisch vor Birgit liegt jede Menge Bastelzeug: Tonpapier, Scheren, Wachsmalstifte, Filz- und Buntstifte, Klebstoff, Zeitschriften, Eierkartons und was es sonst noch alles gibt.

»Ich möchte, dass ihr euch mit euch selbst beschäftigt. Kann mir mal jemand helfen und etwas an die Tafel schreiben?«

Jonas schreibt das Wort »Ich« mit Kreide an die Tafel.

»Ich«, sagt Birgit. »Wer ist das eigentlich?«

»Ich bin Per«, sagt Freddy.

»Ich auch«, sage ich.

»Ich nicht«, sagt Eva.

»Das ist alles richtig«, sagt Birgit, obwohl es gar nicht richtig ist, dass Freddy Per ist, und da fällt mir auf, dass nicht mal ich selbst Per bin, also ist eher alles falsch als alles richtig, aber das wissen nur Fatih und ich.

»Ich sind viele«, sagt Birgit jetzt. Was für ein Satz. Klingt, als ob er aus dem Mund vom Pastor meiner Eltern kommt oder auf einem Plakat am Hauptbahnhof geschrieben steht. Vom SOS-Kinderdorf oder so.

Jedenfalls gefällt Birgit ihr »Ich sind viele«-Ausspruch so gut, dass Jonas ihn an die Tafel schreiben muss. Er schreibt viele mit f. Birgit verbessert ihn.

»Wann sehen wir uns selber oder wo sehen wir uns selber?«, fragt Birgit jetzt.

Ibrahim hat's gut, der klinkt sich jedes Mal, wenn Sachen, die niemanden interessieren, besprochen werden, einfach aus. So wie eine Oma am Kaffeetisch, die ihr Hörgerät rausnimmt, weil sie keinen Bock hat, das langweilige Gelaber anzuhören. Und beide kommen damit durch. Ibrahim und die Oma, wobei ich mir bei Ibrahim nicht sicher bin, ob er überhaupt anders kann. Einerseits lebt der auf seinem eigenen Planeten und andererseits lebt er mitten auf der Erde. Und gerade geht er einer seiner Lieblingsbeschäftigungen nach. Mit den Fingern die Rille zwischen den Tischen entlangfahren.

»Zu Hause«, sagt Fatih. Der macht hier ernsthaft mit.

»Und wo siehst du dich zu Hause, Fatih?«

»Zu Hause halt. Auf Couch oder so.«

»Ich sehe mich immer in der Straßenbahn, wenn die vorbeifährt. Im Fenster«, sagt Eva. »Das ist so bescheuert. Ich bin draußen, aber sehe mich in der Straßenbahn.«

Ich muss lachen.

»Was ist so witzig?«, fragt Birgit.

»Nichts«, sage ich.

»Wo siehst du dich denn?«

»Im Spiegel.«

Das ist die Antwort, nach der Birgit gesucht hatte. Dabei wäre es doch viel interessanter zu wissen, warum Fatih sich auf der Couch sieht.

Frau Kesselmann hatte uns, als es darum ging, wo wir das Schnupperpraktikum machen, eine Broschüre vom Arbeitsamt gegeben. »Wo siehst du dich in zehn Jahren?«, stand da drauf. Einige haben dann darüber diskutiert, wo sie sich in zehn Jahren sehen, und mir ist nicht viel eingefallen, außer, dass ich eventuell einen schönen Vollbart tragen werde. Mittlerweile sehe ich meine Zukunft immer mal wieder im Knast. Ich glaube, wenn Fatih heute hinter mir stehen würde, hätte ich keine Angst. Ich wüsste, er würde mich auffangen. Auch wenn das mit Benjamin vorhin asozial von ihm war. Wahrscheinlich vertraue ich Fatih. Egal ob das mit dem Nussjoghurt stimmt oder nicht.

Unsere Aufgabe ist es jetzt, ein Selbstbildnis anzufertigen. Das hat Birgit endlich verraten, nachdem ich sie irgendwann erlöst hatte und gesagt habe, dass wir uns nicht nur im Spiegel, sondern auch auf Fotos selber sehen können. Als ich dann auch noch »im Film« gesagt habe, wollte sie das aber nicht gelten lassen, weil sie das offensichtlich nicht auf ihrem Unterrichtsvorbereitungszettel stehen hatte.

»Ihr dürft alle Materialien benutzen, die hier sind, und ihr habt so viel Zeit, wie ihr braucht, um euer Selbstbildnis fertigzustellen.« Schließlich erklärt sie noch, dass wir uns nicht zwingend selbst nachbilden müssen, sondern auch unsere Hobbys, Interessen oder Eigenschaften künstlerisch verarbeiten können. Wir dürfen malen, kleben, bauen, sticken, stecken. Was immer uns einfällt.

»Ich muss mal Toilette«, sagt Fatih und geht. Dabei war er eben erst.

Wir haben einige Tische an die Seite geschoben, Eva hat die große Tapetenrolle ausgerollt und sich ein Stück abgeschnitten. Das ist länger als sie selbst. Für Alicia-Sophie schneidet sie auch eins ab. Das ist nicht ganz so lang, dabei weiß man ja gar nicht, wie lang Alicia-Sophie in Wirklichkeit ist. Dennis hat im Zeitschriftenstapel eine *Bravo Sport* gefunden, die er durchblättert. Jonas füllt sich ein Glas mit Wasser, holt Pinsel, einen Malkasten und einen Malblock. Die haben alle genaue Ideen davon, was sie machen wollen.

Freddy glotzt in der Gegend herum. »Ich bin ein Selbstbildnis«, sagt er.

»Bist du nicht«, sagt Birgit. »Bitte bastel auch etwas! Wenn du willst, helf ich dir dabei.«

Ich finde es etwas schade, weil ich Freddys Idee, sein eigenes Selbstbildnis zu sein, gut finde.

Birgit fragt ihn, was er denn gerne machen würde, und er sagt: »Kleben.«

»Und du, Ibrahim?«

»Kleben«, sagt Ibrahim und Birgit schickt die beiden zum Tisch mit den Bastelsachen.

Fatih kommt rein. »Was glotzt ihr so? Noch nie Karnickelzaun gesehn?«

»Den hast du jetzt aber nicht von der Weide, oder?« Bodo sitzt, die Hände vor seinem Bauch gefaltet, an seinem Pult.

»Vom Hausmeister.« Fatih grinst. »Reste aus Werkstatt.«

Bodo ist aufgestanden. »Und was hast du da noch?«

»Metylan.« Fatih winkt mit der lila Pappschachtel in der Linken. »Tapetenkleister.«

Alle sind begeistert und klatschen und jubeln. Um den rechten Arm gewickelt, hat Fatih eine fette Rolle Metallzaun.

»Und was soll das werden?«, fragt Birgit.

»Pappmaschee«, sagt Fatih.

»Willst du dich jetzt aus Pappmaschee bauen oder wie?«

»Wieso mich?«, fragt Fatih. »Dreier-BMW.«

Und wieder wird ihm zugejubelt und ich sehe in seinen fast schwarzen Augen, dass er ziemlich stolz ist.

Birgit erlaubt ausdrücklich, dass wir durch die Klasse gehen und den anderen bei ihrer Arbeit über die Schulter schauen.

»Ihr sollt euch gegenseitig inspirieren. Wie bei einer Vernissage«, sagt sie, und Bodo nickt beeindruckt.

Ich bin froh, dass Birgit mich nicht fragt, was ich basteln möchte. Ich hab nämlich keine Idee. Aber eins ist klar: Es soll etwas Großes werden. Richtige Kunst. Wann hat man schon mal die Möglichkeit, das zu bauen, was man möchte? Mich selber in lebensgroß malen, so wie Eva das macht, kommt nicht infrage. Malen ist eh nicht mein Ding. Immerhin hab ich 'ne Fünf in Kunst.

»Und was ist mit dir, Per?« Jetzt hab ich Birgit doch am Hals. »Was machst du denn gerne?«

Ich zucke mit den Schultern.

»Weiß du gar nichts, was dir Spaß machen könnte?«

Ich schüttel den Kopf.

»Du schwimmst doch so gerne.«

»Ja«, sage ich und habe keine Ahnung, wie mir das jetzt weiterhelfen soll.

»Vielleicht irgendwas mit Schwimmen.«

Irgendwas mit Schwimmen, denke ich. Und mir fällt der Whirlpool ein und dass ich da letzte Woche noch mit Birgit drin war, also in Gedanken, und diese Woche viel lieber mit Tamina rein würde. Dann überzeug ich sie von *Massage-Medium* und erzähle ihr vom Tiefseeanglerfisch. Schade, dass ich Tamina nicht woanders getroffen habe.

Mein Blick wandert über all die Bastelsachen, die da rumliegen, und bleibt an einem überdimensionalen Schuhkarton hängen. Plötzlich ist sonnenklar, was ich machen werde. Ich überklebe den übergroßen Schuhkarton von innen mit hellblauem Tonpapier. Ich werde ein Aquarium bauen. Und mittendrin soll ein Blödfisch schwimmen.

Alicia-Sophie kritzelt die Tapete voll, Dennis schneidet Manuel Neuer aus der *Bravo Sport* aus, Fatih formt aus Karnickelzaun einen Dreier-BMW und Freddy kleistert alles, was er so finden kann, zu einer Art schiefem Turm von Röhrbach zusammen.

»Was malst du da?«, fragt Eva Jonas.

»Meine richtigen Eltern. Mein Vater ist tot und meine Mutter ist woanders.«

Eva heult, Jonas malt weiter.

Ich muss an Christine denken. Ob die auch Kinder hat?

48. Von Wodka war keine Rede

Als ich nachmittags die Wohnung verlasse, will Mama wissen, wo ich hinwill. Ich kann ihr schlecht sagen, dass ich jetzt zu Fatih nach Röhrbach fahre, weil der will, dass wir uns wegen Fuchsball an der Werkstatt neben der Dönerbude treffen und ich irgendwas mitbringen soll. Also sage ich: »Ich muss mich für eine Projektarbeit mit einem Klassenkameraden treffen.« Mama will wissen, was das denn für eine Projektarbeit ist, und ich denke an die letzte Stunde mit Birgit und sage: »Ein Kunstprojekt«, und Mama nickt. Dann fragt sie, mit wem ich das Projekt mache.

»Mit Franz«, sage ich, weil in Oberbach keiner Fatih heißt. Und als mir das so aus dem Mund kommt, finde ich den Namen Franz für Fatih ganz passend. Unser »Kunstprojekt« läuft dann folgendermaßen ab:

Fatih glotzt mich verstört an. »Das kannste vergessen! Dass ihr auf Gymnasium so was macht!« Er schüttelt den Kopf und wirft mir die Packung mit den Tampons zurück.

»Du hast doch gesagt, ich soll was mitbringen!«

»Und du denkst, wir gehen jetzt Penny-Dach und rauchen Tampons oder was?«

»Was?« Natürlich würde ich nie im Leben so was Krankes denken. »Nein!«

»Ja, und was willst du dann?« Fatihs Augen werden plötzlich riesig. »Nä!«

»Was denn?«

»Du hast doch gesagt: keine Drogen!«

»Ja und?«

»Boah, ihr kranken Gymnasten!«

»Ich weiß nicht, was du von mir willst. Du hast gesagt, ich soll irgendwas mitbringen. Was, wovon zu viel da ist. Also hier! Bitte!«

Ich werfe ihm die Packung wieder zurück.

»Ich werd mir bestimmt kein Tampon in Arsch stecken.«

Ich weiß nicht, was ich darauf sagen soll. Hätte ich doch besser Kuchen mitgebracht. Aber den hätte ich extra kaufen müssen. Oder backen. Und die Tampons stapelten sich im Regal und ich hatte das Gefühl, dass sie mir zuriefen: Nimm uns mit! Der Vorteil an Tampons ist schließlich, dass man damit niemanden verletzen kann.

»Das ist ein Missverständnis«, sage ich.

»Hast du überhaupt Wodka dabei?«

Jetzt dreht er völlig durch. »Von Wodka war keine Rede.«

»Ach, und jetzt soll ich Wodka kaufen. Wird immer besser, hier.«

Mir reicht's. Ich sage ihm, dass ich keinen Wodka will und auch keine Tampons rauchen will und ich einfach nur diese Scheiß-Tampons mitgebracht habe, weil ich was mitbringen sollte, wovon zu viel da ist, und dass ich abhaue, wenn er nicht endlich sagt, was los ist.

Er schaut mich schräg von unten an, runzelt die Stirn. »Du hast echt keine Ahnung, oder?«

»Ich dachte, wir sind wegen Fuchsball hier.«

Fatih nickt. Dann erzählt er mir, dass in Röhrbach einige Tampons rauchen, um breit zu werden, und andere tauchen die Tampons in Wodka und stecken die sich dann in den Arsch. »Knallt besser.«

Ich finde beides ziemlich ekelig.

Fatih schüttelt den Kopf. »Bringt der Tampons mit.«

Und ich schüttel auch den Kopf. »Will der, dass ich was mitbringe.«

Eigentlich wollte Fatih mir zuerst die Werkstatt zeigen,

aber auf den Schreck gehen wir erst mal in die Dönerbude von seinem Cousin. Der ist echt nett. Ich krieg eine Sucuk-Tasche und ein Glas Tee und muss beides nicht bezahlen und Fatih löffelt mir nach und nach mindestens acht Löffel Zucker in meinen Tee. Ich glaube, das ist das erste Mal seit Tagen, dass ich etwas aufesse.

Ich flüstere: »Was machen wir, wenn sie nicht kommt morgen?«

»Keine Sorge. Die kommt.«

»Woher willst du das wissen?«

»Gefühl.«

Ich schaue ihm in die Augen. »Warst du noch mal bei der Brücke?«

Fatihs linke Augenbraue zuckt. »Bin ich verrückt oder was? Und du? Du doch auch nich, oder?«

»Ich auch nich. Aber angenommen, sie kommt wirklich nicht, dann ...«

»Was dann?«

»Dann geh ich zur Polizei.«

»Und was sagst du da?«

»Dass ich es war.«

»Wie du willst.«

Ich hätte eigentlich gedacht, er sagt, dass ich ihn da raushalten soll oder so was, aber er sagt nichts mehr dazu. Hier in der Dönerbude wirkt Fatih ganz anders. Irgendwie vernünftiger.

»Kennst du eigentlich Carmina Burana?«, frage ich.

»Wer soll das denn sein?«, fragt Fatih.

»Keine Ahnung«, sage ich und bin eigentlich ganz froh, dass er es nicht kennt. Dann hat es wenigstens nichts mit dieser Tamponsache zu tun.

»Warum willste das wissen?«

»Einfach so.«

Wir gehen dann rüber in die Werkstatt. Keiner ist mehr da. Feierabend. In einem kleinen Lagerraum steht ein rostiger

Metallschrank an der Wand. Da ist lauter Zeug drin: Lackdosen, Farbeimer, Pinsel und Farbrollen, Motoröl, Brennspiritus, Klebeband, Feuerzeugbenzin, Schmirgelpapier. Alles Mögliche.

Fatih greift in einen Karton und zieht eine Sprühflasche raus. *WD-40* steht da drauf. Erst denke ich, da ist Insektenvernichtungsspray drin, weil die Flasche so aussieht. Aber als ich sehe, wie vorsichtig und liebevoll er sie in beiden Händen hält, wie ein Baby oder eine wertvolle Trophäe, denke ich mir, dass etwas anderes drin sein muss.

Dann erzählt er mir von seinem Fuchsball-Plan. Ich bekomme sofort ein Stechen in der Magengegend. Hier im Lagerraum ist von seiner Vernunft nichts mehr zu spüren.

Fatih fragt mich, ob ich dabei bin.

Wir haben noch nicht mal die eine Sache überstanden, da plant er schon den nächsten Anschlag. Ich antworte vorsichtig: »Eher nicht.« Und ich denke, dass ich auf gar keinen Fall dabei sein werde. Eine Sache ist mir in den letzten Tagen klargeworden: Ich will nichts mehr machen, was anderen schadet. Selbst wenn der andere Dieter ist.

Fatih meint, er will es zur Not alleine durchziehen. »*WD-40* ist ein Teufelszeug«, sagt er.

Ich wünschte, ich würde nichts davon wissen.

Als ich wieder zu Hause bin, setze ich mich an den Schreibtisch und schreibe ein Geständnis. Wenn sie morgen nicht kommt, werde ich keinen klaren Gedanken mehr dafür haben. Dass es mir leidtut, schreibe ich auch rein. Hoffentlich wird alles gut.

49. Ziemlich beste Freunde

Die Tür geht auf und Christine kommt in die Klasse. Ich stehe hinter ihr. An den Wänden hängen unsere Selbstbildnisse. Dennis hat Manuel Neuers Kopf mit seinem eigenen überklebt. Eva hat sich selbst ganz gut getroffen. Bis auf den Hals. Den hätte sie weglassen müssen. Fatihs Dreier ist nicht da. Kein Wunder. Ist ja nie fertig geworden. Mein Aquarium auch nicht.

Heute ist ihr erster Tag. Und das bedeutet, auch mein erster Tag. Die ganze Sache ist jetzt schon über ein halbes Jahr her. Schüler bin ich hier lange nicht mehr. Das war genau an diesem Mittwochvormittag vorbei. Erst haben wir noch alles geleugnet, aber als klar war, wie ernst es war, gaben wir es zu. Ich war sogar vor Gericht. Und meine Strafe ist genau das hier. Christines Strafe ist etwas überzogen, finde ich.

Alle starren uns an. Es ist mucksmäuschenstill. Ich schiebe sie zum Pult. Sie dürfte ziemlich angepisst sein, dass ausgerechnet ich ihr Assistent geworden bin.

Christine kann nur noch ihren Kopf bewegen.

Reden kann sie auch noch.

Und denken.

Zuerst will sie eine Banane essen. Ich pelle ihr die Banane und halte sie ihr hin. Sie beißt ab und starrt geradeaus nach vorne.

»Heute schauen wir einen Film«, sagt sie, und die Klasse jubelt.

Christine hat aufgehört, Roll-Rs in ihre Sätze einzubauen.

Sie schielt mit den Augen nach links. Ich soll immer links von ihr stehen. Das hat sie mir deutlich eingebläut. Damit sie meinen Namen nicht sagen muss.

Sie schielt also nach links. Für mich heißt das: Arbeit.

»DVD einlegen«, sagt Christine. »Richtig rum.« Zwei Rs, denke ich, ohne zu rollen, sage aber nichts. Früher, als ich Per war, hätte ich das genauso gemacht. Damals musste ich aber eine Rolle spielen. Heute sage ich nichts, weil ich nichts mehr zu sagen habe. Mein Leben ist im Arsch, weil ich bis ans Ende meiner Tage Christine betreuen muss. Christine, die wegen mir im Rollstuhl sitzt.

»Bevor man auf Play drückt«, mit »man« meint sie mich, »möchte ich noch etwas sagen: Man gibt mir eine Flasche.« Ich hole die Saftflasche aus der Tasche, die hinten an den Schiebegriffen ihres Rollstuhls befestigt ist. *Schabingers Bester* steht da drauf. Ich nehme einen Strohhalm aus der Tasche, öffne Schabingers Besten, fülle ihn in den Becher, stecke den Strohhalm rein und halte ihn Christine hin.

»Was soll das?«, fragt Christine.

»Aber Sie haben gesagt …«

»Ich habe gesagt, dass man mir eine Flasche gibt. Als Assistenten.«

Endlich hat sie ausgesprochen, was ich schon wusste.

»So, jetzt drückt man auf Play«, sagt sie dann.

Ich drücke auf Play.

»Man schiebt mich so, dass ich auch etwas sehen kann.«

Ich schiebe sie vor den Fernseher.

»Man stellt die Bremsen fest.«

Ich stelle die Bremsen fest.

Der Film beginnt. *Ziemlich beste Freunde.*

Tag 10
(Mittwoch)

50. Wenn es so weit ist

Zum Glück werde ich dann wach. Ich glaube, das war der schlimmste Albtraum meines Lebens. Ziemlich sicher sogar. Aber immerhin gehören Träume ab sofort wieder zu meinem Leben dazu.

Es geht dann auch gleich beschissen weiter: Um zu demonstrieren, dass es eine Selbstverständlichkeit ist, seinen Sohn zur Schule zu fahren, oder vielleicht, um zu verhindern, dass Papa es tut, fährt Mama mich zur Schule. Sie ist ziemlich glücklich damit. Zumindest pfeift sie vor sich hin. Für mich ist das natürlich eine Katastrophe. Ich muss, so schnell es geht, in die Schule. Und zwar in die richtige!

Mama fährt los. »Wie sieht's eigentlich mit Mädels aus?«

Für so was habe ich überhaupt keinen Kopf. »Gut.«

Sie bohrt nach. Ich weiß nicht, was sie in Nepal geraucht hat, aber heute Morgen ist sie schlimmer als Papa. Sie sagt so Sachen wie »Wenn es so weit ist« und »Es ist wichtig, sich Zeit zu lassen, mit du weißt schon.«

Ich könnte sie jetzt fragen, was sie mit »es« meint und warum es so wichtig ist, sich Zeit zu lassen. Aber das Problem ist: Ich habe keine Zeit dafür. Also sage ich, dass ich mir alle Zeit der Welt lasse, und warte einen günstigen Moment ab, um aus diesem beschissenen Auto zu verschwinden. Mama wuschelt mir über den Kopf, hört dann aber sofort damit auf, weil zu wenig Haar da ist.

Wir halten vor einer roten Fußgängerampel. Von rechts kommend, marschiert eine Gruppe von Müttern über die

Straße. Jede schiebt einen Kinderwagen vor sich her und jede von ihnen trägt in der linken Hand einen neongrünen Igelball, den sie bei jedem Schritt in die Luft heben. Vermutlich wollen sie nach der Geburt möglichst schnell wieder in Topform kommen. Mama bricht in Tränen aus. Meiner Meinung nach sind Mama und Papa selber schuld: Hätten sie das Kind nicht weggemacht, könnte Mama jetzt auch einen Igelball in die Luft heben.

»Von hier aus kann ich auch laufen«, sage ich. »Bei dem Verkehr.« Ich streichel ihr kurz über die Dauerwelle und renne wie ein Irrer zur nächsten Bushaltstelle.

51. Hast du Angst?

Um Viertel vor acht hocke ich in der Klasse. War doch ganz gut, dass Mama mich ein Stück mitgenommen hat.

Mein Geständnis liegt zusammengefaltet in meinem Rucksack. Meine Beine zappeln unter dem Tisch herum.

Nach und nach kommen die anderen. Ibrahim setzt sich neben mich und schnuppert an meiner Schulter.

»Hast du Angst?«, fragt er.

»Ja«, sage ich.

Ibrahim steht auf und geht die nächsten neun Minuten im Kreis. Immer um das Tisch-O herum. Bis es endlich acht Uhr ist.

52. Wer weiß das schon?

Die Tür geht auf.

Christine kommt rein.

Sie geht zum Pult.

Auf zwei Beinen.

Keine Krücken.

Kein Gehstock.
Kein Humpeln.
Kein Kratzer im Gesicht.
Keinen Verband um den Kopf.
Kein Pflaster irgendwo.

Sie nimmt Bodos Poster von der Wand, öffnet und schließt die Schublade. Christine grinst. Ich schaue rüber zu Fatih. Der guckt nicht zurück. Als ob alles wie immer wäre.

»Wunderbaren guten Morgen, zusammen!«, sagt Christine.

Dieser Morgen ist wirklich wunderbar. Und gut. Wahrscheinlich der beste überhaupt. Am liebsten würde ich aufstehen und im Kreis laufen. So ähnlich wie Ibrahim, nur viel schneller. Ich bin unschuldig. Oder besser gesagt: Es ist nichts passiert!

Vielleicht hatte Fatih recht. Vielleicht ist die Flasche unter dem Reifen geplatzt. Vielleicht ist alles auch ganz anders abgelaufen. Wir haben es nicht gesehen. Weil wir weggerannt sind. Und wahrscheinlich werden wir es niemals erfahren.

Ob sie überhaupt irgendwas von der Flasche mitbekommen hat? Ob sie es war, die gebremst hat. Oder ein Auto von der anderen Fahrbahn? Und sie ist einfach weitergefahren. Hatte von nichts eine Ahnung. Alles war wie immer.

Ob ich selber auch schon mal fast von einem Holzklotz oder einer Colaflasche getroffen wurde? Wer weiß das schon?

Das Wichtigste ist: Die Zeit der Ungewissheit ist vorbei – ein für alle Mal! Und Christine kann wieder unterrichten.

53. Runterholen ist tabu

Heute geht es um Verhütung. Darum, was es da alles so gibt. Kondome, Spirale, Pille.

Jonas sagt, dass zwei Jungs aus der Mittelstufe sich nachmittags manchmal ein Zelt auf der Wiese bei der Schokoladenfabrik aufbauen und sich da drin gegenseitig einen runterholen. Woher der das wohl weiß?

Christine findet es gut, dass Jonas das anspricht, bittet uns aber darum, nur bestimmte Wörter zu verwenden. »Runterholen ist tabu«, sagt sie, und ich vermute, sie meint damit nicht das Runterholen an sich, sondern bloß das Wort. Dabei müsste das Wort »tabu« auch tabu sein. Weil das hier keiner versteht.

»Das richtige Wort heißt ›Onanieren‹«, sagt Christine.

Meinetwegen kann sie heute erzählen, was sie will. Ich bin ihr Fan.

Christine legt eine Packung *Ritex*-Kondome auf den Tisch. »Ich weiß, das haben wir schon dreiundreißigtausendmal durchgekaut«, sagt sie.

Eva lacht. »Durchgekaut, ey! Das sind doch keine Kaugummis!«

»Wir wissen, wie geht das«, sagt Fatih.

Ich weiß auch, wie das geht, auch wenn der Ernstfall noch nicht eingetreten ist, aber um mich geht es hier sowieso nicht. Außerdem muss ich nach der ganzen Anspannung mal ein paar Minuten alleine sein. Also sage ich, dass ich mal zur Toilette muss, und mache mich auf den Weg.

Christine keift mich an: »Stehen geblieben, Freundchen! Hier kann gerade jeder zur Toilette, nur Sie nicht, Herr Grünebaum!«

Sie winkt mich mit dem Zeigefinger her. Ob sie doch Bescheid weiß? Und jetzt will sie es mir heimzahlen? Ich komme mir vor wie Hänsel, der von der Hexe ins Lebkuchenhaus gelockt wird. Ich glaube, sie will, dass ich jetzt … Aber ich kann doch nicht hier vor allen … Ich meine … Das ist doch Privatsache so was.

»Die anderen können das im Traum mit verbundenen Augen!«, sagt Christine, und dann sagt sie einen Satz, den ich überhaupt nicht erwartet hatte: »Da, wo ich unterrichte, wird es keine Klassenbabys geben.« Erst denke ich, die meint mit

Klassenbaby mich, aber ich glaube, in Wirklichkeit meint sie Babys, die in ihrer Klasse gemacht werden.

»Dann zeig mal, was du draufhast, Per!«

Ich nehme die Packung vom Tisch und ziehe ein einzeln verpacktes Kondom heraus. Ganz vorsichtig öffne ich es. Wenn ich es schon tue, will ich auch alles richtig machen und Christine sagt tatsächlich: »So ist's richtig.«

In der linken Hand habe ich das zusammengerollte Kondom, mit der rechten öffne ich den obersten Knopf meiner Jeans.

Augen zu und durch. Ich lasse die Hose runter. Vor der gesamten Klasse.

Christine springt vor mich. Sie brüllt: »Per! Bist du rammdösig?« Sie hält mir einen Block oder so vor den Schritt, was eigentlich nicht notwendig ist, weil ich noch eine Unterhose anhabe.

»Zieh sofort die Hose hoch!«, krakeelt sie.

Ich ziehe sie hoch und sehe, dass mitten auf dem Tisch, direkt vor meiner Nase, so ein krummer, viel zu großer Holzdildo liegt. Ich weiß nicht ganz genau, was »rammdösig« bedeutet, aber ich glaube, das trifft's ziemlich gut. Wie konnte ich nur denken …

Christine hat es die Sprache verschlagen.

Mir sowieso, also lasse ich Taten sprechen und ziehe das Kondom über den Stockschwanz auf dem Tisch. Dafür war der wohl gedacht.

Danach kann ich auch wieder sprechen. »Kann ich jetzt aufs Klo?«

Christine nickt und ich gehe doch nicht zum Klo, weil ich voll durcheinander bin. Ich hätte das echt durchgezogen. Weil die das gesagt hat. Aber wenn ich so drüber nachdenke, glaube ich, die hat das gar nicht gesagt. Ich hab das nur gedacht. Weil ich hier immer wieder die seltsamsten Sachen für möglich halte.

54. Türkisches Schmuggeln

»Kabine ist zu riskant«, meinte Fatih, also sind wir wieder vom Schulhof. Wir müssen rauchen. Weil es überstanden ist.

Er hält mir seine Faust hin und ich stoße meine dagegen.

»Hab ich's dir gesagt? Nix passiert.«

Ich nicke und bin froh, auf Fatih gehört zu haben. Gut, dass ich nicht zur Polizei gegangen bin. Und gut, dass ich ruhig geblieben bin.

Fatih grinst, während er mir Feuer gibt. »Geile Show, übrigens!«

»Was meinst du?«

»Hose runterziehen. Muss man erst mal drauf kommen!«

Ich muss lachen. »Das war keine Show.«

»Echt nich? Krass.« Fatih schweigt einen Augenblick, dann fängt er auch an zu lachen. »Muss man trotzdem erst mal drauf kommen.«

»Stimmt«, sage ich, habe jetzt aber keine Lust, weiter darüber zu reden, also ziehe ich an der Zigarette, nicke dann und sage: »Sind gut, die Kippen.«

Fatih zieht an seiner und nickt dann auch. »Sind geschmuggelt.«

»Wie läuft so was eigentlich ab? Schmuggeln?«

Fatih grinst. »Willste wirklich wissen?«

»Klar.«

»Wenn ich Ferien hab, fahr ich nach Türkei. Mit Cousin. Onkel. Wer Zeit hat. Wir haben alten Opel. Gemütliche Sitze. Wie Sofa. Dann kaufen wir Stangen da. So viel wie geht. Dann auspacken und neu verpacken. Und dann kommt das Beste: Wir verstecken Pakete Radkasten. Weißte? Da über den Reifen. Oben. Wird alles festgeklebt.«

»Und die Polizei merkt das nicht?«

Fatih lacht. »Meistens nich! Jetzt kommt das Allerbeste, pass auf.« Fatihs Augen leuchten. Er ist so begeistert, dass er beim Erzählen ununterbrochen mit seinen Händen herumrudert.

»Wir fahren Grenze: mein Onkel, Cousin, ich. Werden angehalten. Von Zollmenschen, weißte? Mein Onkel macht Scheibe runter und die so: ›Habt ihr was für Zoll. Zigaretten, Alkohol oder so?‹ Mein Onkel so: ›Ne, Quatsch.‹ Aber die ahnen schon was und sagen: ›Kofferraum auf!‹ Und wir zeigen alles und tun, als ob nix wär. Die suchen unter Sitzen. Überall. Nur nich Radkasten. Ich hab vergessen zu sagen: War megaheiß. Türkische Sommer. 40 Grad. Und der Zolltyp so: ›Ganz schön heiß, hä? Warum macht ihr nich Schiebedach auf?‹ Sofakarre hat richtig geiles Schiebedach, weißte? Fast komplettes Dach, und ich denk auch so: Stimmt, wieso machen wir nich auf? Alle schwitzen. Und mein Cousin, so: ›Is kaputt.‹ Und die Bullen so: ›Achso, Scheiße, na dann gute Fahrt.‹ In Türkei is das oft so: Viel kaputt. Scheißen die auf alles. Auf jeden Fall jetzt sagt mein Onkel noch was: ›Quatsch. Is nix kaputt‹, sagt der. ›Is sogar elektrisch. Echter Klassiker.‹ Und er drückt auf Knopf über ihm und Schiebedach geht auf. Da fallen die ganzen Zigaretten auf uns runter. Immer mehr und mehr. Hunderte Kippen. Tausende Kippen. Als ob's Zigaretten regnet. Ganze Auto voll. Und die Bullen gucken mit Mund auf jetzt. Und mein Onkel guckt nur Cousin an. Und der so: Zuckt mit den Schultern: ›Ups!‹, und mein Onkel hat ihm eine gegeben. Weil nur mein Cousin wusste. Hatte Zigaretten alle einzeln in Dach geschoben. Hat wahrscheinlich jede Nacht gebraucht dafür. «

»Und dann?«, frage ich.

»Dann haben wir geschmiert. Haben Polizei gesagt: ›Könnt ihr alle behalten.‹ Und fertig war. Hatten ja genug Radkasten. Das is türkisches Schmuggeln.«

Wir schweigen eine Zeit lang.

Dann sagt Fatih wieder etwas: »Ich glaub, du wärst auch guter Schmuggler.«

»Wieso?«

»Du hast dicke Nerven.«

»Wie meinst du?«

»Machst auf behindert, wirfst Flasche, sagst keinem. Traut man Gymnast gar nich zu, aber du …«

Er schaut auf den Boden. Ich glaube, er hätte fast »Respekt« gesagt, aber ich bin auch so zufrieden damit, und mein Gesicht schafft es nicht, sich gegen ein Grinsen zu wehren.

»Hab noch was für dich«, sagt er dann. Er drückt mir eine CD in die Hand.

»Was ist das denn?«

»Lies!«

Auf der CD steht in großen Buchstaben: *CARMINA BURANA*.

»Danke«, sage ich.

»Bitte«, sagt Fatih.

55. Schicke Haare

Christine findet Birgits Idee mit den Selbstbildnissen richtig toll. »Es ist wichtig für euch, dass ihr euch selbst kennenlernt, wisst, was eure Stärken und eure Schwächen sind. Und warum ist das wichtig?«

»Damit wir Bescheid wissen«, sagt Jonas.

»Richtig. Und worüber sollt ihr Bescheid wissen?«

»Welche Berufe wir uns zum Beispiel aussuchen«, sagt Eva. »Alle sollen Berufe haben, auch Menschen mit Behinderung.«

Christine nickt. »Stimmt, aber mit dem Aussuchen der Berufe ist das so eine Sache. Gerade Menschen mit Behinderung haben es oft sehr schwer auf dem Arbeitsmarkt. Darüber haben wir ja schon öfter gesprochen.«

»Menschen mit Behinderung« klingt total bescheuert, so als ob man dazu sagen müsste, dass das Menschen sind. Ich sage ja auch nicht Menschen mit Kind oder Menschen mit Abitur oder Menschen mit Golf-Cabrio.

»Und da das für Menschen mit Behinderung manchmal so schwierig ist, ist es umso wichtiger, dass ihr gut vorbereitet seid. Nachdem ihr schon viel über euch selbst erfahren habt, lernt ihr heute, wie die anderen euch sehen.«

Sie schaut mich an. »Übrigens, Per. Schicke Haare.«

Die anderen lachen.

Ibrahim erwacht aus seiner Trance und streichelt mir über den Kopf. »Schicke Haare«, sagt er. Scheint gut drauf zu sein, heute. Die anderen lachen noch mal. Ibrahim fällt wieder in Trance. Ich muss an Carmina Burana denken. Das ist offensichtlich ein ziemlich berühmtes, klassisches Musikstück von einem ziemlich berühmten Komponisten namens Carl Orff. Auf der CD, die Fatih mir gegeben hat, wird das Stück von einem ziemlich berühmten Chor zusammen mit einem ziemlich berühmten Orchester aufgeführt. Ganz schön peinlich, dass ich das nicht kannte. Und gut, dass ich gesagt habe, dass ich es kannte. Tamina interessiert sich also für klassische Musik.

Genauso wie Christine meine Haare offenbar nicht aufgefallen sind (obwohl wir vorhin ja schon ausgiebig Kontakt hatten), fällt mir jetzt erst auf, dass sie heute keine rote Brille, sondern eine grüne trägt. Schicke Brille, könnte ich sagen, lasse das aber besser. Sie bittet uns, einen Stuhlkreis zu bilden. Nach zehn Minuten haben wir ihn aufgebaut.

Christine zückt ein Wollknäuel und erklärt uns die Aufgabe. »Einer wirft das Wollknäuel zum anderen und behält das Ende des Fadens in der Hand, dann sagt der Werfer etwas, das ihm am Fänger gefällt. Der Fänger wickelt ihn einmal um seinen Zeigefinger und wirft das Wollknäuel zum Nächsten. Und am Ende haben wir ein riesiges Netz gesponnen, das uns an unsere Gemeinschaft und all unsere tollen Eigenschaften erinnert.«

Christine fängt an. »Jonas, ich werde dir jetzt das Wollknäuel rüberwerfen.« Er fängt im ersten Versuch. Das Wollknäuel zittert in seinen Händen und ich glaube, seine Augen werden feucht. Jonas ist total aufgeregt. In todernster Erwartung starrt er Christine an.

»Mir gefällt an dir, dass du hilfsbereit bist und dich um deine Mitschüler kümmerst, wenn sie Probleme haben«, sagt sie.

Jonas nickt. »Danke!« Er wickelt sich den Faden um den Zeigefinger. Das dauert alles ein bisschen. »Dennis. Ich werfe dir das Wollknäuel zu.«

Dennis bringt seine Torwarthandschuhe in Fangposition. »Ich mag, dass du so gut PlayStation spielen kannst.« Jonas überlegt kurz. »Und dass du so ruhig bist.«

Ohne es irgendwo drumzuwickeln und ohne zu gucken, wirft Dennis das Wollknäuel Richtung Fatih.

»Du kannst gut bauen«, nuschelt er.

»Was labert der?«

»Dein Auto. Mit Tapetenkleister und Karnickelzaun«, sagt Dennis, ohne ihn anzusehen.

»Wenn ich mich kurz einmischen darf«, sagt Christine »das hast du richtig toll gemacht, Dennis!«

Da muss ich ihr recht geben, und mir fällt auf Anhieb kein einziger Schüler oder Mensch, der zur Schule geht, ein, dem Frau Kesselmann so etwas jemals sagen würde. Sehr gut, sagt sie manchmal, aber sehr gut ist bloß eine Eins.

Fatih wirft das Knäuel vorsichtig in Alicia-Sophies Schoß. Bogenwurf, würde Dieter dazu sagen.

»Was mir gefällt bei dir: Du flippst nich aus. Wenn ich Rollstuhl wär, ich würd voll ausrasten. Ohne Scheiß.«

Darüber hab ich noch nie so richtig nachgedacht. Aber ich glaube, ich würde auch voll ausrasten. Ohne Scheiß.

Alicia-Sophie grapscht in die Wolle und schleudert sie durch die Klasse. Das Knäuel landet vor meinen Füßen.

»Was gefällt dir an Per, hm?«, fragt Christine. »Vielleicht, dass er so einen schönen Namen hat? Oder sich so gut mit Ibrahim verträgt? Und mit Fatih? Oder, dass er versucht, immer pünktlich zu kommen?«

Christine ist meine absolute Lieblingslehrerin.

Alicia-Sophie fuchtelt mit ihren Händen in der Luft herum. »Ade«, sagt sie. Birgit wird sauer und sagt, sie soll nicht immer nur an Schokolade denken und keinen Quatsch machen.

Dabei ist das mit der Schokolade kein Quatsch. Alicia-Sophie gefällt, dass ich ihr Schokolade geschenkt habe. Und das gefällt mir.

»Ich finde auch gut an Per, dass der uns Schokolade geschenkt hat, als wir Hunger hatten«, sagt Eva. Sie zwinkert mir zu und wird rot und lacht dann total übertrieben.

Birgit glotzt mich wütend an. Die hat richtige Zornesfalten zwischen den Augen.

»Danke«, sage ich zu Eva.

»Ein richtiger Charmeur, unser Per«, sagt Christine.

Ich glaube, ich werde auch rot.

»Und ich finde gut an Per, dass er schicke Haare hat«, mischt sich Freddy ein.

Ich weiß gar nicht, was an diesem Schicke-Haare-Spruch so witzig sein soll, aber offensichtlich finden ihn alle hier wahnsinnig komisch.

»Freddy, ich werde dir jetzt das Knäuel zuwerfen.« Natürlich fängt er nicht. Ich sage ihm, dass ich ihn sehr lustig finde. Freddy steht sofort auf, kraxelt durch das Wirrwarr aus Fäden zu mir rüber und drückt mich. Er drückt mich so fest, dass ich keine Luft kriege. Und ich denke, mir bricht gleich eine Rippe durch, aber plötzlich lässt er los. Freddy torkelt wieder auf seinen Platz. Erst sagt er: »Ich bin lustig«, und dabei grinst er sein breitestes Grinsen. Dann sagt er zu Ibrahim, dass es ihm gefällt, wie stark Ibrahim ist, aber Ibrahim hört nicht zu.

Christine will, dass wir jetzt selbst all unsere tollen Eigenschaften wiederholen.

Eva fängt an zu heulen wie eine Feuersirene. Wir haben sie vergessen und sie denkt jetzt, dass sie keine tollen Eigenschaften hat. Also fordert Christine Ibrahim auf, etwas Schönes über Eva zu sagen, und der fragt: »Was meinst du?«

»Ob sie zum Beispiel hübsch ist«, mischt Birgit sich ein.

»Ist hässlich«, sagt Ibrahim.

Eva heult jetzt noch lauter.

Zum Glück sagt Jonas, dass Ibrahim gar nicht richtig gucken kann und dass Eva sehr schön aussieht. Eva hört auf zu heulen und kichert jetzt wieder rum.

Bis zum Mittagessen baue ich an meinem Aquarium und höre noch mindestens zwanzigmal jemanden »schicke Haare« rufen. Ist jedes Mal der Bringer. Also rufe ich selbst auch mal »schicke Haare« und alle finden das dann noch witziger und zeigen mit ihren Zeigefingern auf mich, während sie sich halb totlachen.

56. Hab ich schon

Zu Beginn der Pause habe ich 'ne Runde mit Manu geschaukelt, aber er war irgendwie schräg drauf. Hat eine Geschichte von seinem Zoobesuch erzählt. Er wollte mir allen Ernstes weismachen, dass er einen Pinguin aus dem Zoo mitgenommen hat. Ob der mich verarschen wollte, oder ob er das wirklich gemacht hat, oder ob er glaubt, dass er das wirklich gemacht hat, weiß ich nicht. Mir war das jedenfalls zu blöd. Also gehe ich zu Tamina.

Sie steht auf dem Pausenhof. Alleine vor dem Hintereingang. Wieder trägt sie Kopfhörer auf den Ohren, aber die Augen hat sie diesmal auf. Auf ihrem T-Shirt sehe ich ein Stück Wassermelone aus glänzenden, kleinen Steinchen. Gut, dass ich ihren Namen weiß, sonst müsste ich mir jetzt überlegen, ob sie für mich das Ananas-Mädchen oder das Wassermelonen-Mädchen wäre. Wahrscheinlich würde ich mich einfach für Obst-Mädchen entscheiden. Sie lächelt mich schon von Weitem an. Ich gehe auf sie zu und finde es fast schade, dass sie lächelt, weil sie ja nicht gleichzeitig lächeln und summen kann. Ich stehe vor ihr und bitte sie, mit einem Handzeichen, die Kopfhörer abzunehmen.

Tamina nimmt die Kopfhörer ab. »Hey Per!«, sagt sie.

»Hey Tamina!«

»Morgen ist Chor.«

Ich nicke.

»Gehst du hin?«

»Eigentlich gehe ich zur Tier-AG!« Verdammt, wieso sage ich nicht einfach: Na klar gehe ich zum Chor!

»Tier-AG ist auch cool. Ich liebe Tiere.«

Ich muss an den Blödfisch denken. Tamina und ich haben die selben Interessen. Genau genommen das selbe Interesse, aber in Zukunft die selben Interessen, denn ab heute Nachmittag werde ich mich intensiv mit klassicher Musik beschäftigen.

»Ich hab da was für dich.« Ich ziehe die CD hinter meinem Rücken hervor und drücke sie ihr in die Hand.

Tamina sieht aus, als ob sie sich freut. Sie schaut die CD an. Dann mich.

Dann sagt sie: »Carmina Burana.« Das klingt toll aus ihrem Mund. Am besten wäre, sie würde es gleich noch mal sagen. Und dann noch mal und noch mal. Und noch mal.

Stattdessen sagt sie: »Hab ich schon.«

»Oh, Entschuldigung!«

»Kannst du ja nicht wissen.«

Natürlich hätte ich das wissen können. Ich hätte es wissen müssen. Sie ist Fan von Carmina Burana, also hat sie logischerweise auch die CD von Carmina Burana. Ich weiß nicht, was ich sagen soll, und sage: »Ich mache es wieder gut.«

»Du bist lieb, Per!«, sagt sie.

Ich gehe einen Schritt auf sie zu. Ohne drüber nachzudenken. Ich öffne meine Arme und Tamina auch und wir sind gerade kurz davor uns zu umarmen. Ziemlich langsam alles. Unsere Gesichter sind dicht beieinander. Und dann mache ich es einfach. Ich küsse sie auf den Mund. Ganz kurz. Und sie küsst zurück, ganz deutlich, aber auch nur ganz kurz. Weich, warm und ein klein bisschen nass. Und wir gehen beide ganz schnell wieder einen Schritt zurück. Die Umarmung haben wir weggelassen.

Wir schauen uns an.

»Dann bis morgen!«, sagt Tamina. Sie dreht sich um und geht ins Schulgebäude.

»Bis morgen«, flüstere ich und schaue ihr hinterher.

57. Zu spät

Ich mache doch mit. Ist außerdem auch nur halb so gefährlich wie der Flaschenwurf. Und: Fatih braucht meine Hilfe. Weil er es alleine nicht schafft. Da gibt es kein A oder B. Da konnte ich nicht Nein sagen. Auf Fatih ist Verlass. Außerdem hat Dieter es verdient. Und alle werden sich freuen. Besonders Freddy und Alicia-Sophie.

Wir gehen den Plan ein letztes Mal durch und rauchen Fatihs Glückszigarette. Mein Herz klopft ganz schön. Ich frage ihn, was das ist: eine Glückszigarette.

Und Fatih sagt: »Eine Zigarette, die Glück bringt«, schaut sich die Glut an und gibt mir die Kippe rüber. »Hab ich noch von Elly.«

Die anderen stürmen die Umkleide. Ich schmeiße die Zigarette, die Glück bringt, weil Fatih sie von Elly hat, in den Abfluss. Wir mischen uns unter die anderen. Dieter philosophiert wieder über den Rauch vom Lehrerparkplatz.

Jetzt sind Dieter, Ibrahim, Dennis, Fatih und ich allein in der Umkleide. Dennis streift sich überhastet das pinke Wiese-Trikot über. Dieter packt die BW-Schuhe aus. Ich suche Fatihs Blick. Ibrahim geht duschen. Fatih gibt mir das Zeichen.

Meine Stimme zittert. »Dieter?«

Dieter hört mir nicht zu und hat einen seiner BW-Schuhe schon gefährlich nah an seinem linken Fuß. Fatih wirft mir einen Reiß-dich-zusammen-Blick zu. Ich reiße mich zusammen. Meine Stimme wird fester. »DIETER?«

Er dreht sich in meine Richtung. »Was kann ich für dich tun, Per?«

»Kann ich auch so eine Spezialschleife haben?«

Dieters Augen leuchten. Er legt den BW-Schuh zur Seite, kniet sich vor mich und nimmt meine Schnürsenkel in beide Hände.

Fatih schleicht hinter seinem Rücken Richtung Dusche und dreht an dem Hahn, der neben dem Lichtschalter aus der Wand guckt. Er setzt sich wieder auf die Bank.

Aus der Dusche kommt ein gewaltiger Aufschrei. Ibrahim.

Dieter springt auf und stolpert in die Dusche. Fatih zückt die Sprühflasche *WD-40*. Ich schnappe mir die Bundeswehrschuhe Modell Halle und halte sie mit der Sohle Richtung Fatih. Fatih sprüht. Ich lese die Schrift auf der Sprühflasche: *Reinigt und schmiert alle Arten von Werkzeug.*

Fatih packt die Flasche weg. Ich stelle die BW-Schuhe ab. Fatih dreht am Hahn. Ibrahim hört auf zu brüllen. Dieter kommt in die Umkleide.

Das Ganze geht so schnell und so eingespielt über die Bühne wie ein Boxenstopp in der Formel 1.

»Neurologisch«, sagt Dieter.

»Oder kalt«, sagt Fatih.

Dieter schüttelt den Kopf. »Alles neurologisch.« Er schnuppert in der Luft. »Hab ich's doch gewusst«, sagt er. »Bei Westwind riecht man die Tankstelle bis hier rüber.«

Ich habe also Dieterspezialschleifen an den Füßen. Und Dieter natürlich auch, und ich muss sagen: Bisher läuft er ziemlich sicher auf seinen BW-Schuhen mit Spezialschmiere.

In der Halle ist das Fuchsballfeld schon aufgebaut. Die Lehrerin ist auch da.

»Ihr kennt das Prozedere!«, ruft Dieter. »Ihr stellt euch ins Feld! Wir fangen an!«

Letzte Woche hatte ich die Hoffnung, dass wir vielleicht

auch irgendwann mal anfangen dürfen. Aber heute ist es besser, dass alles genauso läuft wie sonst.

Dieter pfeift an. Der Erste pfeffert den Tennisball durch die Halle und rennt los. Der Ball springt an die Wand hinter mir, von da gegen meinen Rücken. Ich stehe bewegungslos da.

»Per? Was ist los?«, schreit Jonas.

»Nichts«, sage ich. Schwer, sich auf ein Fuchsballspiel zu konzentrieren, wenn man sich mitten in der »Operation Dieter« befindet. »Fünf zu null für uns!«

Dem Nächsten flüstert Dieter etwas ins Ohr. Jonas wirft, der Typ schlägt und legt einen Homerun hin.

Dieter pfeift. »Zehn zu null für uns!«

Es ist so weit. Dieter ist dran.

Er holt tief Luft, bläst in die Pfeife und nimmt den Tennisschläger in beide Hände. In meinem Kopf beginnt ein klassisches Musikstück. Irgendeins, das man aus dem Fernsehen kennt. Ich weiß aber nicht, wie es heißt, also stelle ich mir vor, dass es Carmina Burana ist.

Dieter stellt sich, im Takt der Musik, von einem Bein aufs nächste und erwartet Jonas' Bogenwurf. Ich sehe alles wie in Zeitlupe. Trommelwirbel in meinem Kopf. Jonas wirft. Dieter schlägt. Keine Ahnung, wo der Ball hingeht. Er lässt den Schläger fallen. Die Streicher setzen ein. Dieters massiger Körper setzt sich in Bewegung. Seine weiße Mähne umflattert den roten Kopf. Paukenschläge. Der Boden bebt bei jedem Schritt. Ich warte nur darauf, dass er endlich abschmiert, aber Dieter bleibt aufrecht. Vielleicht ist ihm auch der Dickdarm in die Wade gerutscht, denke ich beim Anblick seiner Krampfadern. Vielleicht sollte man da auch mal mit *WD-40* durchspülen. Wobei *WD-40* seine Tauglichkeit als »weltbestes Schmiermittel« (Fatih) erst mal beweisen muss.

Bei jedem Schritt reißt Dieter einen Arm in die Höhe, als wolle er nach den Sternen greifen. Eine Oboe spielt. »40 Prozent der Energie wird durch die Armrotation erreicht«, hatte er eben noch erklärt. Könnte auch ein Fagott sein, denke ich. Ich hab ja eigentlich keine Ahnung.

Kurz vor dem ersten Kasten legt er sich waghalsig in die Kurve. Die BW-Schuhe verlieren Bodenkontakt. Ich glaube, eine Klarinette zu hören. Er schmiert zur Seite ab. Liegt waagerecht in der Luft. Ich sehe, wie er die Augen unter den beschlagenen Gläsern seiner Wettkampfbrille zusammenkneift, die Lippen aufeinandergepresst, als hätte er Angst, irgendetwas könnte ihm in den Mund fliegen. Ganz leise erklingt die Triangel. Und dann der Tusch. Zwei Becken schlagen gewaltig aneinander, wobei in Wirklichkeit genau ein Becken (nämlich Dieters) gegen den Hallenboden donnert. Bam!

Beim Aufprall wackelt die ganze Turnhalle, als ob draußen ein Blindgänger hochgeht. Dieter hat sich in Kurve eins voll auf die Fresse gelegt. *WD-40 ist* das weltbeste Schmiermittel.

Das Musikstück in meinem Kopf ist vorbei und das Konzertpublikum klatscht Applaus. In Gedanken verbeuge ich mich. Dann ist Stille und dann höre ich die Chaoten aus Dieters Team, wie sie immer noch »Dieter, Dieter!« schreien. Die raffen gar nicht, was abgeht.

Dieter liegt auf dem Bauch und schwitzt den Hallenboden voll. Für einen Moment hebt er den Kopf, lässt ihn dann ungebremst auf den Hallenboden knallen. Das war das Nachbeben. Und während Dieter wie tot daliegt, geht Fatih lässig zum Tennisball, hebt ihn auf und wirft ihn aus bestimmt 15 Metern Entfernung direkt in Jonas Hände. Schade, dass Dieter diesen perfekten Wurf nicht sehen kann.

»Zu spät«, ruft Fatih.

»Zu spät ist, wenn der Schiedsrichter pfeift!«, schiebt Freddy hinterher. Besser geht's nicht, denke ich, aber dann kommt Ibrahim nackt in die Turnhalle, geht ein paar Schritte, bleibt stehen, wippt dreimal mit dem Oberkörper nach vorne und dreht wieder um. Wie ein Kuckuck, der aus seiner Uhr kommt.

Dieter hebt seinen fleischigen Kopf. Er wälzt sich und lässt sich aufhelfen. Dann fasst er sich an die BW-Sohlen und leckt vorsichtig seine Fingerkuppen ab. Er glotzt an die Decke. »Ich erinnere auf jeder Lehrerkonferenz an das Leck«, sagt er. »Das ist saurer Regen. Von der Tankstelle. Nicht nur nass, sondern auch schmierig.« Er schüttelt den Kopf. »Das Spiel wird annulliert«, ruft er. »Wir brauchen ein neues Turnhallendach.«

Operation Dieter geglückt.

Tag 11
(Donnerstag)

58. Wo ist mein Mandelstuten?

Heute fährt Papa mich zur Schule, obwohl das keiner will. Mama will das nicht, weil sie genau weiß, dass Papa das nur macht, weil sie das auch gemacht hat. Papa will das nicht, weil er das, wie gesagt, bloß macht, weil Mama das auch gemacht hat, und ich will das nicht, weil ich zu einer ganz anderen Schule muss.

Mama hatte mich das ja gestern auch schon gefragt, und Papa legt heute nach: »Und Paul, was macht die Schule?«

»Alles gut.«

»Und Mädchen?« Er stößt mir kumpelhaft seinen Ellbogen in die Seite.

»Auch alles gut.«

»Das ist mein Junge«, sagt er. »Weißt du, als ich in deinem Alter war, da …« Ich schalte meine Ohren besser auf Durchzug. Wahrscheinlich weiß er, das was im Busch ist. Immerhin habe ich gestern Nachmittag mehrfach meine neue CD gehört. Das wird selbst Papa komisch vorgekommen sein. Wenn ich ihm die Wahrheit erzählen würde, dann wär's vorbei mit seinem Das-ist-mein-Junge-Gelaber.

Papa fährt erst mal zum Bäcker. Die Richtung ist komplett falsch. Ich werde zu spät kommen. Viel zu spät. Und das, obwohl ich eigentlich nicht mehr zu spät komme.

Beim Bäcker muss ich dann auch noch mit reinkommen. Papa bemerkt, wie die Frau vor uns einen Mandelstuten kauft. Als er an der Reihe ist, schaut er halb mich und halb eine der Bäckereifachverkäuferinnen an.

»Wir hätten auch gerne so einen Mandelstuten, oder, Paul?«

Ich schaue mir die Brötchen in der Auslage an. Rumkugeln gibt es auch.

»Paul?« Papa stupst mich an.

»Was denn?«, frage ich. Kann er ja nicht wissen, dass ich in letzter Zeit auf den Namen Per höre.

Papa kauft tatsächlich diesen Mandelstuten und ich frage mich, wer den essen soll. Papa wird das jedenfalls nicht sein. Der denkt bloß, dass er ein toller Hecht ist, wenn er einen Mandelstuten kauft und wir eine glückliche Vorzeigefamilie sind.

Es ist ziemlich voll beim Bäcker. Papa bezahlt und fragt plötzlich: »Wo ist mein Mandelstuten?« Er wird richtig panisch.

Die Bäckereifachverkäuferin bedient mittlerweile den nächsten Kunden.

»Wo ist mein Mandelstuten?«, ruft er wieder.

Eine Frau hinter ihm zeigt nach draußen. »Vielleicht hat die Dame aus Versehen ...«

Papa stürmt aus dem Laden und brüllt einer Frau, die mit Hund und Brötchentüte die Straßenseite wechselt, hinterher: »Haben Sie meinen Mandelstuten?«

Natürlich dreht sich die Frau nicht um. Wer würde sich bei der Frage »Haben Sie meinen Mandelstuten?« schon angesprochen fühlen. Also rennt er hinterher und fragt wieder, ob sie seinen Mandelstuten hätte, und ich schaue auf die Uhr und denke, dass ich in zehn Minuten in der Schule sein muss und das nur schaffen würde, wenn ich fliegen könnte. Zu allem Überfluss handelt es sich bei der Frau draußen um die, die ihn erst auf die Idee gebracht hatte, den Mandelstuten überhaupt zu bestellen.

Ich schaue auf die Theke und sehe den bescheuerten Mandelstuten da liegen. Also nehme ich ihn mit und zerre draußen Papas Kopf aus der Tüte von der armen Frau. Papa entschuldigt sich und ich denke, dass es Dinge im Leben gibt, die auch eine Entschuldigung nicht besser macht, und diese Aktion hier gehört ganz bestimmt dazu.

Papa lässt mich zum Glück nicht direkt vor der Schule raus, sondern an der Bushaltestelle. Als er weg ist, steige ich in den nächsten Bus Richtung Röhrbach.

59. Ganz schön schwer für so ein kleines Mädchen

Ich bin nass geschwitzt. Das kommt vom Sprinten. Auf Höhe des Edekas kommen mir die anderen entgegen. Bodo löst sich aus Freddys Umklammerung und schaut auf seine Armbanduhr. »Du bist 40 Minuten zu spät.«

»Mein Vater hat mich gefahren«, sage ich.

»Dann seid ihr aber ein bisschen spät losgefahren. Was meinst du?«

»Beim Bäcker haben sie seinen Mandelstuten geklaut.«

Bodo runzelt die Stirn. »Und dann?«

Ich zucke mit den Schultern, weil ich jetzt nicht mehr weiß, was ich sagen soll, und ich glaube, Bodo weiß auch nicht mehr, was er sagen soll. Die anderen schauen mich ziemlich verstört an. Keiner sagt was.

Auf der anderen Straßenseite steht der Edeka-Marktleiter vor seinem Eingang. Er winkt uns breit grinsend zu. So als ob wir alle völlige Hirnis wären und ein einfaches Winken nicht reichen würde.

»Eins, zwei, drei!«, zählt Fatih und auf sein Kommando zeigen Jonas, Fatih und Eva ihm ihre Mittelfinger. Nur ich winke zurück. Da war ich nicht drauf vorbereitet.

Der Marktleiter geht rein und wir gehen weiter Richtung Penny. Fatih schiebt wieder Alicia-Sophie. Wir gehen ganz hinten.

»Wir sind echt gute Komplizen«, sage ich.

»Was willst du?«

»Das wird Dieter doch sein Leben lang nicht vergessen.«

»Du kannst Komplize sein. Ich nich.«

»Und wieso nich?«

»Sag ich dir: Komplize kommt von kompliziert. Ich bin nich kompliziert. Ich bin Kumpel.«

Ehrlich gesagt, finde ich sein Gelaber manchmal ziemlich kompliziert, zum Beispiel jetzt gerade, aber das sage ich ihm besser nicht. Stattdessen frage ich ihn, woher denn das Wort »Kumpel« kommt, und Fatih meint: »Von nix. Einfach Kumpel. Sachen zusammen durchziehen. Treffen. Machen. Fertig! Unkompliziert.«

Und das sagt einer, der, bevor er etwas macht, immer »A oder B« fragt.

»Dann sind wir halt Kumpels«, sage ich. »Noch besser.«

»Is auch besser«, sagt Fatih. »Und danke fürs Mitmachen!«

Fatih stupst mich mit seinem Ellbogen an wie Papa vorhin. Er redet jetzt leiser: »Will dir was zeigen. Was machst du heut Abend?«

Bodo unterbricht uns: »Wartet mal eben!«

Wir stehen an der Abbiegung zum Friedhof.

»Birgit? Gehst du bitte mit Per und Alicia-Sophie in die Klasse zurück?«

»Mach ich«, sagt Birgit und rollt genervt mit den Augen. Sie könnte auch Nein sagen, aber das würde Bodo kaum interessieren.

»Warum denn?«, fragt Fatih.

»Weil Per zu spät gekommen ist und angeblich ein Mandelstuten geklaut wurde. Deshalb darf er nicht mit einkaufen.«

Fatih hält immer noch die Griffe von Alicia-Sophies Rollstuhl. »Da kann Alicia-Dings doch nix für«, sagt er.

Bodo kennt heute keine Gnade. »Auf geht's. Bis später!«

Wir gehen in die eine Richtung und die anderen in die andere.

Ich hätte das mit dem Mandelstuten besser nicht erzählt. Bodo fühlt sich verarscht. Sonst würde der mich niemals zurückschicken.

Alicia-Sophie knirscht den ganzen Rückweg übertrieben laut mit den Zähnen und hat ihren Kopf fast bis auf die Knie runter gedrückt. Es ist zwar auch nicht besonders nett von Fatih, sie Alicia-Dings zu nennen, aber recht hat er trotzdem. Sie kann nichts dafür.

Wir sind jetzt also alle drei angepisst und kommen zurück zur Schule. Da latschen wir am Hausmeister vorbei, der »Guten Morgen« sagt und wir sagen alle drei nichts. Dann fahren wir mit dem Aufzug nach oben. Bisher war ich nur einmal hier drin. Das war ganz am Anfang, mit Fatih. Ich würde gerne etwas Aufmunterndes zu Alicia-Sophie sagen, und dann höre ich, wie ich etwas vollkommen Beschissenes sage und erinnere mich dabei an Papa. »Immerhin dürfen wir mit dem Fahrstuhl fahren«, sage ich.

Alicia-Sophie würde wahrscheinlich zu gerne einmal in ihrem Leben eine Treppe laufen. Und jetzt wird es noch beschissener. Ich habe Mitleid mit ihr. Und Mitleid will keiner. Außer man hat einen blauen Fleck oder sich das Knie aufgeschlagen, aber wenn man Nesselsucht hat, ist es schon wieder vorbei mit dem Wunsch nach Mitleid. Dafür ist das viel zu ernst.

Birgit schließt die Klasse auf und fragt, ob sie uns eine Sekunde alleine lassen kann. Ich nicke. »Dann hol ich schon mal den Tee«, sagt sie und verschwindet.

Alicia-Sophie hebt sofort ihren Kopf, als die Tür ins Schloss fällt. Sie fuchtelt mit den Armen herum und sagt irgendwas, das ich nicht verstehen kann.

Vielleicht hat sie Hunger. Oder Schmerzen. Oder ihre Windeln müssen gewechselt werden. Als Erstes frage ich, ob sie Hunger hat. Das wäre am einfachsten zu regeln. Dann frage ich, ob ihr etwas wehtut. Sie schüttelt wieder eindeutig den Kopf. Ich habe ziemlich Schiss, dass sie bei der nächsten Frage nicken wird, aber es nützt nichts. Ich muss sie das fragen: »Müssen deine Windeln gewechselt werden?« Zum Glück schüttelt sie wieder den Kopf.

Alicia-Sophie schaut rüber nach nebenan.

»Willst du nach nebenan?«

Sie will, also schiebe ich sie rüber.

Der Tisch ist voll mit unseren halbfertigen Kunstwerken. Fatihs Dreier. Freddys Turm. Mein Aquarium. Auf dem Boden liegen Evas und Alicia-Sophies Selbstbildnisse auf Tapete.

»Willst du weitermalen?«

Sie nickt wie wild und stößt Laute aus, die sich so anhören wie Seehunde im Zoo.

Ich löse den Gurt, mit dem ihr Oberkörper festgeschnallt ist, dann die Klettverschlussbänder an ihren Unterschenkeln. Vorsichtig lege ich meine Arme um sie und hebe sie aus dem Rollstuhl. Meine Hände rutschen am Rücken unter ihren Pullover. Sie hat ziemlich weiche Haut. Ihre Haare liegen in meinem Gesicht. Ein paar fallen mir in den Mund. Den musste ich aufmachen, weil dieses Manöver hier ziemlich anstrengend ist. Ganz schön schwer für so ein kleines Mädchen, denke ich. Ihr Haar schmeckt ein bisschen nach Pfirsich. Genauso, wie ihr Pullover riecht.

Wir sitzen auf dem Boden und sie sabbert auf die Tapete. Ich wische ihr mit einem Abreißtuch den Mund ab. Spucke landet auf meiner Hand. Ich nehme mein Aquarium vom Tisch und erzähle ihr von der Rotbauchseefledermaus, wie sie auf ihren Flossen über die flachen Gründe des karibischen Meeres hüpft und dabei aussieht wie ein Einhorn. Ich schneide ein Stück Tonpapier in Fischform, male schwarze Punkte auf den Rücken und Alicia-Sophie hört mir zu und zwischendurch schaut sie mich an. Sie sitzt mit dem Gesicht zum Fenster. Die Sonne scheint sie an. Mir war noch nie aufgefallen, dass Alicia-Sophie hellblaue Augen hat. Wie draußen der Himmel. Wäre sie nicht so krumm und schief, könnte sie Model für *Lenor* werden. Das ist die Werbung, in der die Frau morgens nackt in den See springt und sich danach in das kuschelig weiche Handtuch einmuschelt.

Der Schuhkarton steht auf einer der beiden Längsseiten. Ich steche mit einer Nadel zwei Löcher durch die andere Längsseite, die das Oberteil meines Aquariums bildet. Meine Rotbauchseefledermaus kriegt auch ein Loch, durch das ich einen Faden ziehe, den ich dann durch die Löcher in der Aquariendecke fädle und von außen zusammenknote. In meinem Aquarium schwimmt der erste Bewohner.

Ich finde, Alicia-Sophie hat Glück gehabt, dass sie gerade mit mir alleine ist. Es ist doch interessant, aus erster Hand etwas über die Unterwasserwelt zu erfahren.

Eigentlich hasse ich es, wenn mir jemand bei irgendetwas zusieht. Aber Alicia-Sophie stört mich kein bisschen.

Wer weiß, was die Leute Alicia-Sophie schon alles erzählt haben, wenn sie mit ihr alleine waren. Einiges wird sie wahrscheinlich für immer für sich behalten. Unser gemeinsames Basteln bestimmt auch. Mittlerweile bin ich ganz froh, dass Papa heute Morgen seinen Mandelstuten verloren hatte.

60. Das ganze Alphabet

In der Pause sehe ich Ibrahim, wie er sich in ein viel zu kleines Holzhaus reinzwängt. Fatih und ich sitzen auf der Drehscheibe. Die Klassensprecherkonferenz wurde auf heute vorgezogen, weil morgen Fred Schabinger kommen soll. Wenn er nicht wieder Zahnschmerzen hat.

Ich muss Fatih noch fragen, was mit heute Abend ist. Er will mir was zeigen, hat er gesagt. »Was ist mit heute Abend?«

Fatih zeigt mir erst seine zehn Finger, dann einen Daumen. »Um elf.«

»So spät?«

»Eher geht nich. Muss richtig dunkel sein. Wie lang bleibst du eigentlich?«

»Na ja, eigentlich muss ich um elf schon zu Hause …«

»Ich mein: Wie lang bleibst du hier? Röhrbachschule.«

Ich merke, dass ich rot werde. Aber Fatih scheint das nicht zu jucken.

»Drei Wochen dauert das Praktikum. Also eine Woche noch. Ungefähr. Heute, morgen und dann noch eine Woche.«

»Und dann?«

Eigentlich ist die Antwort klar. Ich geh zurück aufs Ignatius, aber wenn ich daran denke, sträubt sich alles in mir. Magen, Herz, Nieren, Lunge, Milz. Der ganze Dünndarm. Wirklich alles. Ich will nicht zurück.

»Am liebsten würde ich hierbleiben«, sage ich.

»Ohne Scheiß?«

Ich nicke. »Ohne Scheiß.«

»Haste Plan?«

Ich überlege, mir fällt aber nicht wirklich was ein. »Ich könnte Frau Kesselmann mit Nussjoghurt abschießen.«

Fatih winkt ab. »Reicht nich.«

»Und warum nicht?«

»Du bist Gymnasium.«

»Ja und?«

»Für Nussjoghurt auf Gymnasium kriegste Realschule. Höchstens.«

Ich hatte das mit dem Joghurt eh nicht ganz ernst gemeint, aber vielleicht fällt Fatih was Gutes ein. »Hast du 'ne Idee?«

Fatih zuckt mit den Schultern. »Du kannst erst Gymnasium Joghurt schießen, dann Realschule Joghurt schießen, dann Hauptschule und dann kommste Förderschule. Dauert halt lange. Und is umständlich. Und vielleicht schicken die dich auch direkt Irrenanstalt.«

»Andere Vorschläge?«

»Welchen willste?«

»Wie viele haste denn?«

»A, B, C, E, G, J, K, M…«

»Ich will das ganze Alphabet.«

»Hä?«

»Alles, was du hast!«

Fathi legt los. »Am besten« sagt er, »am besten und am einfachsten ist: Du haust auf die Fresse. Am besten Lehrer. Oder noch besser: Direktor. Aber vielleicht kriegste dann nich Förderschule.«

»Sondern?«

»Knast.«

Ich hab weder Bock auf Knast, noch auf Irrenanstalt. Vielleicht könnte ich ein Exhibitionist werden. Mitten im Unterricht einen runterholen. So wie Nico. Das Problem ist, dass ich niemals einen hochkriegen werde, wenn Frau Kesselmann im Raum ist.

»Kann ich mich nicht einfach dumm stellen?«

Fatih schaut mich schräg an.

»Ich könnte absichtlich Sechsen schreiben, dann laden die mich hier zum IQ-Test ein und ich verrechne mich und kreuz lauter Quatsch an. Dann kommt da IQ 65 raus, und zack bin ich hier.«

Ich bin vor Begeisterung aufgesprungen. »Was hältst du davon?«

»Könnte gehen. Für irgendeine Schule, aber Röhrbach-Schule? Schwierig.«

»Wieso schwierig?«

»A oder B?«

»Beides. Ab jetzt immer beides!«

»Wie du willst. A: Röhrbach-Schule is nich nah für Gymnast von Oberbach und B: Du bist eigentlich Paul. Aber alle denken, du bist Per. Und wenn das hier rauskommt …« Fatih rümpft die Nase. »Schwierig.«

Daran hatte ich blöderweise überhaupt nicht gedacht. Fatih offensichtlich bis jetzt auch nicht. Das versetzt mir einen richtigen Schlag. Ich werde mich hier nie wieder blicken lassen können.

»Scheiße«, sage ich.

Fatih ist von der Drehscheibe gehüpft und fängt an, sie zu drehen.

»Halb so wild. Ich hau auch bald ab, hier.«

Das erschreckt mich. Dabei will ich gar nicht, dass er für immer hierbleibt. Ich will nur, dass er so lange hierbleibt, wie ich hier bin.

»Wo willste denn hin? Wieder auf die Hauptschule oder was?«

Er krabbelt unter die Drehscheibe. Die quietscht ganz schön.

»Sag doch mal!«

Irgendwas zischt unter mir. Klingt wie eine Flasche Sprudel oder wie Gas, das ausläuft.

»Was machst du da unten?«

Dann kann ich es riechen. Fatih kommt wieder vorgekrochen. In der Hand hält er *WD-40.* »Hörst du?« Fatih schiebt das Karussell an. Er macht den Mund auf und zeigt mit dem Finger in die Luft. Ich drehe meinen Kopf hin und her, um abzuchecken, ob Dieter hier irgendwo rumturnt. Oder die andere Lehrerin. Scheint aber keiner da zu sein.

»Was denn? Ich hör nix.«

»Eben. Quietschen is weg.« Fatih guckt mich an, als erwarte er, dass ich jetzt Applaus klatsche.

»Pack die Flasche ein!«, sage ich. »Du bist doch bescheuert!«

»Ich bin Handwerker«, sagt er und packt die Flasche ein.

Am liebsten würde ich ihn noch mal fragen, wo er hinwill, aber ich glaube, er will es mir nicht sagen. Also lasse ich ihn damit in Ruhe. Vielleicht erfahre ich es ja heute Nacht.

Fatih hat sich wieder zu mir gesetzt. »Alle wollen Gymnasium. Aber keiner kann. Und du bist Gymnasium und willst Förderschule!«

»Ja, und? Ignatius ist scheiße.«

»Kann sein«, sagt Fatih. »Trotzdem kannst du hin. Sonst keiner hier.«

Mir fällt ein Artikel ein, den ich am Wochenende in einer der ganzen Zeitungen gelesen habe. Da ging es um Inklusion und da stand drin, dass Behinderte auch aufs Gymnasium gehen können. »In der Zeitung stand …«

Fatih unterbricht mich: »Stell dir vor: Alicia-Dings Eltern schreiben Brief. Tochter soll Gymnasium. Dann kommt Brief zurück. Klappt. Die bauen Fahrstuhl in Gymnasium. Dann kommt Bürgermeister, Zeitung. Foto. Alle glücklich.«

»Genau«, sage ich. »Genau so was Ähnliches stand in der Zeitung.«

»Pass auf. Jetzt stellt dir vor: Ich komm Gymnasium.«

Ich fange an zu lachen, obwohl das wahrscheinlich der denkbar beschissenste Moment ist, um anzufangen zu lachen. Aber ich muss lachen, weil ich mir Fatih auf Ignatius vorstelle, wie er im Park rumsteht und mit Nussjoghurt um sich schießt.

Ich dachte eigentlich, dass Fatih mir jetzt auf die Fresse hauen will, aber der sieht so aus, als hätte er gewusst, dass genau das passieren würde.

Ich höre auf zu lachen und er sagt: »Siehste? Nix Bürgermeister. Nix Zeitung. Nix Foto.« Er springt wieder runter. »Bodo sagt, Förderschule wird abgeschafft. Kannste vergessen! Die brauchen das. Für Typen wie mich.«

Mir fallen unglaublich viele Typen von Ignatius ein, die nicht halb so clever wie Fatih sind. Ich überlege kurz, ob ich ihm das sagen soll, aber dann sage ich: »Ist doch scheißegal, ob Gymnasium, Hauptschule oder Förderschule.«

»Ist es nicht«, sagt Fatih.

»Doch!«, sage ich und Fatih winkt ab. »Wenn du meinst!«

»Meine ich«, sage ich und lege ganz kurz meine Hand auf seine Schulter.

61. Oder Casablanca

Als wir gerade nach oben gehen wollen, ruft uns jemand. Ein Mädchen. Es steht auf der anderen Seite des Zauns.

Genau genommen ruft es Fatih, aber ich komme einfach mit, als er zu ihr geht.

Sie trägt einen Mantel. Aus Filz oder so. Der ist braun und auf dem Kopf trägt sie eine Mütze. Ich glaube auch aus Filz. Darunter schauen blonde Haare vor.

Es ist ein bisschen wie in einem alten Film. Getrennt durch die Berliner Mauer. Oder *Casablanca.* Sie steht auf der einen Seite des Zauns. Fatih und ich auf der anderen.

Sie steckt sich eine Zigarette an. Eine Selbstgedrehte.

»Was willst du hier?«, fragt Fatih.

Sie bläst den Qualm aus und schaut Fatih an. Dabei schlägt sie ihre Augen ein paarmal auf. »Ich musste herkommen. Weißt du?«

»Weiß ich nich.«

»Ich hab dir was mitgebracht.«

»Interessiert mich nich.« Fatih schaut weg und tippt mit einem Fuß auf dem Boden herum. Und ich denke mir, wenn es ihn wirklich nicht interessieren würde, könnte er einfach weggehen.

»Wer ist denn dein Freund, mh? Magst du uns nicht vorstellen?«

Ich möchte wetten, das Mädchen auf der anderen Seite des Zauns ist Elly. Sie sieht wirklich hübsch aus, zwar nicht ganz so hübsch wie Tamina aber besser als Birgit, und intelligent und supersozial, finde ich.

»Mag ich nicht«, sagt Fatih.

Sie lächelt mich an. »Dann stell ich mich halt selber vor.« Sie schiebt ihre Hand durch den Zaun: »Ich bin Elly. Und du?«

Ich gebe ihr die Hand.

»Wenn du mir jetzt noch deinen Namen sagst, weiß ich auch wer *DU* bist.«

»Oh, Entschuldigung! Ich heiße Paul.«

Wir schütteln uns die Hände. »Freut mich, Paul. Bist du nicht der neue Schüler, der kommen sollte?«

»Nenee«, sage ich. »Kein Schüler. Bin Praktikant. Geh eigentlich aufs Gymmi.«

»Ach so, entschuldige!«

»Kein Problem.«

Ich trete wieder einen Schritt zurück. Wahrscheinlich sollte ich die beiden besser alleine lassen. Weiß gar nicht, warum ich überhaupt mit zum Zaun gegangen bin.

»Alter!«, sagt Fatih. Ziemlich laut.

Er starrt mich an. Er ballt die Fäuste. Fatih sieht übertrieben sauer aus.

»Ich geh mal besser rein«, sage ich und er sagt: »Gehst du nich. Ich gehe.« Er dreht sich um und geht weg.

Elly ruft ihm hinterher: »Hör mir wenigstens zwei Minuten zu! Fatih!«

Fatih bleibt noch mal kurz stehen. »Sag's Paul!«, sagt er und dann schaut er wieder mich an. »Der geht Gymmi« und als er Gymmi sagt, wackelt er mit dem Kopf von rechts nach links. Wie ein Wackeldackel.

Elly ruft noch mal »Fatih!«, aber der geht jetzt endgültig weg und ich stehe blöd mit etwas Abstand vor dem Zaun rum.

Elly kramt in ihrer Umhängetasche. Sie holt einen Brief raus und hält ihn durch den Zaun. »Gibst du den bitte Fatih?«

»Mach ich.«

»Wie geht's ihm denn?

»Wie soll's ihm gehen?« Ich zucke mit den Schultern, und langsam dämmert mir, dass ich gerade tierisch Scheiße gebaut habe. »Wahrscheinlich beschissen.«

»So schlimm?«

Gymmi, denke ich. Das sagen nicht mal die Streber auf Ignatius. Aber ich.

Ich schaue Elly an und sie zieht an der Selbstgedrehten, und schon während ich das sage, schäme ich mich, aber es kommt einfach so aus mir raus: »Sag mal, findest du das o.k., jetzt zu rauchen?«

Elly nickt. »Ich rauch eigentlich nur abends, aber heute bin ich ein bisschen nervös.«

Sie zieht noch mal. »Aber was geht'n dich das an?«

Das geht mich natürlich überhaupt nichts an. Soll doch jeder machen, was er will. Aber ich bin aggro, gerade. Weil ich ein Idiot bin. Und außerdem will Eva Schriftstellerin werden und wird das nie sein können, weil ihre Mutter während der Schwangerschaft gesoffen hat. Und geraucht dann wahrscheinlich auch.

Aber andersrum: Vielleicht würde sie gar nicht Schriftstellerin werden wollen, wenn ihre Mutter nicht gesoffen hätte. Das weiß ja keiner. Und Eva ist ja auch gut so, wie sie ist, auch wenn ich glaube, ihr wäre es lieber, ihre Mutter hätte nicht gesoffen.

Ich bin ein Riesenidiot, denke ich. Wie konnte ich nur so eine Scheiße labern? An Elly brauche ich meine schlechte Laune jedenfalls nicht auslassen. »Geht mich nix an. Ich mein nur, wegen dem Baby.«

»Welches Baby?«

»Ich weiß Bescheid.«

»Aha. Und worüber?«

»Du bist schwanger.«

Elly lacht. »Vom Pflanzenumtopfen, oder was?«

»Hä?«

»Wie kommst du drauf, dass ich schwanger bin?«

»Fatih.«

»Hä?«

»Fatih hat gesagt, du bist schwanger, von diesem Typen da.«

»Welcher Typ?«

»Der Typ mit dem Motorradhelm. Zu dem hat Fatih gesagt, er soll sich verpissen. Als der mit Birgit geredet hat.«

Elly lacht noch mal und fragt dann: »Bitte?« So ein »Bitte« passt überhaupt nicht zu ihr. »Der Typ, von dem du sprichst, ist der Mann von meiner Schwester, wenn mich nicht alles täuscht. Von dem werd ich wohl kaum schwanger sein.« Sie zieht an der Zigarette.

»Es sei denn …«

»Was?«

»Es sei denn …«

»Jetzt sag schon.«

»Na ja, es sei denn, meine Schwester könnte keine Kinder bekommen und würde mich bitten, dass ihr Mann mich befruchtet, damit ich dann für sie das Kind austrage. Als Leihmutter sozusagen.«

»Das macht ihr?«

»Quatsch.« Elly lacht und zeigt mir ihre kleinen, spitzen Zähne. »Das war jetzt nur so 'ne Fantasietheorie.«

Fantasietheorie, denke ich. Fatih hat wirklich einen ausgezeichneten Geschmack.

Es klingelt. Die Pausenglocke. »Ich muss rein.«

»Mach's gut und vergiss nicht, ihm den Brief zu geben.«

Ich werfe einen kurzen Blick auf den Brief, weil mich plötzlich brennend interessiert, ob sie ein Herz anstatt des i-Punkts gemacht hat. Hat sie nicht. Da steht einfach Fatih drauf. Mit i-Punkt. Es kann also alles Mögliche drinstehen.

»Tschau, Elly!«

»Tschau, Paul!«

Ich renne ins Schulgebäude. Ich muss Fatih unbedingt sagen, dass Elly nicht schwanger ist. Und ihm den Brief geben. Hoffentlich ist er dann nicht mehr wütend.

62. Monster-Per

Fatih ist weg. War nicht mehr da. Hat seine Sachen gepackt und ist raus. Ich hab ihn nicht mehr gesehen, aber ich weiß, dass es wegen mir ist. Erst sage ich, es ist egal, ob man Förderschüler oder Gymnasiast ist, und wenn Fatihs Mädchen dasteht, stell ich mich als einer vor, der »aufs Gymmi« geht. Abgesehen davon, dass »Gymmi« wirklich oberpeinlich klingt: In Fatihs Augen bin ich hundertprozentig ein Arschloch.

Auf Bodo habe ich jedenfalls einen ziemlich unruhigen Eindruck gemacht, bin ein bisschen zu viel auf dem Stuhl hin- und hergekippelt. Birgit hat dann das Wort »Bällchenbad« in den Raum geworfen. Und jetzt sitze ich hier, im Bällchenbad der Röhrbachschule, und reagier mich ab. An den Wänden sind die gleichen Graffitis wie an der Tür zum Whirlpool. Ich schnappe mir einen Ball nach dem anderen und feuere den, so doll ich kann, gegen Ibrahims Kopf. Also nicht direkt gegen seinen Kopf. Er hält eine Tortenglocke davor. Ich hab das erst nicht erkannt, aber je mehr Bälle ich dagegenknalle, desto sicherer bin ich mir, dass es eine Tortenglocke sein muss. Aus Plastik. Und durchsichtig ist sie. Keine Ahnung, warum ihm das gefällt. Er sieht jedenfalls aus wie ein Astronaut. Oder ein Taucher.

So ungefähr muss es bei Ikea auch sein. Gelbe Bälle. Grüne Bälle. Blaue Bälle. Rote Bälle. »Der kleine Per möchte gerne von seiner Mutter aus dem Småland abgeholt werden«, würde die Ikea-Frau jetzt durchsagen. Stattdessen sitzt Birgit auf dem Rand und filmt uns mit dem Handy und ich bin kurz davor auszurasten. Rot! Klatsch! Gelb! Klatsch! Blau! Klatsch! Gelb! Klatsch! Rot! Klatsch! Blau! Klatsch! Grün! Klatsch! Rot! Klatsch!

Ibrahim jauchzt jedes Mal vor Glück, wenn ein neuer Ball gegen seine Tortenglocke donnert. Er presst sein Ohr ganz fest von innen gegen die Glocke, als würden die Bälle ihm kurze Witze ins Ohr flüstern, über die er sich dann kaputtlacht.

Eigentlich wollte ich nie wieder im Leben auf irgendwen oder irgendwas werfen. Zum Glück ist das hier ein Bällchen- und kein Steinbad.

Alicia-Sophie ist auch da. Ab und zu greift sie einen Ball und wirft den irgendwohin. Ansonsten schwimmt sie durchs Bällchenbad. Und säuft zwischendurch ab.

Johann-Sebastian und seine Inklusionshelferin kommen rein. Birgit in blond. Birgit steckt das Handy weg. Johann-Sebastian macht einen Bauchplatscher.

»Was ist hier denn los?«, fragt die Blonde.

»Wahrscheinlich zu viel *Monster*!«

Ich bin Monster-Per, denke ich, auch ohne *Monster*.

Alicia-Sophie taucht neben mir auf. Wie ein Tümmler. Ich fühle mich beschissen.

63. Einscheibensicherheitsglas

Es gibt kein Chili, weil die Küchenfrauen heute Kaiserschmarrn kochen und alle total auf Kaiserschmarrn abfahren. Auch Bodo. Wir brauchen also nicht zu kochen. Mir ist ziemlich egal, ob Chili oder Kaiserschmarrn. Ich hab keinen Hunger.

Die Zeit, die nach dem Bällchenbad noch bleibt, bastel ich an meinem Aquarium weiter. Alicia-Sophie liegt wieder auf dem Bauch und schaut mir zu. Fatihs Dreier steht auch da. Eigentlich sollte Fatih jetzt hier neben uns sitzen und daran herumwerkeln.

Als er gestern mein Aquarium begutachtet hat, nahm er es hoch und drehte und wendete es direkt vor seinem Gesicht. »Verarbeitung bisschen schlampig. Aber sonst … Was wird das überhaupt?«

»Was denkst du denn?«

»Keine Ahnung.« Er schaute es sich genau von allen Seiten an. »Vielleicht Röhrbach-Schule.«

»Wo ist die denn blau?«

»Is nich blau. Aber is auch Kasten.«

»Und wo is da ein Fisch drin?«

»Das soll Fisch sein?«

»Das wird ein Aquarium.«

»Echt jetz? Aus Pappe oder was?«

»Siehst du doch.«

»Pass auf! Am besten, du besorgst Styrodurplatten. Dann

ESG-Scheiben und Fliesenkleber. Viel Fliesenkleber. Das gibt richtig geiles Aquarium.«

Ich hätte ihm natürlich sagen können, dass sein Dreier-BMW auch nicht aus Metall war und dass er sich am besten ein Lenkrad und vier Reifen und Benzin besorgen sollte – stattdessen habe ich gesagt: »Das heißt übrigens Styropor.«

Fatih hat gelacht. »Styropor is Styropor. Styrodur is Styrodur.«

»Ach? Und ESG-Glas ist …«

»Einscheibensicherheitsglas.«

So sollte es heute weitergehen. Er soll mir wieder Tipps geben, die ich nicht checke, und wir basteln zusammen an unseren Kunstwerken. Aber so geht es nicht weiter. Fatih hat die Schnauze voll von mir und deshalb hat er sich verpisst.

Heute Morgen haben wir uns gesagt, dass wir keine Komplizen sind, sondern Kumpels. Und ich verheimliche in jeder Situation, dass ich Paul bin, aber Elly erzähle ich es. Fatih muss denken, dass ich scharf auf Elly bin. Bin ich aber nicht. Ich meine, natürlich bin ich ein klitzekleines bisschen scharf auf Elly, aber Elly ist Fatihs Mädchen.

Wahrscheinlich hat Fatih recht. Es ist nicht egal, ob man Förderschüler ist. Selbst Elly hat sich dafür entschuldigt, dass sie mich für einen gehalten hat, obwohl sie supersozial aussieht.

Bodo steht neben mir und nuschelt irgendwas mit »Puderzucker« und »Rosinen« vor sich hin, dann geht er wieder. Birgit kommt zu uns rüber. Sie stellt Alicia-Sophie vor die Wahl: »Entweder selber malen oder Gebärden üben. Zugucken is nich!« Dabei war beim letzten Mal noch die Rede davon, dass man sich wie auf einer Vernissage Inspiration holen kann. Und weil Alicia-Sophie keine Anstalten macht, sich für etwas zu entscheiden, kriegt sie wieder so einen Trauersmiley in ihr Heft.

64. Bist du da drin?

In der Pause irre ich planlos über den Schulhof und denke die ganze Zeit über Fatih und Elly nach und darüber, ob ich den Brief vielleicht öffnen sollte. Wer weiß, was drinsteht?

Irgendwann sitze ich auf der Bank neben der Klotür. Die ist für die Inklusionshelfer, falls die Wartezeiten in der Wickelschlange mal länger werden. Ich sitze also da und starre auf die orange Klassentür gegenüber, genauer gesagt, auf die Türklinke. Vielleicht bewegt sie sich gleich nach unten und Tamina kommt raus.

Wie das wohl für mich wäre? Wie wäre das, wenn Fatih so was mit mir machen würde? Er könnte ja auch vor Tamina den tollen Hecht raushängen lassen. Dann würde ich dumm danebenstehen. So richtig vorstellen kann ich mir das nicht. Außerdem weiß er nicht mal was davon. Vielleicht ist das mit Tamina und mir eh was anderes, als mit ihm und Elly. Vielleicht aber auch nicht.

Jemand tippt mir auf die Schulter. Manu hat sich zu mir gesetzt.

»Woher weißt du denn, dass ich hier bin?«, frage ich.

»Wusste ich gar nicht.«

»Und was machst du hier?«

»Ich habe heute Morgen Saftschinken gegessen. Ich bin Vegetarier.«

»Verstehe. Ich geh mal aufs Klo«, sage ich. Im Moment habe ich überhaupt keinen Kopf für Saftschinkengelaber.

Drinnen schließe ich mich in die mittlere Kabine ein. Ich hab mal gehört, dass da immer am wenigsten Keime sind, weil die wenigsten Menschen auf die Toilette in der Mitte gehen. Die meisten gehen nach außen, weil sie denken, dass alle die Toilette in der Mitte benutzen würden. Stimmt aber nicht. Ob das auf Förderschulen auch so ist, weiß ich nicht, interessiert mich auch nicht, weil ich niemanden kenne, der wegen Keimen ernsthaft krank geworden wäre. Außerdem habe ich ganz andere Probleme. Hoffentlich ist Fatih nicht ganz abgehauen.

Es klopft an meiner Tür. »Per? Bist du da drin?«

Manu steht direkt vor meiner Klokabine. Das weiß ich daher, weil die Spitzen seiner weißen Slipper unter der Kabinentür durchlugen. »Weißt du, ich gehe immer auf die mittlere Toilette. Sonst werde ich unruhig. Und ich habe heute Morgen Saftschinken gegessen. Ich bin …«

»… Vegetarier«, bringe ich seinen Satz zu Ende.

»Bist du auch Vegetarier, Per?«

»Nein.«

»Kannst du dich bitte beeilen, damit ich da drauf kann?«

»Ja.«

Ich reiße ein bisschen Klopapier ab und spüle es runter, um so zu tun, als ob. Dann kann Manu endlich auf sein Stammklo.

»Danke, Per. Das ist lieb von dir«, sagt er, als er sich an mir vorbei in die Kabine schiebt.

Bevor ich ganz rausgehe, stelle ich mich noch kurz ans Waschbecken und lasse ein bisschen Wasser aus dem Hahn.

Manu nuschelt vor sich hin: »Gürtel öffnen. Fertig. Knopf öffnen. Fertig. Reißverschluss öffnen. Fertig. Hose runter. Fertig.«

Aus der Kabine kommt ein klackerndes Geräusch. Vielleicht ist ihm etwas runtergefallen. Aber dann folgt ein anderes, ziemlich seltsames, surrendes Geräusch. Hat der da drin jetzt seine elektrische Zahnbürste angemacht?

»Das hat mir heute noch gefehlt«, winselt Manu.

Ich drehe mich um. Erst denke ich, das ist eine Maus, dann kurz, ein Kanarienvogel. In Wirklichkeit kommt unter der Klotür eine kleine Aufziehfigur hervormarschiert. Ein Pinguin. Aus Plastik. Mit einem Schlüssel im Rücken. Er piept vor sich hin. Dann kippt er um und dreht sich auf den Fliesen im Kreis.

Manus Hände greifen unter der Klotür durch ins Leere.

»Kannst du mir den wiederbringen, Per?«

Ich schiebe ihm den kleinen Pinguin zu.

»Danke, Per.«

Dann höre ich ihn wieder nuscheln: »Pingu in Ausgangspostion. Fertig. Pingu in die Tasche. Fertig.«

»Weißt du, was ich dachte? Ich dachte, du hättest einen echten Pinguin mitgenommen.«

Genau genommen war ich mir nicht ganz sicher, aber das wäre jetzt zu kompliziert. Und Manu und ich sind nach Fatihs Definition Kumpels und keine Komplizen.

Manu lacht. »So was geht nicht. Du bist wirklich komisch, Per.«

Und ich hatte gedacht, ich hätte aufgehört, irgendwelche Dinge anzunehmen, bloß weil ich in Röhrbach bin. Ich glaube nämlich, wenn mir jemand, der nicht hier zur Schule geht, erzählen würde, er hätte einen Pinguin im Zoo mitgenommen, dann hätte ich die ganze Sache von Anfang an anders eingeschätzt.

65. Röhrbach ist 'ne schöne Stadt

Ich hocke im Musikraum auf dem Teppichboden, wir singen jede Menge Kinderlieder und Tamina ist nicht da. Dabei waren wir doch hier verabredet – wenn ich das richtig verstanden habe. Oder ist sie jetzt bei der Tier-AG, weil sie denkt, dass wir uns da treffen? Das wäre natürlich ein Ding. Als ich vorhin aus dem Klo kam, stand sie noch oben im Flur. Vor ihr ein Junge. Er trug ein Käppi und einen zu großen, blauen Kapuzenpulli. Es war Jeremy. Ich ging an ihnen vorbei. Er sang ihr direkt ins Gesicht: »Für dich schiebe ich die Wolken weiter, sonst siehst du den Sternenhimmel nicht.« Natürlich hätte ich dazwischengehen können. Aber ich wollte vor Tamina nicht dastehen, wie ein eifersüchtiger Vollhorst. Ich will sie besser kennenlernen. Warum sollte es nicht klappen mit uns? Fatih und ich sind doch auch Kumpels (waren wir zumindest bis heute Morgen). Dann wird Fatih auch sehen, dass es mir egal ist, wer auf welche Schule geht. Und dass ich nichts von Elly will. Ich glaube, Elly hat Fatih auch noch nicht aufgegeben. Warum war sie sonst hier? Und warum hat sie ihm sonst diesen Brief geschrieben?

Aus unserer Klasse ist nur Alicia-Sophie beim Chor. Wir sitzen nebeneinander auf dem Boden, mit dem Rücken an der Wand. Sie klatscht in ihre Hände oder daneben und grölt mit. *Tante aus Marokko. Röhrbach is 'ne schöne Stadt. Meine Oma fährt im Hühnerstall Motorrad.* Ich wünsche mir *No Woman no Cry,* was ja gerade ganz gut passt. Zum Beispiel wegen Fatih, Elly und mir.

Direkt vor dem Schlagzeug liegt Johann-Sebastian und strampelt mit Armen und Beinen. Klar, dass der auch hier ist. Bei dem Vornamen.

Wir singen *Die Affen rasen durch den Wald* und rennen durch den Raum. Ein Lehrer macht die Gitarre und einer spielt Bass. Eine Lehrerin spielt Keyboard. Ein paar Schüler haben Rasseln, einer 'ne Triangel und bei jedem Song darf ein anderer auf dem Schlagzeug trommeln. Mikrofone werden auch herumgegeben. Das ist ziemlich sicher der schiefste und lauteste Chor auf der ganzen Welt. Aber alle finden es geil.

66. Echte Wolkenkratzer

Ich bin in der Dönerbude. Heute schüttet mir Fatihs Cousin löffelweise Zucker ins Teeglas. Am Dienstag hatte Fatih das noch gemacht.

»Und sonst? Wieder eine Sucuktasche, junger Mann?« Er lächelt freundlich.

Ich könnte auch ihm den Brief geben, damit er ihn dann weitergibt, aber ich würde ihn Fatih lieber persönlich geben.

Wo Fatih ist, weiß er nicht. Er meint, ich soll es mal in der Werkstatt versuchen. »Aber erst in Ruhe essen!«

Die Sucuktasche geht aufs Haus. Der Tee sowieso. »Fatihs Freunde sind meine Freunde«, sagt er. In meinem Bauch sticht es.

Ich gehe rüber zur Werkstatt. Hier weiß aber auch keiner, wo Fatih steckt. Alle sagen, ich soll es in der Dönerbude probieren.

Dann kommt ein Typ mit Blaumann und Schnurrbart unter einem Auto vorgekrochen. Der scheint hier so was wie der Boss zu sein. Zumindest steht Boss groß auf seiner Kappe.

Er mustert mich von Kopf bis Fuß. »Soll ich ihm was ausrichten?«

»Ne«, sage ich.

Der Boss schaut mich skeptisch an, ein bisschen von der Seite. »Hat der Junge Scheiße gebaut?«

»Überhaupt nicht«, sage ich. »Im Gegenteil.«

Er steckt sich eine an. Ich traue mich erst nicht, aber weil ich seine Adresse nicht habe, geht es nicht anders. »Wo wohnt Fatih denn?«

»Wer bist du überhaupt?«

Ich überlege kurz, ob ich »Paul« oder »Per« sagen soll. Das ist wichtig, falls Fatih Wind davon bekommt. Ich entscheide mich für Per, auch wenn das Fatihs Vorwurf, dass ich nur bei Elly »Paul« gesagt habe, unterstützen würde. Aber so wie ich das sehe, war das bei Elly ein Ausrutscher von mir. Hätte mir trotzdem nicht passieren dürfen.

Der Boss nimmt mich mit in sein Büro. Eigentlich ist das kein richtiges Büro, sondern eher eine Abstellkammer, in die ein Schreibtisch gequetscht ist. Darauf steht eine Flasche *WD-40*, die der Boss jetzt nimmt. Er sprüht seine Hände ein und wischt sich mit einem Abreißtuch die schwarze Schmiere ab. Dann zeigt er mir auf dem Stadtplan an der Wand den Weg zu Fatih und schreibt mir die Adresse auf.

Er grüßt mit Zeige- und Mittelfinger von der Stirn und

lächelt. »Bestell dem Kurzen mal ’nen Gruß. Morgen Nachmittag gibt’s was zu tun für ihn.«

»Mach ich.«

Hoffentlich ist er zu Hause. Das würde zwar noch lange nicht heißen, dass er mir aufmacht, aber ich habe ja noch den Brief. Den kann ich ihm geben und hoffen, dass gute Nachrichten drinstehen. Vielleicht hätte ich ihm auch einen Brief schreiben sollen. Aber was hätte ich reingeschrieben? Außerdem hätte er das wahrscheinlich scheiße gefunden.

Fatih wohnt in einem der Röhrbachtürme. Die Röhrbachtürme sind drei nebeneinanderstehende Betonklötze. Echte Wolkenkratzer.

Am Wochenende habe ich in der Zeitung über die gelesen. Dass sie gerade 40 Jahre alt geworden sind zum Beispiel und dass jeder von den Türmen genau 100 Meter hoch ist. Ich kenne Fatih jetzt zwei Wochen und hatte keinen Schimmer, dass er in einem der Röhrbachtürme wohnt. Ich dachte, der würde irgendwo in einem Zwei-oder-Dreifamilienhaus wohnen, mit einer Eisdiele unten drin oder einem Kiosk und gegenüber ist ein Spielplatz. So hatte ich mir das vorgestellt, aber Fatih wohnt in der Röhrbachpromenade, also gehe ich in den Eingangsbereich von Turm 2. Es gibt 30 Etagen und auf jeder Etage neun Wohnungen. Das heißt: Vor meiner Nase befinden sich 270 Klingelschilder. Abgesehen davon, dass ich keine Ahnung habe, in welchem Stock er wohnt, würde mir das sowieso nicht weiterhelfen. Ich kenne nicht mal seinen Nachnamen. Arslan könnte er heißen. Oder Yildiz. Meyer ist es jedenfalls nicht und Proust auch nicht.

Vielleicht kommt er ja irgendwann zufällig raus. Oder rein. Oder seine Mutter, sein Vater, der Boss, die Frau vom Jugendamt oder sonst irgendwer, den ich kenne, läuft mir hier über den Weg.

Ich warte zwei Stunden vor der Klingelwand, die mindestens so groß ist, wie die Leinwand, auf der Bodo seine Urlaubsfotos gezeigt hat, aber es kommt keiner.

Gerade noch schien der Mond durch ihre alten Äste. Jetzt schieben sich Wolken davor. Ich presse meinen Rücken gegen den Stamm. Es ist stockfinster. Im Gebüsch raschelt etwas. Über mir schreit der Uhu. Dann ist es still.

Klettergerüst, Schaukel und Drehscheibe sehen im Dunkeln aus wie Ungeheuer, die in Zeitlupe auf mich zukommen.

So ein zwitschernder Kanarienvogel würde jetzt etwas Spannung rausnehmen. Vielleicht würde er die Sache aber auch erst richtig gruselig machen. Wenn man nicht selber hier draußen stehen müsste, würde man behaupten: Die alte Kastanie ist der perfekte Treffpunkt für eine verbotene Nacht-und-Nebel-Aktion wie diese – abgesehen davon, dass die Nacht-und-Nebel-Aktion ziemlich sicher abgeblasen ist.

Er wird nicht kommen. Unsere Verabredung ist ungültig. Ich würde mich auch nicht mit einem Penner wie mir treffen wollen.

Mittlerweile ist es 20 nach. Ich nehme ein Bier aus dem Rucksack, hatte mir überlegt, vielleicht freut er sich über ein Bier. Hätte dabei helfen können, Gras über die Sache wachsen zu lassen. Mit dem Brief in der Hinterhand und dem Wissen, dass Elly nicht schwanger ist, hätte das meine Chancen vielleicht verbessert.

Meine Hände zittern. Die Dose liegt kalt in der Hand. Es zischt, als ich sie öffne. Ich nehme einen großen Schluck. Jetzt zittern auch die Oberarme, dann meine Schultern und Beine. Als ob sich das Bier von innen überall kalt im Körper ausbreiten würde. Ich glaube, der Mond wird heute Nacht nicht mehr zurückkommen.

In der hintersten Ecke des Spielplatzes leuchtet plötzlich etwas auf. Könnte 'ne Katze sein, die durch eine Lichtschranke gelaufen ist. Oder der Hausmeister, der etwas von dem Plan mitbekommen hat, oder aber er will bloß in den Blumenkübel vor seiner Haustür pissen, weil er das nachts vielleicht immer so macht.

Das Licht kommt näher. Es ist ein einzelner Strahl. Ein einzelner Strahl, der kreuz und quer durch die Dunkelheit leuchtet. Da kommt jemand mit Taschenlampe. Er steuert genau auf die alte Kastanie zu. Den Rücken an den Stamm gepresst, stehe ich da, tue so, als ob ich Rinde wäre. Ich halte die Luft an. Erst streift es kurz mein Gesicht, dann richtet es sich ganz darauf.

»Scheiße dunkel hier!«

Ich atme aus – Fatih.

Er leuchtet mich von oben bis unten ab. »Ganz in Schwarz. Wie richtiger Einbrecher«, sagt er.

Ansonsten sagt er nichts. Er leuchtet auf die Bierdose in meiner Hand. Ich biete ihm die andere an und er nimmt sie, ohne Danke oder etwas anderes zu sagen.

Ich schlage vor, erst in Ruhe das Bier zu trinken, bevor es losgeht. Er reagiert nicht, also gehe ich vor und setze mich auf die Drehscheibe. Fatih kommt hinterher. Der Mond ist wieder da. Wir trinken Bier. Fatih raucht ein paar. Ich hab keine Zigaretten und traue mich nicht, ihn zu fragen.

Fatih starrt geradeaus, ich in den Himmel. Der Mond sieht aus wie ein kalter Pfannkuchen.

»Tut mir leid!«

»Was?«

»Das!«

»Pfff!«

»War scheiße von mir!«

»Pfff!«

»Nimmst du's an?«

Er nimmt einen großen Schluck und rülpst.

Noch mal entschuldigen macht, glaube ich, keinen Sinn, also sage ich, was ich gerade denke: »Ich hätte nicht gedacht, dass du kommst.«

Aber Fatih macht wieder nur: »Pff!«

Wir schweigen wieder eine Weile, dann rülpst Fatih noch mal und sagt: »Ich hätt nich gedacht, dass du kommst.« Er springt von der Drehscheibe und presst die Dose zusammen.

Ich muss übertrieben pissen und Fatih anscheinend auch. Wir pissen an die Turnhalle. Ich zähle im Kopf die Sekunden. Fatih pisst 30 Sekunden, ich 27, wobei sein Strahl sich nach mehr anhört als meiner.

Fatih geht Richtung Schulgebäude. Ich hinterher. Er tritt gegen den Laternenmast auf dem Hof. Die Laterne geht aus.

Im Gebäude ist auch alles dunkel. Zu dem blöden Gefühl, dass ich wegen Fatih habe, kriecht jetzt wieder die Aufregung in mir hoch.

Vor dem Hintereingang drückt Fatih mir die Lampe in die Hand. Er zieht den Schlüssel mit der roten Minibillardkugel aus der Tasche und schließt auf. Ich gebe ihm die Lampe zurück und er hält mir die Tür auf.

Es riecht nach Kaiserschmarrn von heute Mittag. Am liebsten würde ich sofort wieder raus, weiß aber, dass es dafür noch zu früh ist. Ich meine, ich stehe gerade mal einen Meter hinter der Tür.

»Und du hast das echt schon öfter gemacht?«

Fatih antwortet nicht und leuchtet die Wand ab. Da ist eine kleine Geheimtür. Er öffnet sie. Dahinter ist eine Tastatur. Wie beim Bankomaten. Fatih tippt darauf herum und es piept zweimal. Dann wirft er die Klappe wieder zu. »Alarmanlage. Wenn du nachts aufschließt, immer erst PIN eingeben. PIN ist 1921. Biste bereit?«

Ich nicke.

»Also, was jetzt? Bereit oder nich?«

Ich nicke noch mal.

»Was is? Kannste nich mehr sprechen?«

»Ich hab doch genickt.«

»Im Dunkeln nicken. Gute Idee.«

»Bin bereit«, sage ich.

»Dann los!«

Die Leuchtstofflampen über uns flackern auf, dann die davor und die davor. Ich klammer mich an Fatih. Im ganzen Flur geht nach und nach das Licht an und der Flur ist voll mit dem Klimpern und Klackern der Röhren. »Is immer so. Geht gleich wieder aus.« Ich lasse Fatih wieder los. Er wischt sich mit den Händen seine Jacke ab, als ob ich die dreckig gemacht hätte.

Wir gehen am Whirlpool vorbei. »Wenn du nachts baden willst: Dauert länger, bis Wasser warm wird.«

Fatih schließt den Aufzug auf und sagt, dass es wichtig sei, im Fahrstuhl auf den richtigen Knopf zu drücken. Der Alarmknopf ist direkt über Etage 1. Und wenn man den Alarmknopf erwischt, kommt die Feuerwehr. Bei allem, was er sagt, schaut er mich nicht an.

Wir gehen in unsere Klasse, und als auf dem Weg dahin im Flur wieder alle Lichter angehen, klammer ich mich nicht an Fatih.

Drinnen zieht er die Vorhänge zu und macht das Licht an.

Er geht nach nebenan und poltert da herum, kommt dann mit einem Stapel Mappen wieder, die er vor mir auf den Tisch wirft.

»Da!«

»Was ist das?«

»Akten.«

»Was soll ich damit?«

»Blättern.«

»Und dann?«

»Nix dann.«

Ich würde mir lieber ein bisschen das Aquarium anglotzen oder mal zu Dieter in die Klasse. Die haben angeblich eine Xbox. Aber wenn Fatih will, dass ich mir irgendwelche Akten anglotze, dann mache ich das besser.

Ich stehe vor den Akten und Fatih läuft hektisch durch die Klasse und wirft alle möglichen Schränke auf und wieder zu. Wie ein völlig übermotivierter Einbrecher.

Jeder Schüler hat seine eigene Akte. Da sind lauter Tabellen drin und es geht überall um »kognitives« und »autistisches«, um »Syndrome« und »Sequenzen«. Das Einzige, was ich interessant finde, ist: Alicia-Sophie ist seit zwölf Jahren hier auf der Schule und Ibrahim war schon auf zwölf verschiedenen. Außerdem ist *Tavor* sein Notfallmedikament. Ich frage mich, was genau eigentlich ein Notfall ist.

Fatih kniet mittlerweile auf dem Boden und wühlt mit Kopf und Händen im Kühlschrank herum. Ich klappe Ibrahims Akte zu.

»Elly ist nicht schwanger!«, sage ich.

Fatih zieht seinen Kopf aus dem Kühlschrank. »Was sagst du da?« Seine Stimme ist so fest, wie den ganzen Abend noch nicht. Der Kühlschrank steht noch offen.

»Sie hat mir gesagt, dass sie *nicht* schwanger ist.«

»Wieso soll sie das sagen?«, fragt Fatih. »Ich meine, wieso soll sie das *dir* sagen?« Er bleibt kurz stehen, wackelt seinen Schädel wieder wie ein Wackeldackel hin und her. »Ach ja: Weil du *Gymmi* gehst!?«

»Willst du, dass ich's dir erzähle, oder nicht?«

Er lacht kurz auf.

»Pass auf!«, sage ich. »Woher weißt du, dass sie schwanger ist?«

»Hat sie mir geschrieben.«

»Ich dachte, du hast kein Handy.«

»Facebook.« Er tritt nach hinten aus. Die Kühlschranktür fliegt zu. »Jetzt sag! Was sagt sie?«

»Was hat sie GENAU geschrieben?«

»Was weiß ich denn?«

»Na ja, hat die einfach aus heiterem Himmel geschrieben: Ich bin schwanger?«

»Die hat einfach geschrieben ›schwanger‹.«

»Nur ›schwanger‹?«

»Nur ›schwanger‹.«

»Und du hast sie davor nix gefragt oder so?«

»Was willst du, Mann? Is doch scheißegal, was ich schreib. Ich hab die mit diesem Typ gesehen. Mit Motorradhelm. Da war ich sauer.«

»Weißt du, wer der Typ ist?«

»'n Trottel is der.« Fatih schlägt mit der Faust in die flache Hand. »Wenn ich den noch einmal hier sehe, ich schwör, ich …«

»Das ist der Mann ihrer Schwester.«

Er denkt kurz nach. »Das is doch pervers! Alter!«

»Das ist ihr Schwager, Mann!«

»Schwanger von Schwager. Das is noch perverser.«

»Sag mal, raffst du's nicht? Die hat Schwager geschrieben, nicht schwanger.«

Ich hätte gedacht, dass er jetzt anfängt zu lachen oder zu weinen, oder dass er sich mit der Hand an die Stirn haut, aber er steht einfach nur da, schaut nach rechts oben und sagt: »Könnte sein.«

Dann gebe ich Fatih den Brief und er reißt den Umschlag auf und fängt sofort an zu lesen.

»Und? Was schreibt sie?«

Fatih liest und liest.

»Wenn du Fragen hast …« Ich rede besser nicht weiter. Aber ich würde zu gerne wissen, was drinsteht.

Nach ungefähr zehn Minuten hat er den Brief dreimal gelesen, faltet ihn zusammen und steckt ihn in seine Hosentasche.

»Und?«

»Gut«, sagt er.

»Nur gut?«

»Nur gut. Besser als nur schlecht.« Und dann lächelt er ein klitzekleines bisschen, schaut mich an und sagt: »Hast keine Chance bei ihr!«

Ich muss grinsen. Scheinen gute Nachrichten zu sein. Gut für Fatih. Gut für mich. Gut für uns beide.

Weil Fatih bislang noch gar nichts von Tamina und mir

weiß, wird es höchste Zeit. Vielleicht kann er mir auch helfen. »Was hältst du eigentlich von Tamina?«

»Welche Tamina?«

»Wie viele Taminas kennst du denn?«

Fatih überlegt und zählt mit den Fingern: »Drei.«

»Ich meine Tamina von unserer Schule.«

»Ah ja stimmt. Dann vier. Was is mit der?«

»Find ich nicht schlecht.«

»Haste ma an der gerochen?«

»Wieso?«

»Müffelt.«

Der spinnt wohl. »Die müffelt doch nicht!«

»Doch. Hat immer Plastikklamotten an.«

Auf Anhieb fällt mir überhaupt kein Mensch auf der Welt ein, der Klamotten aus Plastik trägt und dann auch noch »immer«. Können ja nicht alle in so tollen Filzmänteln durch die Gegend laufen wie Elly.

»Riech mal dran! Wenn ich du wär …«

»Ich bin aber nicht du!«

»Stimmt«, sagt Fatih. »Warte kurz. Ich hol was.«

Bevor ich etwas sagen kann, zum Beispiel, dass ich jetzt nicht so gerne alleine hier in der Klasse bleiben möchte und lieber mitkommen würde (wobei das davon abhängt, wo er genau hingeht), ist er schon raus und hat die Tür hinter sich zugeworfen. Draußen im Flur klimpern die Röhren.

Ich mache das Licht aus und gehe nach nebenan, damit keine Putzfrau oder jemand anderes, der zufällig um diese Uhrzeit noch durch die Schule geistert, mich hier erwischen kann.

Ein paar Minuten sitze ich im Dunkeln und warte darauf, dass Fatih zurückkommt. Ich denke an morgen. Daran, dass ich Tamina das Aquarium schenken werde. So was hat sie mit Sicherheit noch nicht. Ich habe es heute zu Hause zu Ende gebastelt und es ist wirklich ÜBERRAGEND geworden.

Draußen gehen wieder die Röhren an, ich gehe Fatih entgegen – nicht, dass der erschrickt, wenn er reinkommt und alles ist dunkel und ich nicht im Klassenraum.

Ich öffne die Tür zum Flur, aber von Fatih ist weit und breit keine Spur. Dafür stolziert jemand anderes über den Gang, beladen mit zwei Plastiktüten, die genauso schneeweiß sind, wie sein wallendes Haar. Dieter ist da.

Durch den Türspalt sehe ich ihn von hinten, wie er sich in Richtung seiner Klasse bewegt. Die Leuchtröhren gehen aus und dann wieder an. Er hat mit dem Ellbogen auf einen der Schalter gedrückt.

Bei uns in der Klasse dürfte ich sicher sein, und so, wie ich Fatih kenne, hat er die Lage unter Kontrolle und ist an einem sicheren Ort.

Dieter schließt seinen Klassenraum auf. Ich wüsste zu gern, was er da drin um diese Uhrzeit will. Noch lieber wüsste ich, was in diesen beiden riesigen Tüten ist. Gerade denke ich, dass in einer der beiden Tüten ein Euter drin ist. Warum ich das denke, weiß ich auch nicht. Da müsste man einen Psychiater fragen. Aber ich werde wohl kaum so blöd sein, zu einem Psychiater zu gehen und ihn bitten mir zu sagen, warum ich mir Kuheuter als Inhalt von weißen Plastiktüten vorstelle. Der würde mich dann wahrscheinlich hypnotisieren und dabei käme lauter peinliches Zeug ans Licht und zusätzlich noch irgendwelche vergessenen Erinnerungen aus der frühesten Kindheit.

Dieter verschwindet in seiner Klasse.

Hinten links, auf der anderen Seite, ist eine Tür einen Spalt weit geöffnet. Kurz zuckt eine Hand heraus und winkt, dann guckt ein Kopf um die Ecke. Fatih ist in Sicherheit, und ich glaube, das ist die Klasse von Tamina, aus der er rausglotzt.

Fatih macht irgendeinen Blödsinn mit den Händen. Geheime Zeichensprache oder so was. Der hört gar nicht mehr auf damit und jetzt merke ich, dass Fatih Gebärden macht und ich Idiot kann keine einzige Gebärde außer Lachs, Tandem, Baby, Schokolade und Banane. Also mache ich die jetzt alle hintereinander, damit Fatih wenigstens weiß, dass wir auf derselben Welle funken.

Fatih zeigt mir den Scheibenwischer. Kurz werde ich panisch, weil ich denke, dass Gebärdensprache jetzt unglaublich sinnvoll, Lösung aller Probleme und Rettung in der Not wäre, aber dann wird mir klar, dass wir aus der Nummer hier auch ohne Gebärden rauskommen werden – jeder bleibt, wo er ist, bis Dieter weg ist, und alles wird gut.

Die Tür öffnet sich, Dieter kommt raus und schließt ab. Ich ziehe meine vorsichtig zu, mache das Licht wieder aus, höre Dieters Schritte, wie sie näher kommen. Vorsichtshalber klettere ich auf die Fensterbank und stelle mich hinter den Vorhang.

Ein Schlüssel dreht sich im Schloss. Die Tür geht auf, das Licht an und in meiner Nase fängt es an zu kribbeln. Diese Scheißvorhänge.

Ich höre Dieter, wie er sich räuspert, wie er an der gegenüberliegenden Wand entlanggeht, wie er stehen bleibt, höre, dass er den Kühlschrank öffnet. Der surrt von innen. Ich müsste mir dringend die Nase reiben, will mich aber nicht bewegen. Dieter wühlt und ächzt und stöhnt. Dann sagt er: »Komisch.«

Er schließt den Kühlschrank. Er geht Richtung Tür.

Das Kribbeln wird unerträglich.

68. Interessiert mich nich

Ich niese.

Dieter ist weg.

Fatih ist wieder da.

»Was wollte der Spinner denn hier?«, frage ich.

Wir untersuchen unseren Klassenraum und ganz besonders den Kühlschrank, aber alles ist genau wie vorher. Dieter hat sich hier bloß umgesehen. Warum auch immer.

Wir gehen in Dieters Klasse. Da ist quer durch den ganzen Raum ein weißes Banner gespannt. Auf dem steht: »Herzlich willkommen, Herr Schabinger!« Und dahinter, an die Tafel, hat jemand mit Kreide geschrieben: »Erwachsene sind dooof.« Mit drei O und das dritte O ist durchgestrichen.

»Was hältst du davon?«, frage ich und leuchte den Willkommensgruß ab.

»Dachte mir so was.«

»Und der Spruch an der Tafel?«

»Hat der selbst geschrieben, sonst wär das weggeputzt, nich durchgestrichen.«

Fatih geht zum Kühlschrank. Ich hinterher. Er macht die Tür auf. Das Licht fällt auf den grauen Plastikboden.

Dreimal hintereinander sagt er »Aha«. Dann zweimal hintereinander und zum Schluss noch ein einziges Mal »Aha«. Und dann noch: »Dacht ich mir.«

»Was denn? Was denn?«

Fatih greift in den Kühlschrank und zieht etwas heraus. Er stellt es auf den Herd. Ich halte die Lampe drauf. Es ist eine Plastikschale. Mit einem durchsichtigen Plastikdeckel. Das Ganze ist ungefähr so groß wie ein Schuhkarton und ich muss kurz wieder an mein Aquarium denken. Drinnen ist eine bräunliche Suppe und mittendrin in dieser durchfallähnlichen Suppe liegt etwas, von dem ich nicht weiß, was es ist. Ich weiß nur, dass es gruselig aussieht.

Fatih und ich stehen beide da und starren auf dieses abartige Etwas. »Was ist das?«, frage ich, obwohl ich gar nicht genau weiß, ob ich es wirklich wissen will.

Fatih hebt es hoch, ich leuchte drunter. Da klebt ein Aufkleber. Ich lese laut vor: »Ochsenzunge in Madeira.«

Lag ich gar nicht so falsch mit meinem Euter.

Dann geht die Alarmanlage an. Wir stopfen die Ochsenzunge wieder in den Kühlschrank und rennen zurück in unsere Klasse. Zumindest renne ich in unsere Klasse. Fatih biegt kurz vorher ins Treppenhaus ab und ruft mir etwas zu, das ich nicht verstehen kann – und: »Komm gleich nach!« Ich hoffe, dass ich ihn richtig verstehe und er meint, dass *er* gleich nachkommt, weil: *Ich* werde bestimmt nicht nachkommen.

Zum Glück ist Fatih schneller wieder da als erwartet.

»Bodo«, sagt er, während er uns einschließt. Wir schauen beide auf die Akten und dann uns gegenseitig an. Die Alarmanlage geht aus. Fatih rennt zum Lichtschalter, ich schnappe mir die Mappen und renne nach nebenan. Fatih kommt hinterher.

Man hört Bodo. Seine Stimme. Ich glaube, er telefoniert. Er schließt die Klasse auf und macht das Licht an. »Brauchen nicht anrücken«, sagt er. »Alles in Ordnung. Nur was vergessen. Versprochen. Ja. Soll nicht mehr vorkommen. Schönen Abend noch!«

Dieter hat den PIN eingegeben, Fatih auch und sogar ich weiß, dass man 1921 eintippen muss, weil sonst die Alarmanlage angeht. Nur Bodo hat das verrafft.

Ich schaue nicht in die Klasse, weil ich denke, wenn ich Bodo sehe, kann Bodo mich auch sehen.

Wir hören seine Schritte. Das Öffnen der Kühlschranktür. Das Surren. Dann geht er wieder, macht das Licht aus. Schließt uns ein.

»Dreimal darfst du raten, was Kühlschrank is«, flüstert Fatih.

»Ochsenzunge in Madrid?«, frage ich.

»Du meinst in Madeira.«

»Oder so.«

Wir sehen nach. Im Kühlschrank steht ein großer Topf Chili.

»Sag mal, ist das normal, dass hier nachts einer nach dem anderen auftaucht?«

»Hier ist nix normal«, sagt Fatih. »Aber wenn Fernsehkoch kommt …«

»Heißt das, du wusstest, dass die kommen?«

»Sagen wir so, war möglich.«

»Und dann nimmst du mich mit. In so einer Nacht schleppst du mich hierher?«

Fatih sagt nichts und ich will auch nicht weiter drauf rumreiten. »Gut, dass Bodo vergessen hat, den Alarm abzustellen.«

»Glaub ich nich.« Fatih grinst mich an. »PIN wurde letzte Woche geändert. Schätze, der hat Mail nich gelesen.« Er zwinkert mir zu.

»Und du …?«

»Klar.« Er zeigt Richtung Schreibtisch. »Passwort is Bodolino.«

Ich weiß gar nicht, warum er mir diese ganzen Kniffs und Tricks erzählt. Ich werde eh nie wieder hier einsteigen. Das ist viel zu aufregend alles.

»Hab noch was für dich«, sagt Fatih. Er wirft eine Mappe auf den Tisch.

Es ist Taminas.

»Lies! Steht alles drin!«

Ich nehme die Akte vom Tisch.

»Die nimmt Pille.«

»Das machen viele Mädchen.«

»Lies doch!«

»Interessiert mich nicht.«

Natürlich würde ich gerne alles lesen, was da drinsteht, aber mir gefällt nicht, wie Fatih Tamina vor mir schlechtmachen will. Soll sie mir morgen doch alles selber erzählen.

Zum Beispiel, ob sie schon zwölf Jahre hier zur Schule geht oder erst zwei. Dass Tamina die Pille nimmt, gefällt mir sogar – vielleicht wird meine erste Freundin die Pille nehmen. Gar nicht schlecht für den Anfang.

Ich gebe ihm die Mappe wieder. »Außerdem ist das Privatsache.«

Fatih hebt die Arme. »War bloß Angebot.«

Wir reden dann noch darüber, was diese ganze Sache soll, warum die mitten in der Nacht Essen hier anschleppen, und überlegen kurz, ob wir zum Beispiel die Ochsenzunge versalzen oder mit dem Chili vertauschen sollen. Ich bin dagegen, weil ich finde, dass wir in letzter Zeit genug Scheiße gebaut haben, und Fatih ist einverstanden. Auch damit, dass wir gleich abhauen, bevor noch mehr ungebetene Gäste aufkreuzen.

Fatih wäscht sich die Hände am Waschbecken.

Ich gehe nach nebenan.

Der Wandschrank steht offen. Eine einzelne Mappe liegt darin. Hat er wohl übersehen. Ich nehme sie raus, um sie auf den Stapel mit den anderen zu legen. Dann lese ich die Aufschrift. Es ist Fatihs Akte.

Ich schlage sie auf und fange an zu lesen.

»Und? Spannend?«

Fatih steht neben mir. Ich drehe mich zu ihm. Er klappt die Akte zu, zieht sie mir zwischen den Händen weg. Fatih schaut mir in die Augen. Ohne zu blinzeln. »Ich dachte, interessiert dich alles nich.«

»Interessiert mich auch nich.«

»Dann is ja gut«, sagt er. »Außerdem is das, wie hast du gesagt?«

»Privatsache.«

»Genau. Privatsache.«

Er hält mir die Akte wieder hin. »Oder willste trotzdem? Is vielleicht spannend. Vielleicht lüg ich. Nussjoghurt!? Pah! Na los! Guck schon nach. Guck nach, was ich für Schwerverbrecher bin!«

»Nein, ich will wirklich nicht, es ist …«

»Was los? Is doch egal, dass ich dir alles zeig hier, dass wir Geheimnis haben. Wichtig is: Was steht da drin? Hier. Schenk ich dir. Kannste Gymnasium Aufsatz schreiben: Förderschüler Fatih.«

Ich lege die Mappe wieder auf den Stapel und räume sie alle zusammen in den Schrank. Fatih schließt den Schrank ab und ich fühl mich wieder beschissen. Ich überlege kurz, ob ich mich bei ihm entschuldigen soll, aber ich habe mich heute schon mal bei ihm entschuldigt. Das glaubt einem irgendwann auch keiner mehr. Also sage ich das, was ich wirklich und ganz ehrlich meine: »Mir ist egal, was da drinsteht. Wirklich und ganz ehrlich.«

Fatih atmet tief durch. Er schaut mich an und geht dann rüber in die Klasse. Ich kann ihn von hier aus nicht sehen, aber ich höre ein Rascheln. Er muss direkt um die Ecke stehen. Ich warte zwei Minuten, aber er kommt nicht wieder rein, also gehe ich zu ihm.

Er steht da und liest in Ellys Brief.

»Fatih, ich …«

Fatih hebt seinen Zeigefinger. Das soll wohl heißen, dass ich nicht weiterreden soll. Er faltet den Brief zusammen und steckt ihn in die Tasche. Er schaut mich an. »Was is?«

»Nix.«

»Na dann. Lass abhauen, Gymnast!« Dann zwinkert er mir mit einem Auge zu und wir hauen ab.

69. Dann ist es still

Ich bin müde und will nur noch ins Bett. Es ist mittlerweile Viertel nach zwei.

Dummerweise brennt zu Hause noch Licht im Wohnzimmer. Wahrscheinlich ist Papa wieder vor dem Fernseher eingeschlafen.

Ich könnte einfach in mein Zimmer, aber stattdessen mache ich den wahrscheinlich größten Fehler meines Lebens. Ich gucke, was los ist.

Die Tür ist einen Spalt auf. Auf dem Wohnzimmertisch stehen eine offene Flasche Sekt und zwei Gläser. Papa schläft nicht. Und er sieht auch nicht fern. Leider. Er sitzt auf dem Sofa. Nackt. Und Mama sitzt auf ihm drauf. Auch nackt.

Ihre Brüste hüpfen vor seinem Kopf auf und ab. Mama stöhnt und Papa auch und ich starre die beiden an. Ich sollte besser woanders hingucken, aber kann die Augen nicht davon lassen. Das ist wie mit diesen Pannen-und-Unfall-Clips, in denen einer im Stehen die Schwimmbadrutsche runter will und dann auf der Kante landet. Oder der Typ, der mit dem Gesicht auf den Trampolinrand donnert.

Mama reitet schneller und sie stöhnen lauter und dann schaffe ich es doch noch, die Augen von ihnen zu nehmen und lege mich ins Bett. Das Stöhnen dringt bis in mein Zimmer. Schließlich schreit Papa einmal auf. Dann ist es still.

Ich höre, wie die beiden in den Flur kommen.

»Hoffentlich klappt es diesmal besser«, sagt Papa.

Mama sagt nichts.

Die Wohnungstür fällt ins Schloss.

Ich glaube, die haben gerade versucht, ein Baby zu machen. Und zwar nach Möglichkeit eins mit geschlossenem Rücken.

Tag 12
(Freitag)

70. Weiter so, Jungs!

Wegen der Wohnzimmeraktion von letzter Nacht, hatte ich erst das Aquarium zu Hause vergessen. Also musste ich noch mal zurück. Zum Glück wollte mich heute keiner zur Schule fahren. Mama und Papa schliefen beide noch.

Auf dem Weg zur Schule habe ich dann beschlossen, mir den heutigen Tag nicht von meinen Eltern versauen zu lassen. Denn heute geht es um andere Menschen. Um mich und um Tamina zum Beispiel. Außerdem in den Hauptrollen: Fred Schabinger, ein Topf Chili und eine Ochsenzunge. Wenn es also einen Tag im Leben gibt, der sich perfekt eignet, um sich von den Geschehnissen der zweiten Nachthälfte ablenken zu lassen, dann ist es dieser Tag. Ich bete nur, dass heute Nachmittag nicht wieder der Pastor auf dem Sofa hockt. Um eine Dritthochzeit zu planen oder so.

Ich bin eine Viertelstunde zu spät. Schon von Weitem erkenne ich den Hausmeister und dass er heute statt einer Greifzange einen Teppichklopfer in der Hand hält. Damit drischt er auf einen lila Teppich ein, den er gerade aus der Schule geschleppt und über den Zaun geworfen hat. Darüber schwebt eine riesige Staubwolke. Nach unzähligen Schlägen hebt der Hausmeister den Teppich vom Zaun und rollt ihn vor dem Eingang aus.

Das ist das erste Mal, dass ich ihn ohne seinen Kittel sehe. Heute trägt er eine Weste, und so wie er jetzt, den Teppichklopfer in der Hand, neben der Eingangstür steht, macht er einen auf Türsteher. Fehlt nur der Knopf im Ohr.

Ich betrete den lila Teppich und der Hausmeister meint knurrend: »Du hast auch vor gar nichts Respekt, Grünebaum, oder!?«

In meiner Nase kribbelt es. Gerade noch schaffe ich es, das Aquarium aus meiner Niesbahn zu halten. Dann niese ich voll auf den Teppich. Dreimal.

Der Hausmeister schaut mich schockiert an, und als ich reingehe, höre ich, wie er raunt: »Wart's nur ab, Freundchen!«

Dabei ist es wirklich nicht meine Schuld, dass er zwischen mir und dem Eingang eine überdimensionale Staubwolke geschaffen hat.

Im Flur hängen Luftschlangen von der Decke und alle paar Meter klebt eine Traube bunter Luftballons an den Wänden. Ansonsten ist nichts los. Erst wieder bei uns in der Klasse.

Die Gebärdenfrau steht vorne und sagt: »Ich möchte ein Brötchen kaufen. Was möchtest du kaufen?« Dann macht sie die passenden Gebärden dazu vor.

Ich versuche, möglichst unauffällig zu meinem Platz zu gelangen, bevor Bodo mich bemerkt. Der wuselt in seinem Hawaiihemd so ähnlich durch den Raum wie Fatih letzte Nacht: Er reißt alle möglichen Schränke und Schubladen auf.

»Pass auf, Per!« Jetzt hat er mich bemerkt und will wahrscheinlich wissen, warum ich zu spät bin.

»Du gehst jetzt runter zu den Küchenfrauen und fragst nach der guten Kelle!«

»O.k., muss das noch kurz abstellen.« Ich deute mit den Augen runter auf das Aquarium, und auch wenn er den Grund für mein Zuspätkommen gar nicht wissen will, sage ich: »Hatte das vergessen.«

Nebenan ist im Moment besetzt, weil wieder Fatihs Scheiße-bauen-Kontrolle stattfindet, also stelle ich es auf meinen Platz. Dann gehe ich runter.

Die Schulküche steht offen. Von den Küchenfrauen keine Spur. Vorsichtig klopfe ich gegen den Türrahmen. Niemand antwortet. »Hallo?«

Am Tisch sitzen sie nicht. Da stehen bloß zwei Tassen Kaffee, und wo sonst ein voller Aschenbecher ist, steht heute ein frischer Blumenstrauß.

Eigentlich ist es nicht meine Art, Räume ohne Erlaubnis zu betreten, aber Bodo braucht die gute Kelle.

»Wie wär's mit Klopfen?« Die Küchenfrauen sind doch da. Um die Ecke, hinten bei den Herden stehen sie, unter die Dunstabzugshauben gebeugt, in die sie den Zigarettenqualm pusten.

»Ich hab geklopft.«

»Jaja«, sagt die Küchenfrau, die ich letzte Woche über den Haufen gerannt habe. Sie macht die Zigarette im Waschbecken aus, schmeißt sie in den Müll und kommt zu mir rüber.

»Heute bleibt die Küche kalt«, sagt sie und macht dabei ein Gesicht, als ob sie gerade einen ordentlichen Schluck von Dieters Madeirasoße genommen hätte. Zumindest würde ich dann so ein Gesicht machen.

Die Küchenfrauen tragen heute Jeans und Blusen statt der ärmellosen Kittel.

»Ich brauch die gute Kelle«, sage ich.

Wie auf Kommando schauen sie sich gegenseitig an.

»Wer schickt dich denn?«, ruft die, die noch an der Dunstabzugshaube steht, rüber.

»Bodo.«

»Gib ihm die andere«, befiehlt sie ihrer Kollegin und die gibt mir eine große, silberne Suppenkelle aus einer der Schubladen.

»Tschüss«, sage ich und mache mich wieder auf den Weg.

»Tschüss«, rufen mir die Küchenfrauen hinterher.

Als ich wieder nach oben gehe, dröhnt durch die Flure eine Durchsage: »Die Chor AG trifft sich im Musikraum. Alle, die in unserem Schulchor singen, sollen jetzt unbedingt in den Musikraum kommen.«

Ich weiß nicht genau, ob ich im Schulchor singe. Ich war einmal da.

Links und rechts, vor und hinter mir springen Klassentüren auf und Schüler rennen jubelnd Richtung Musikraum. Jeremy kommt mir auch entgegen. Der war doch gar nicht dabei gestern, denke ich. Aber heute, wo möglicherweise der große Auftritt stattfindet, steht der plötzlich in der ersten Reihe.

Bis zum Musikraum ist es mir jetzt zu weit. Außerdem will ich Bodo nicht zu lange auf die gute Kelle warten lassen. Aber an Taminas Klasse komme ich noch vorbei und ich muss wissen, ob sie da ist oder beim Chor. Gut, dass ich dieses Küchenwerkzeug mit mir rumschleppe.

Ich klopfe an der Tür zu Taminas Klasse und höre ein »Herein« von drinnen.

»Gehört die euch?« Ich halte die Kelle nach vorne.

»Nein, probier es mal bei den Küchenfrauen«, sagt Thorsten und ich verschwinde wieder. Tamina ist offensichtlich wieder nicht beim Chor. Tamina sitzt auf ihrem Platz. Aber so was von!

Als Nächstes treffe ich Birgit und Alicia-Sophie.

»Per, willst du nicht mit zum Chor kommen? Wir haben heute einen Auftritt.« Birgit lächelt mich an, wie sie mich zu Anfang auch angelächelt hat, aber viel mehr freue ich mich darüber, dass Alicia-Sophie mir mit ihrer Armbewegung zeigt, dass sie sich auch freuen würde, wenn ich mitkäme.

»Tut mir leid«, sage ich und hebe die Kelle an. »Hab noch zu tun.«

Birgit geht ein Stück rückwärts weiter. »Überleg's dir! Wird bestimmt schön! Alicia-Sophies Eltern kommen auch.«

Ich drehe mich noch mal um und sehe, wie Alicia-Sophie ihre Hände in die Höhe streckt.

In der Klasse steht Bodo jetzt am Herd und rührt im Chilitopf. Mit einer Kelle. Die anderen üben weiter Körpersprache. Nur Ibrahim nicht. Der beschnuppert mein Aquarium, hebt es hoch und drückt dann die Ecken des Kartons im Wechsel gegen seine Unterlippe. Dafür muss er es immer wieder umdrehen. Der Blödfisch hat sich mittlerweile in der Rotbauchseefledermaus verheddert. Und wenn Ibrahim in diesem Tempo weiterdreht, dann ist die ganze Unterwasserwelt gleich ein Riesenchaos.

»Was ist *das* denn?« Bodo scheint mit mir zu reden.

»Was?« Am liebsten würde ich ihn fragen, warum er mich überhaupt runterschickt, wenn er schon eine Kelle hat. Wäre ich hiergeblieben, hätte ich das Aquarium bewachen können und …

Er zeigt auf die Kelle. Ich stehe immer noch in der Tür und bewege mich jetzt, ein Auge auf Ibrahim gerichtet, Richtung Herd.

»Du solltest die *gute* bringen!«, sagt Bodo.

»Hab ich doch.«

»Geh noch mal runter und sag, du willst die *gute*, ja?«

»Ich hab gesagt, ich will die *gute*.«

»Dann haben die das wohl falsch verstanden.«

»O. k.«, sage ich, auch wenn ich mir tausendprozentig sicher bin, dass sie mich richtig verstanden haben. Aber bevor ich jetzt noch mal runterlatsche, muss ich erst für die Sicherheit meines Geschenks sorgen.

»Bodo?«, sage ich möglichst leise.

»Was denn?«, antwortet er genau so leise.

»Kannst du Ibrahim sagen, er soll mein Aquarium in Ruhe lassen? Ich hab Angst, es geht kaputt.«

»Klar«, flüstert er. »Wenn du eben weiterrührst.«

In der Linken habe ich eine Kelle, die nutzlos in der Luft hängt und in der Rechten eine, mit der ich in dem Topf rühre, den Bodo letzte Nacht angeschleppt hat.

Die Gebärdenfrau sagt: »Die Sonne scheint.« Nebenan sehen auch alle zufrieden aus, und Bodo sagt zu Ibrahim, er solle ihm bitte den Schuhkarton geben. »Welchen Schuhkarton?«, fragt der und übergibt Bodo mein Aquarium. Bodo drückt ihm im Gegenzug einen Miniknautschsack von seinem Schreibtisch in die Hand.

Mir fällt ein Stein vom Herzen. Die Putzergarnele, die ich

als i-Tüpfelchen obendrauf geklebt habe, hätte keine zwei Minuten mehr überlebt.

»So, und jetzt ab zu den Küchenfrauen!«, sagt Bodo.

Die sind ziemlich genervt, als ich schon wieder da aufkreuze und erzählen mir, die *gute* sei weg. Diese Info bring ich dann wieder zu Bodo, und der schickt mich daraufhin noch mal runter, weil er wissen will *wo*, und bei meinem nächsten Besuch in der Schulküche erfahre ich, dass Dieter sie hat, was mich nicht wirklich überrascht.

Die Kelle, die ich mittlerweile zum fünften Mal durchs Treppenhaus schleppe, finde ich eigentlich ganz o. k. Sie ist groß, hat eine schöne Form (soweit man das von Kellen behaupten kann) und ist silber. Ich weiß wirklich nicht, was an der *guten* besser sein soll. Das Einzige, was ich mir vorstellen könnte, ist: Sie ist gold. Aber das wäre meiner Meinung nach etwas übertrieben.

Bodo hat mittlerweile auch erkannt, dass es Wichtigeres als Suppenkellen gibt. Zumindest sagt er das, als ich ihm ausrichte, die *gute* sei bei Dieter. »Danke trotzdem für deine Mühe, Per!«

Ich will gerade »Bitte« sagen, da höre ich eine Frauenstimme von hinten: »Ach, das ist Per?«

Die Scheiße-bauen-Kontrolle nebenan ist vorbei und die Teilnehmer stehen alle breit grinsend in der Klasse. Selbst Fatih sieht so ähnlich aus wie letzte Nacht, nachdem er Ellys Brief gelesen hat.

Seine Mutter kommt zu mir und nimmt meine beiden Hände in ihre. »Wir haben viel von dir gehört. Du hast einen guten Einfluss auf Fatih. Danke!«

Fatihs Vater nickt mir zu. Der scheint nicht so der Typ für Shakehands und fröhliche Dankesreden zu sein.

Die Frau, die wahrscheinlich vom Jugendamt ist, hat auch noch was zu sagen: »Wir freuen uns immer, wenn wir so tolle Neuigkeiten hören. Ganz toll!«

Und schließlich gibt Christine noch ihren Senf dazu: »Ihr

habt euch ja sogar privat getroffen. Das ist wirklich große Klasse.«

Das ausgerechnet Christine unsere privaten Treffen gefallen, ist natürlich der Witz überhaupt. Immerhin wäre sie fast dabei draufgegangen.

»Also, alles Gute, Per! Und komm doch mal zu uns nach Hause«, sagt Fatihs Mutter. Sie ist wirklich sehr nett.

Bodo findet das auch. »Wollen Sie nicht noch etwas bleiben? Fred Schabinger kommt heute.«

Die Frau vom Jugendamt verabschiedet sich schon mal, sie habe Termine. Ich glaube, die war eh nicht gemeint. Bevor sie aus der Klasse geht, hält sie beide Hände vor die Brust und drückt dabei ihre Daumen. »Weiter so, Jungs!« Die meint Fatih und mich.

»Wer is'n Fred Schabinger«, fragt Fatihs Vater.

Fatih sagt jetzt was auf Türkisch. Die einzigen Wörter, die ich verstehe, sind »Fred« und »Schabinger«. Fatihs Vater zuckt die Schultern. Jetzt sagt die Mutter was auf Türkisch. Da kommt auch Fred Schabinger vor, und schließlich sagt der Vater auch noch was Türkisches mit Fred-Schabinger-Inhalt.

Fatihs Mutter lächelt wieder so schön freundlich. »Entschuldigung, wir haben leider auch Termine.«

»Alles klar«, sagt Bodo. »Dann bis nächste Woche.«

Für mich heißt es jetzt erst mal: Fische auseinanderknoten. Bodo erklärt währenddessen den Plan: Erst singt der Chor. Das Essen wird in Dieters Klasse stattfinden. »... und wir werden mit unserem Chili dazustoßen«, sagt Bodo, und auch wenn mir auf Anhieb kein Erwachsener einfällt, der friedlicher aussieht als Bodo, klingt das, was er gerade gesagt hat, ziemlich nach Krieg.

»Wann habt ihr das Chili denn zubereitet?«, fragt Christine.

»Gestern«, ruft Freddy.

»Sag mal, ist Freddy nicht beim Chor, Bodo?«

»Bestimmt«, sagt Bodo zu Christine. »Ab zum Musikraum, Freddy!«

Freddy geht raus, dabei ist der gar nicht beim Chor.

Christine lässt nicht locker. »Oder hattet ihr das eingefroren?«

Eva lacht, weil sie es witzig findet, wenn Chili eingefroren ist.

»Genau. Eingefroren«, sagt Bodo.

Fatih und ich waren uns letzte Nacht aber schnell einig darin, dass Bodo zu Hause alleine gekocht hat. Der wird doch nicht so blöd sein und Fernsehkoch Fred Schabinger was aus der Kühltruhe auf den Teller löffeln.

Christine quetscht Bodo weiter aus: »Und Dieter macht Carbonara, oder …?«

»Das weiß keiner«, sagt Bodo und lutscht seinen Zeigefinger ab, den er kurz zuvor in den Topf gesteckt hatte. Dabei wissen Fatih und ich ganz genau, dass Dieter keine Carbonara macht.

Man merkt, dass Christine die ganze Aktion schwachsinnig findet, aber sie rückt nicht so richtig raus damit. Also sagt sie: »Na, dann bin ich ja mal gespannt, was dabei rauskommt!« Meint aber eigentlich: Ihr habt doch beide nicht mehr alle Tassen im Schrank!

Die Pause verbringe ich erst mal in der Klasse, um die letzten Schönheitsreparaturen vorzunehmen. Fatih sitzt neben mir und quatscht und quatscht. Denn Fatih ist heute der glücklichste Junge auf der Welt. Sagt er zumindest, und ich finde, er hat allen Grund dazu.

»Mein Vater bezahlt Führerschein, wenn ich weiter keine Scheiße baue.« Dann macht er eine kurze Pause und sagt: »Also keine große Scheiße.«

Hätte ich in seiner Akte gelesen, wüsste ich vielleicht, was an großer Scheiße er so alles hinter sich hat. Gut, dass Fatih nicht nachtragend ist. Und außerdem gut, dass es gerade so gut läuft für ihn.

»Dann hol ich dich ab.« Er haut mich an. »Und wir fahren rum.«

»Einverstanden«, sage ich und ich stelle mir vor, wie wir alle zusammen rumfahren: Fatih am Steuer. Sonnenbrille auf. Kippe im Mundwinkel. Auf dem Beifahrersitz: Elly. Die Haare offen, die Scheibe runter. Keine Kippe im Mundwinkel, dafür einen kugelrunden Babybauch. Hinter Fatih sitze ich, meine Hand auf dem Schoß von Tamina. Am Finger hat sie einen Ring, einen von den Raviolidosen. Findet sie irre romantisch. Sie lächelt mich an und im Radio läuft nicht »No Woman no Cry«, sondern irgendein anderes Lied von Bob Marley, und wir alle vier sind superglücklich und singen mit.

Fatih hat mittlerweile einen Pinsel in der Hand, mit dem er noch ein bisschen Dreck aus den Ecken kratzt. Keine Ahnung, wie der da hingekommen ist. Dann schiebt er das Aquarium zu mir rüber. »Fertig!«, sagt er.

»Wünsch mir Glück!«, sage ich zu ihm und mache mich auf den Weg.

»Viel Glück!«, ruft Fatih mir hinterher, auch wenn er gar nicht weiß, wo ich damit hinwill.

71. Da ist er!

Ich gehe ziemlich nervös über den Flur. Der Hausmeister hat seinen Türsteherposten verlassen und redet hier oben mit einer Frau.

»Das ist unglaublich!«, sagt sie zu ihm.

Irgendwoher kenne ich ihre Stimme. Vielleicht ist sie vom Fernsehen. Das Fernsehen sollte ja kommen, heute. Und für andere Besucher hätte der Hausmeister sicher nicht seinen Posten aufgegeben.

Dann sehe ich endlich Tamina. Sie steht vor ihrer Klasse. Ich atme tief ein und gehe auf sie zu. Vor ihr bleibe ich stehen. Mein Herz klopft bis unters Dach.

Wir schauen uns in die Augen. Sie trägt keine Kopfhörer. Als würde sie schon auf mich warten. Zwischen uns ist nur das Aquarium. Ihre Mundwinkel zucken ein klein bisschen nach oben. Meine auch.

»Liebe Tamina«, sage ich und rieche Schweiß. Ich glaube aber, dass es eher meiner als ihrer ist. Sie riecht blumig. Und ein bisschen nach Vanille. Plastikklamotten trägt sie jedenfalls keine. Da hat Fatih endlos übertrieben.

»Ich hab was für dich.« Ich halte ihr das Aquarium hin.

Sie schaut weiter in mein Gesicht. Und ihre Mundwinkel zeigen jetzt ganz eindeutig nach oben. Tamina lächelt mich an.

»Das habe ich für dich gebaut!«

Sie nimmt es in ihre Hände.

»Das hast du mit Sicherheit noch nicht. Da ist auch ein Blödfisch drin«, sage ich.

»Ein Blödfisch«, sagt sie und lächelt weiter. Unsere Hände berühren sich unter dem Aquarium. Wir schauen uns an. Wow, denke ich. Was für ein Moment. Tamina hebt das Aquarium an und mustert alles ganz genau mit ihren großen Augen. »Das ist der Blödfisch«, sagt sie und stupst ihn mit ihrem rechten Zeigefinger an. Sie lacht. Der Blödfisch schaukelt hin und her. »Cool«, sagt sie. Und: »Danke!«

»Bitte«, sage ich.

»So viel Mühe!« Sie streichelt mir mit der linken Hand über den Arm. Das fühlt sich schön an, wobei es noch schöner wäre, sie würde mich endlich mal umarmen, aber das geht jetzt ja nicht, weil sie mit einer Hand das von mir mit viel Mühe gebaute Aquarium festhalten muss. Vielleicht können wir die Zärtlichkeiten ja am Wochenende nachholen.

»Du, Tamina …« Ich nehme meinen ganzen Mut zusammen. »Weißt du, ich finde dich nett und total gut und schön auch … und ich wollte dich fragen, ob wir am Wochenende … ob wir uns mal treffen wollen. Ein Eis essen oder so. Oder Musik hören oder spazieren gehen. Irgendwas halt. Wir beide zusammen …« Ich weiß gar nicht, warum ich so viel sage, aber es fällt mir gerade echt schwer, aufzuhören damit und dann höre ich doch auf. Und das hat seinen Grund.

Jeremy küsst Tamina auf die Wange. »Was ist das?«, fragt er und zeigt auf ihr Aquarium.

»Ein Aquarium«, sagt Tamina. »Sieht man doch.«

Er nimmt es ihr aus der Hand und begutachtet alles ganz genau. So wie Fatih das auch schon gemacht hat, mit dem Unterschied, dass Fatih Ahnung von Handwerkskunst hat.

»Krass« lautet der Kommentar, der aus seinem Mund kommt, während er mein Geschenk wieder in Taminas Hände legt. Dann klopft er mir mit einer Hand auf die Schulter und sagt: »Danke, Mann! Nett von dir!«

Jeremy legt seinen Arm um Tamina. »Komm, Schatz! Gleich geht's los.«

Schatz? Tamina und die Superniete? Was ist das denn hier für 'ne Show? Tamina schaut mich an und streicht mir noch mal mit der Hand über den Arm. »Sorry, Per!« Sie lächelt dabei, aber es ist ein schweres Lächeln geworden. Ich starre die beiden an. Sie drehen sich weg und gehen samt Aquarium den Flur hinab.

Ob ich ihr jetzt hinterhergehen soll? Neulich erst hat sie mich geküsst. Und jetzt … Ich merke, dass ich mich gerade gar nicht bewegen könnte, selbst wenn ich wollte. Ich stehe da wie eingefroren.

Plötzlich zieht mich jemand zur Seite und ich lasse mich ziehen wie einen Block aus Stein. Einen Grabstein, vielleicht. Wäre ich rund, könnte man mich rollen. Das wäre einfacher für diesen Jemand, der mich wegschleift, von dem ich aber gar nicht weiß, wer er eigentlich ist, da ich ja weiterhin den Flur entlangstarre. Auf Taminas und Jeremys Rücken und ihre Arme, die auf dem Rücken des jeweils anderen liegen. Kurz dreht sich Tamina noch mal um und sie zuckt ein bisschen mit den Schultern und macht große Augen. Es tut ihr leid. Ich tue ihr leid. Das darf doch alles nicht wahr sein. Ich hätte gestern dazwischengehen müssen, als er sie zugetextet hat. Auf ein Mädchen wie Tamina darf man nicht warten. Das ist schneller weg als … Aber wieso lässt sich so ein Mädchen auf einen Typen wie Jeremy ein? Wenn sie wüsste, dass ich in Wirklichkeit Paul bin, dann könnte er einpacken mit seiner Pseudoberühmtheit.

Und was, wenn sie schon länger zusammen sind? Und ich hab nichts davon gemerkt. Aber warum hat sie mich dann geküsst? Und wieso hat Fatih mir nichts davon gesagt?

Der Jemand, der mich zieht, ist der Hausmeister. Ich erkenne ihn an seinem Schnaufen. Auch wenn ich meinen Körper mittlerweile wieder halbwegs bewegen kann, bleibe ich in meiner Schockstarre und lasse mich von ihm bis vor unsere Klassentür schleifen, wo er mich abstellt und sagt: »Stehen geblieben!« Ich höre, wie er sich hinter meinem Rücken die Hände reibt. Dann klatscht er sie ineinander. »Da ist er!«

Für den Hausmeister scheine ich plötzlich so etwas wie eine Trophäe zu sein. Er legt seine Hände auf meine Schultern, was eigentlich eher Dieters Art ist.

Tamina und Jeremy verlassen gerade den Flur. Er hält ihr die Tür auf. Ich hätte auf Fatih hören müssen. Ihre Akte lesen. Aber ob das was gebracht hätte? Was soll da schon drinstehen? Sicher nicht, dass sie mit Deutschlands Superniete geht. Oder doch? Ich glaube, das Problem ist: Sie ist zu schön. Und singt zu schön. Und ist zu nett. Und alles andere auch und ich habe überhaupt nicht gemerkt, dass sie einen festen Freund hat, weil ich so begeistert von ihr war. Und jetzt stehe ich hier und der Typ bedankt sich auch noch großmütig. Ist nicht mal eifersüchtig. Ist sich seiner Sache zu hundert Prozent sicher. Und ich Idiot hatte mich auch so sicher gefühlt. Genau wie er. Ich hab den überhaupt nicht als Gefahr gesehen.

Was soll ich jetzt machen? Am besten ich gehe in nächster Zeit auf Abstand zu ihr. So was hört man sonst immer nur im Fernsehen: »auf Abstand gehen«. Oder wenn man eine Mutter hat, die nach Nepal abhaut.

Ich wünschte, ich hätte das Aquarium Alicia-Sophie geschenkt. Da wäre es jetzt in besseren Händen. Wenn ich Abstand will, muss ich jedenfalls als Erstes aufhören, an sie zu denken. Zumal es ja bestimmt einen Grund dafür gibt, dass der Hausmeister mich hier abgestellt hat. Ich drehe meinen Kopf nach rechts, und da stehen in einem offenen Halbkreis mehrere Personen.

Ganz links steht Christine. Daneben die eine Küchenfrau, daneben die Frau vom Fernsehen, daneben ein Junge mit leichten Hasenzähnen, daneben meine Mutter und daneben mein Vater.

Sie reden durcheinander. Christine, die Frau, meine Mutter, mein Vater. Die Küchenfrau steht bloß da und heult. Der Junge hat den Mund offen. Der Hausmeister hält mich an den Schultern. Und ich denke:

Was ist hier denn los? Und dann: Ach du Scheiße!

»DAS ist Per!«, sagt Christine und zeigt dabei auf mich. Meine Mutter heult mittlerweile auch und sagt ständig, dass ich *Paul* sei. Ich merke, wie ich wieder zum Stein werde. Mein Vater sagt verschiedene Dinge. Zum Beispiel: »Damit hatten wir ja jetzt überhaupt nicht gerechnet. Stimmt's nicht, Schatz?« Oder: »Ich werde mit dem Jungen reden.« Oder: »Das muss einfach Konsequenzen haben.«

Die Frau ist gar nicht vom Fernsehen. Sie ist Pers Mutter. Ich kenne ihre Stimme vom Telefon.

Pers Mutter sagt, dass alle jetzt Ruhe bewahren müssen und die Sache in Ruhe aufgeklärt werden soll. Sie hält Pers Hand.

Pers Mutter ist nur wegen Fred Schabinger hier. Heute Morgen hat sie in der Zeitung gelesen, dass der zur Schule kommen würde. Da hat sie zum Telefon gegriffen und der Hausmeister war dran, und diesmal hat sie ihn blöderweise aussprechen lassen.

Sie reden und reden. »Bombenentschärfung?«

»Was ist das denn für eine Schule?«

»Das muss doch jemandem auffallen.«

»*Ich* wusste schon immer, dass an dem Jungen was faul ist.«

Dann kommt Bodo mit dem Chilipott aus der Klasse. Er hat Fatih im Schlepptau.

Bodo pfeift vor sich hin, ist voller Vorfreude auf den Geschmackswettbewerb. »Na, spontane Flurkonferenz? Na dann viel Spaß! Wir sind drüben.«

Fatih bleibt stehen. Der sieht sofort, was hier los ist.

Wir schauen uns an. Er kriegt feuchte Augen. Dann läuft alles ab wie im Film.

Fatih tritt gegen die Wand. Ein paarmal. Er schlägt mit den Fäusten gegen die Tür zum Treppenhaus. So doll, dass ich gar nicht hingucken kann. Als er seinen Kopf gegen die Scheibe schlägt, kriegt sie einen Riss. Meine Mutter kreischt. Bodo lässt das Chili fallen, will Fatih von der Tür wegziehen. Fatih schreit und er hat gerade so viel Kraft, dass Bodo auf den Boden donnert.

Ibrahim ist aus der Klasse gekommen, will wohl zum Klo oder so. Ich hoffe, Fatih, lässt ihn in Ruhe.

Tut er nicht.

Fatih packt Ibrahim fest an den Unterarmen. Ibrahim fängt an zu brüllen. Ibrahim tritt um sich. Er schafft es, sich loszureißen. Jetzt fliegt Fatih auf den Boden. Ibrahim springt auf ihn drauf. Ich hab Gänsehaut am ganzen Körper. Es ist wie Wrestling, nur tausendmal ungelenker und brutaler.

Die beiden wälzen sich auf dem Boden und Ibrahim schlägt auf alles ein: Fußboden, Wand, Heizung, Fatih.

Bodo schmeißt sich zwischen die beiden und schafft es irgendwie, Fatih von Ibrahim wegzureißen.

Jetzt liegt Bodo auf dem Rücken, Ibrahim schreiend auf ihm drauf.

Fatih reißt mit beiden Händen einen Garderobehaken aus der Wand.

Er pfeffert ihn gegen die Fensterscheibe am Flurende. Von da fällt der Haken stumpf auf den Boden. Einscheibensicherheitsglas, denke ich.

Bodo streichelt vorsichtig Ibrahims Kopf. Ibrahim wird ruhiger.

Ich gehe langsam auf Fatih zu. Ich will ihn beruhigen. Etwas sagen, das ihm hilft. Denk an Elly! Oder: Denk an den Führerschein! Aber das würde die Sache wohl schlimmer machen. Diese Aktion hier fällt ziemlich sicher unter große Scheiße.

Fatih zittert. Er beißt die Zähne so fest aufeinander, dass ich denke, die brechen gleich durch. Sein linkes Augenlid blutet. Seine Stirn sowieso.

Mir schießen Tränen in die Augen. »Hör auf!«, sage ich dann. »Hör bitte endlich auf!«

Er kommt auf mich zu. Wahrscheinlich haut er mir jetzt eine rein.

Als er vor mir steht, umarmt er mich. Ganz kurz. Das fühlt sich irgendwie unpassend an.

Fatih schubst mich weg und setzt sich auf den Boden. Er atmet tief und zittert und schluchzt.

Bodo sagt, wir sollen jetzt alle bleiben, wo wir sind. Keiner bewegt sich. Ich schaue nur auf den Boden. Es ist still. Nur aus dem Augenwinkel sehe ich Fatih an der Wand hocken. Es fühlt sich an, als ob in mir etwas durchbricht.

Irgendwann kommen zwei Männer in orangen Jacken aus dem Fahrstuhl. Einer schiebt eine Liege. Der andere trägt einen fetten Rucksack. Er hockt sich runter zu Fatih.

Fatih schaut an ihm vorbei. Dann steht er auf und legt sich auf die Liege.

Die Sanitäter legen einen Gurt um seinen Bauch. Fatih faltet seine Hände darüber.

Er schaut in mein Gesicht. Und ich schaue in seins. Wir weinen beide und ich versuche so auszusehen, als würde alles wieder gut werden, und ich will noch etwas zum Abschied sagen, das ihm Hoffnung macht, aber mir fällt nur A oder B ein, und das ist gerade ziemlich unangebracht.

Sie schieben ihn weg. Irgendwie sieht das friedlich aus: Dieser kleine schwarze Kopf auf dem viel zu großen Kissen. Ich muss an seine Mutter denken und daran, dass das alles meine Schuld ist.

Ibrahims Brille ist durchgebrochen. Arm in Arm gehen Bodo und er in die Klasse zurück.

Christine, Pers Mutter, Per und meine Eltern stehen immer noch da, wo sie vorher standen. Der Hausmeister ist weg. Die Küchenfrau auch.

»Wo kommt Fatih jetzt hin?«, frage ich.

»Weg«, sagt Christine, ohne mich anzuschauen.

Sie schlägt vor, dass Per und seine Mutter reinkommen, damit Per seine neuen Mitschüler kennenlernen kann.

»Per ist ein schöner Name. Bist du Friese?«, sagt Christine. Dann fällt die Tür hinter ihnen zu, und meine Eltern und ich sind alleine. Auf dem Boden der Chilitopf und jede Menge Chili.

Gleich bin ich auch weg, denke ich. Ich werde für alle bloß eine Erinnerung bleiben. Eine Erinnerung, die nicht übers Wochenende anhalten wird, und spätestens Montagmorgen bin ich tot. Überschrieben mit neuen Gedanken: Gedanken an ein Eis bei *McDonald's*. Oder einen Prinzessinen-Film. Einen mit dem Pflegevater geangelten Fisch. Einen Sieg an der PlayStation. Oder an einen neuen kanadischen Vogel.

Wir gehen.

Unten im Flur stellt sich der Chor auf.

Draußen fährt ein Porsche vor. Cayenne. Wie der Pfeffer.

Total bescheuert alles.

Mir ist kalt.

Ich schiebe meine Hände in die Hosentaschen.

Da ist etwas drin.

Ich ziehe es unauffällig raus.

In meiner Hand liegt eine kleine rote Billardkugel, an der lauter Schlüssel hängen.

Tag 15
(Montag)

72. Stillschweigend

Frau Kesselmann glaubt, ich hätte die ganze Nummer von Anfang an geplant. Als ob ich von alleine auf so was gekommen wäre. Ich fühle mich fast ein bisschen geschmeichelt. Mindestens eine halbe Stunde lang hält sie mir vor der gesamten Klasse eine Predigt über Menschenrechte. Das Ergebnis ist eindeutig: Ich habe dagegen verstoßen. Dann verdonnert sie mich, ein Referat über die UN-Behindertenrechtskonvention zu halten. Eine Doppelstunde lang.

Ich höre mir das alles an und sage nichts dazu. Selbst meine Hauptstrafe akzeptiere ich stillschweigend, auch wenn ich finde, dass Frau Kesselmann damit gegen die Menschenrechte verstößt.

Ich muss zu Schwester Magdalenis ins Gewölbe. Die nächsten zwei Wochen, jeden Tag nach der Schule.

Bei mir zu Hause wird das Thema wenigstens totgeschwiegen. Wir tun alle drei so, als hätte es Freitagvormittag nie gegeben.

Tag 26
(Freitag)

73. Cooler Kittel

Einerseits fühlt es sich falsch an, im Penny zu sein, andererseits fühle ich mich ein bisschen wie zu Hause – also dann, wenn ich mich zu Hause nicht scheiße fühle, sondern meine Zimmertür zu habe und zum Beispiel was über Fische lese. Dabei war ich erst zweimal hier, und beim zweiten Mal war ich nicht mal drin, sondern bloß auf dem Dach. Seit zwei Wochen habe ich keinen Schritt aus Oberbach herausgemacht. Aber als ich heute Nachmittag endlich »einen Teil der Schuld verbüßt« hatte (Zitat: Frau Kesselmann), hab ich mich auf den Weg nach Röhrbach gemacht.

Heute, an meinem letzten Tag im Gewölbe, war mir klar, wie ich das Ende der Qualen begehen wollte. Mit Sucuk. Denn ich glaube, Sucuk ist das einzige Lebensmittel, das gut schmeckt und gleichzeitig in der Lage ist, das Geschmacksgemenge aus Bücherstaub, Weihwasser und Kölnisch Wasser in meinem Mund zu neutralisieren. Am liebsten wäre ich zu Fatihs Dönerbude gegangen, aber ich glaube nicht, dass sie mich da mit offenen Armen empfangen hätten.

Ich stehe also vor dem Kühlregal. Da, wo sonst die Sucuk liegt, liegen jetzt bloß billige Kräuterbaguettes.

Jemand klopft mir auf die Schulter.

»Da bist du ja!«

Ich drehe mich um. Vor mir steht Fatih.

Ich habe die letzten beiden Wochen fast komplett an Fatih gedacht. Wo er wohl stecken würde. Hab ihn mir im Gefängnis vorgestellt und in einer Zwangsjacke und sogar auf dem Flughafen, wie er abgeschoben wird und jetzt steht er hier im Penny in Röhrbach, als wäre nichts gewesen und trägt dabei einen weißen Kittel, der ihm zwei Nummern zu groß ist.

»Ich hab auf dich gewartet!«

»Hier?«

»Schulhof. Jeden Abend. Du hast ja noch Schlüssel.«

»Stimmt.«

»Wo warst du? Dacht schon, die hätten dich eingesperrt.«

»So ähnlich. Und ich dachte, die hätten dich …«

Fatih unterbricht mich. »Ich muss Praktikum machen. Wegen Ausraster.«

»Sonst nix?«

»Ich hasse Praktikum! Mein Onkel und Cousin wollten Bescheinigung machen, aber meine Eltern, weißt du? Und Christine … Deshalb Penny.«

Ich nicke. »Du siehst gar nicht aus wie ein Praktikant. Eher wie der Marktleiter.«

»Cooler Kittel, was?« Fatih zeigt auf die Brusttasche. Da klebt ein Streifen, auf dem mit Edding sein Name geschrieben steht.

»Und du?« Fatih scheint überhaupt nicht sauer auf mich zu sein.

»Bin wieder auf Ignatius.«

»Keine Strafe oder so?«

Ich winke ab. »Schwester Nackter Penis«, sage ich.

»Was laberst du? Gymnasium bekommt dir nich so, was?«

»Doch, alles o. k.«

Fatih schaut mir mitten ins Gesicht. Sein Augenlid ist noch nicht ganz verheilt.

»Scheiße, dass du weg bist. Und noch beschissener, dass ich ausgerastet bin. Führerschein kann ich vergessen, sagt mein Vater.«

»Tut mir leid!«

»Kannst du nix für!«

Wir schweigen kurz, dann haut Fatih mir mit der Faust vor die Brust. Er grinst. »Hab schon gehört von Tamina.«

»Was denn?« Ich wollte ihn selber nicht nach ihr fragen und bin ziemlich froh, dass er mit dem Thema anfängt. Wenn ich im Gewölbe mal nicht an Fatih dachte, habe ich nämlich an Tamina gedacht.

»Na ja. Deine Abfuhr«, sagt Fatih.

Abfuhr. Besser hätte ich es nicht sagen können. Was für eine Abfuhr!

»Aber die haben Streit jetzt.« Fatih gestikuliert mit den Händen und guckt mich ernst an. »Krise und so.«

Eigentlich hatte ich mir geschworen, Tamina aus meinem Leben rauszulassen, aber diese Information könnte mein Vorhaben vielleicht noch mal ins Wanken bringen.

Fatih hält mir seine Hand hin.

Ich schlage ein.

»Ne ne«, sagt er, »ich brauch Schlüssel.«

Dann drückt er meine Hand doch noch. »Danke noch mal. Die filzen immer auf Drogen. Und wenn die Schlüssel gefunden hätten …«

»Schon gut«, sage ich. »Hab den Schlüssel aber nich dabei.«

»Dann komm morgen Dönerbude!«

»Mach ich!«

»Muss los«, sagt Fatih.

Damit hätte ich jetzt nicht gerechnet. »Wohin denn?«

Er zwinkert mir zu. »Termine, Termine.« Dann geht er Richtung Ausgang.

»Wo find ich denn die Sucuk?«, rufe ich ihm noch hinterher.

»Hab ich umgebaut. Is jetzt Augenhöhe. Besser zu finden, weißte? Bis morgen!«

»Bis morgen!«

Fatih geht durch die automatische Schiebetür nach draußen. Ich drehe mich wieder zum Kühlregal, suche die Sucuk auf Augenhöhe und finde sie dann einen Regalboden drunter. Ungefähr auf Brusthöhe.

Ich bin jedenfalls riesig froh, dass ich heute Nachmittag nach Röhrbach gefahren bin.

Auf dem Weg zur Kasse schaue ich nach draußen. Ein Mädchen auf einem Hollandfahrrad biegt in die Einfahrt. Sie dreht eine kleine Runde und hält kurz an, ohne abzusteigen. Das Mädchen lächelt. Fatih springt auf ihren Gepäckträger. Elly tritt in die Pedale. Fatih klammert sich links und rechts an ihrem Filzmantel fest. Als sie vom Parkplatz fahren, flattert sein weißer Kittel im Fahrtwind.

Freundschaft ist auch eine Art von Liebe

Martin Gülich
Ich bin hier nur der Kumpel

176 Seiten · Gebunden
ISBN 978-3-522-20221-3

Locker bleiben, keine Hektik – damit ist Finn bisher gut gefahren. Vor allem bei den Mädchen. Doch dann kommt Carla in die Klasse, und mit Carla ist alles anders. Finn versucht, bei ihr zu landen, aber was er auch anstellt, sie bleibt unbeeindruckt. Selbst als er seine Gitarre auspackt, was sonst immer funktioniert! Finn ist ratlos. Da verrät ihm Carla ein Geheimnis. Und das mit dem Lockerbleiben ist plötzlich gar nicht mehr so einfach ...